ROMAIN KALBRIS

HECTOR MALOT

ROMAIN
KALBRIS

Illustrations par Émile BAYARD

GRAVURES PAR PANNEMAKER

─────── ✦ ───────

✳ COLLECTION HETZEL ✳

18, RUE JACOB. — PARIS (VIᵉ)

A Madame Anna Malot.

Lorsqu'un jour notre fille, commençant à grandir et voulant dans sa curiosité enfantine se faire tout expliquer, me demanda : — « Que fait donc papa lorsqu'il reste si longtemps enfermé pour écrire? » — il est bon que tu puisses la satisfaire. Ce livre sera ta réponse. Alors, en voyant ton nom sur la première page, tout près du mien, elle se dira que ces noms ne doivent être séparés ni dans son esprit ni dans son cœur.

Hector Malot.

ROMAIN KALBRIS

I

De ma position présente il ne faut pas conclure que j'ai eu la
Fortune pour marraine. Mes ancêtres, si le mot n'est pas trop
ambitieux, étaient des pêcheurs; mon père était le dernier de onze
enfants, et mon grand'père avait eu bien du mal à élever sa famille,
car dans ce métier-là, plus encore que dans les autres, le gain n'est
pas en proportion du travail ; compter sur de la fatigue, du danger,
c'est le certain, sur un peu d'argent, le hasard.

A dix-huit ans, mon père fut pris par l'inscription maritime ; c'est
une espèce de conscription, au moyen de laquelle l'État peut se faire
servir par tous les marins pendant trente-deux ans, — de dix-huit
à cinquante. Il partit ne sachant ni lire ni écrire. Il revint premier
maître, ce qui est le plus beau grade auquel parviennent ceux qui
n'ont point passé par les écoles du gouvernement.

Le Port-Dieu, notre pays, étant voisin des îles anglaises, l'État y
fait stationner un cutter de guerre, qui a pour mission d'empêcher
les gens de Jersey de venir nous prendre notre poisson, en même
temps qu'il force nos marins à observer les règlements sur la pêche :
ce fut sur ce cutter que mon père fut envoyé pour continuer son
service. C'était une faveur, car, si grandement habitué que l'on soit
à faire de son navire la patrie, on est toujours heureux de revenir
au pays natal.

Quinze mois après ce retour, je fis mon entrée dans le monde, et comme c'était en mars, un vendredi, jour de nouvelle lune, on s'accorda pour prédire que j'aurais des aventures, que je ferais des voyages sur mer, et que je serais très malheureux, si l'influence de la lune ne contrariait pas celle du vendredi : — des aventures, j'en ai eu, et ce sont elles précisément que je veux vous raconter ; — des voyages sur mer, j'en ai fait ; — quant à la lutte des deux influences, elle a été vive ; c'est vous qui direz, à la fin de mon récit, laquelle des deux l'a emporté.

Me prédire des aventures et des voyages, c'était reconnaître que j'étais bien un enfant de la famille, car de père en fils tous les Kalbris avaient été marins, et même, si la légende est vraie, ils l'étaient déjà au temps de la guerre de Troie. Ce n'est pas nous, bien entendu, qui nous donnons cette origine, mais des savants qui prétendent qu'il y a au Port-Dieu une centaine de familles, précisément celles des marins, qui descendent d'une colonie de Phéniciens. Ce qu'il y a de certain, c'est qu'avec nos yeux noirs, notre teint bistré, notre nez fin, nous n'avons rien du type normand ou breton, et que nos barques de pêche sont la reproduction exacte du bateau d'Ulysse tel que nous le montre Homère : un seul mât avec une voile carrée ; ce gréement, très commun dans l'Archipel, est unique dans la Manche.

Pour nous, nos souvenirs remontaient moins loin, et même leur uniformité les rendait assez confus ; quand on parlait d'un parent, l'histoire n'était guère variée : tout enfant il avait été à la mer, et c'était à la mer ou au delà des mers, chez des peuples dont les noms sont difficiles à retenir, qu'il était mort dans un naufrage, dans les batailles, sur les pontons anglais ; les croix portant le nom d'une fille ou d'une veuve étaient nombreuses dans le cimetière, celles portant le nom d'un garçon ou d'un homme l'étaient peu ; ceux-là ne mouraient pas au pays. Comme dans toutes les familles pourtant, nous avions nos héros : l'un était mon grand-père maternel, qui avait été le compagnon de Surcouf ; l'autre était mon grand-oncle Flohy. Aussitôt que je compris ce qui se disait autour de moi, j'entendis son nom dix fois par jour ; il était au service d'un roi de l'Inde qui avait des éléphants ; il commandait des troupes contre les Anglais, et il avait un bras d'argent ; des éléphants, un bras d'argent, ce n'était pas un rêve.

Ce fut le besoin d'aventures inné dans tous les Kalbris qui fit prendre à mon père un nouvel embarquement peu d'années après son mariage : il eût pu commander comme second une des goélettes qui partent tous les ans au printemps pour la pêche d'Islande ; mais il était fait au service de l'État et il l'aimait.

Je ne me rappelle pas son départ. Mes seuls souvenirs de cette époque se rapportent aux jours de tempête, aux nuits d'orage et aux heures que j'allais passer devant le bureau de poste.

Combien de fois, la nuit, ma mère m'a-t-elle fait prier devant un cierge qu'elle allumait! Pour nous, la tempête au Port-Dieu c'était la tempête partout, et le vent qui secouait notre maison nous semblait secouer en même temps le navire de mon père. Quelquefois il soufflait si fort, qu'il fallait se relever pour attacher les fenêtres, car notre maison était une maison de pauvres gens ; bien qu'elle fût abritée d'un côté par un éboulement de la falaise, et de l'autre par un rouf qui avait autrefois été le salon d'un trois-mâts naufragé, elle résistait mal aux bourrasques d'équinoxe. Une nuit d'octobre, ma mère me réveilla : l'ouragan était terrible, le vent hurlait, la maison gémissait, et il entrait des rafales qui faisaient vaciller la flamme du cierge jusqu'à l'éteindre ; dans les moments d'apaisement, on entendait la bataille des vagues contre les galets, et, comme des détonations, les coups de mer dans les trous de la falaise. Malgré ce bruit formidable, je ne tardai pas à me rendormir à genoux : tout à coup la fenêtre fut arrachée de ses ferrures, jetée dans la chambre où elle se brisa en mille pièces, et il me sembla que j'étais enlevé dans un tourbillon.

« Ah ! mon Dieu, s'écria ma mère, ton père est perdu ! »

Elle avait la foi aux pressentiments et aux avertissements merveilleux ; une lettre qu'elle reçut de mon père quelques mois après cette nuit de tempête rendit cette foi encore plus vive ; par une bizarre coïncidence, il avait été précisément, dans ce mois d'octobre, assailli par un coup de vent et en grand danger. Le sommeil de la femme d'un marin est un triste sommeil : rêver naufrage, attendre une lettre qui n'arrive pas, leur vie se passe entre ces deux angoisses.

Au temps dont je parle, le service des lettres ne se faisait pas comme aujourd'hui ; on les distribuait tout simplement au bureau, et quand ceux auxquels elles étaient adressées tardaient trop à venir les prendre, on les leur envoyait par un gamin de l'école. Le jour où le courrier arrivait de Terre-Neuve, le bureau était assiégé, car, du printemps à l'automne, tous les marins sont embarqués pour la pêche de la morue, et un étranger qui arriverait au pays pourrait croire qu'il est dans cette île dont parle l'Arioste et d'où les hommes étaient exclus ; aussi les femmes étaient-elles pressées d'avoir des nouvelles. Leurs enfants dans les bras, elles attendaient qu'on fît l'appel des noms. Les unes riaient en lisant, les autres pleuraient. Celles qui n'avaient pas de lettres interrogeaient celles qui en avaient reçu : ce n'est pas quand les marins sont à la mer qu'on peut dire : « Pas de nouvelles, bonnes nouvelles ».

Il y avait une vieille femme qui venait tous les jours depuis six ans, et qui depuis six ans n'avait pas reçu une lettre : on la nommait la mère Jouan, et l'on racontait qu'un canot monté par son mari et ses quatre garçons avait disparu dans un grain, sans qu'on eût retrouvé ni le canot ni les hommes. Depuis que ce bruit s'était répandu, elle venait chaque matin à la poste. « Il n'y a encore rien pour vous, disait le buraliste, ce sera pour demain. » Elle répondait tristement : « Oui, pour demain. » Et elle s'en retournait pour revenir le lendemain. On disait qu'elle avait la tête dérangée ; si folle elle était, je n'ai depuis jamais vu folie triste et douce comme la sienne.

Presque toutes les fois que j'allais au bureau, je la trouvais déjà arrivée. Comme le buraliste était à la fois épicier et directeur de la poste, il commençait naturellement par s'occuper de ceux qui lui demandaient du sel ou du café, et nous donnait ainsi tout le temps de causer ; méthodique et rigoureux sur les usages de sa double profession, il nous allongeait encore ce temps par toutes sortes de cérémonies préparatoires : épicier, il portait un tablier bleu et une casquette ; directeur de la poste, une veste de drap et une toque de velours. Pour rien au monde il n'eût servi de la moutarde la toque sur la tête et, sachant qu'il avait entre les mains une lettre de laquelle dépendait la vie de dix hommes, il ne l'eût pas remise sans ôter son tablier.

Tous les matins, la mère Jouan me recommençait son récit : « Ils étaient à pêcher, un grain est arrivé si fort qu'ils ont été obligés de fuir vent arrière au lieu de regagner le *Bien-Aimé* ; ils ont passé à côté de la *Prudence* sans pouvoir l'accoster. Mais tu comprends bien qu'avec un matelot comme Jouan il n'y avait pas de danger. Ils auront trouvé quelque navire au large qui les aura emmenés : ça c'est vu bien des fois ; c'est comme ça qu'est revenu le garçon de Mélanie. On les a peut-être débarqués en Amérique. Quand ils reviendront, c'est Jérôme qui aura grandi ! il avait quatorze ans ; quatorze ans et puis six ans, combien que ça fait ? — Vingt ans. — Vingt ans ! ça sera un homme. »

Elle n'admit jamais qu'ils étaient perdus. Elle mourut elle-même sans les croire morts, et elle avait confié peu de jours auparavant au curé trois louis pour qu'il les remît à Jérôme quand il reviendrait ; malgré le besoin et la misère, elle les avait toujours gardés pour son petit dernier.

II

L'embarquement de mon père devait durer trois années, il en dura six : l'état-major fut successivement remplacé, mais l'équipage tout entier resta dans le Pacifique jusqu'au jour où la frégate menaça de couler bas.

J'avais dix ans lorsqu'il revint au pays.

C'était un dimanche après la grand'messe ; j'étais sur la jetée pour voir rentrer la patache de la douane. A côté du timonier on apercevait un marin de l'État ; on le remarquait d'autant mieux qu'il était en tenue et que les douaniers étaient en vareuse de service. Comme tous les jours au moment de la marée, la jetée avait son public ordinaire de vieux marins qui, par n'importe quel temps, soleil ou tempête, arrivaient là deux heures avant le plein de la mer pour ne s'en aller que deux heures après.

« Romain, me dit le capitaine Houel en abaissant sa longue-vue, voilà ton père. Cours au quai si tu veux y être avant lui. »

Courir, j'en avais bonne envie : mais j'avais les jambes comme cassées. Quand j'arrivai au quai, la patache était accostée et mon père était débarqué ; on l'entourait en lui donnant des poignées de main. On voulait l'emmener au café pour lui payer une mocque de cidre.

« A ce soir, dit-il, ça me presse d'embrasser ma femme et mon mousse.

— Ton mousse ! tiens, le voilà. »

Le soir, le temps se mit au mauvais ; mais on ne se releva pas à la maison pour allumer un cierge.

Pendant six années de voyages, mon père avait vu bien des choses, et j'étais pour lui un auditeur toujours disposé. En apparence impatient et rude, il était, au fond, l'homme le plus endurant, et il me racontait avec une inaltérable complaisance non ce qui lui plaisait, mais ce qui plaisait à mon imagination d'enfant.

Parmi ces récits, il y en avait un que je ne me lassais pas d'entendre et que je redemandais toujours : c'était celui où il était question de mon oncle Jean. Pendant une relâche à Calcutta, mon père avait entendu parler d'un général Flohy, qui était en ambassade auprès du gouverneur anglais. Ce qu'on racontait de lui tenait du prodige. C'était un Français qui était entré comme volontaire au service du roi de Bérar; dans une bataille contre les Anglais il avait par un coup hardi sauvé l'armée indienne, ce qui l'avait fait nommer général; dans une autre bataille, un boulet lui avait enlevé la main; il l'avait remplacée par une en argent, et quand il était rentré dans la capitale, tenant de cette main les rênes de son cheval, les prêtres s'étaient prosternés devant lui et l'avaient adoré, disant que, dans les livres saints, il était écrit que le royaume de Bérar atteindrait son plus haut degré de puissance lorsque ses armées

seraient comman- dées par un étranger venu de l'Occident, que l'on reconnaî- trait à sa main d'ar- gent. Mon père s'é- tait présenté devant ce général Flohy et avait été accueilli à bras ouverts. Pen- dant huit jours mon oncle l'avait traité comme un prince, et il avait voulu l'em- mener dans sa capi- tale; mais le service était inexorable, il avait fallu rester à Calcutta.

Cette histoire pro- duisit sur mon ima- gination l'impres- sion la plus vive : mon oncle occupa toutes mes pensées, je ne rêvai qu'élé- phants et palan- quins ; je voyais sans cesse les deux soldats qui l'accompagnaient portant les mains d'argent; jusqu'alors j'avais eu une certaine admiration pour le suisse de notre église, mais ces deux soldats qui étaient les esclaves de mon oncle me firent prendre en pitié la hallebarde de fer et le cha- peau galonné.

Mon père était heureux de mon enthousiasme; ma mère en souf- frait, car avec son sentiment maternel elle démêlait très bien l'effet que ces histoires produisaient sur moi :

« Tout ça, disait-elle, lui donnera le goût des voyages et de la mer.

— Eh bien, après, il fera comme moi, et pourquoi pas comme son oncle? »

Faire comme mon oncle ! mon pauvre père ne savait pas quel feu il allumait.

Il fallut bien qu'elle se résignât à l'idée que je serais marin; mais, dans sa tendresse ingénieuse, elle voulut au moins m'adoucir les commencements de ce dur métier. Elle décida mon père à abandonner le service de l'État; quand il aurait un commandement pour l'Islande, je ferais mon apprentissage sous lui.

Par ce moyen, elle espérait nous garder à terre pendant la saison d'hiver, alors que les navires qui font la pêche rentrent au port pour désarmer. Mais que peuvent les combinaisons et les prévisions humaines contre la destinée?

III

Mon père était revenu en août; au mois de septembre, le temps, qui avait été beau pendant plus de trois mois, se mit au mauvais; il y eut une série d'ouragans comme il y avait eu une série de calmes. On ne parlait que de naufrages sur nos côtes; un vapeur s'était perdu corps et biens dans le raz Blanchard; plusieurs barques de Granville avaient disparu, et l'on disait que la mer aux alentours de Jersey était couverte de débris; à terre, les chemins étaient encombrés de branches rompues; les pommes encore vertes couvraient le sol, aussi drues que si elles avaient été gaulées; bien des pommiers étaient les racines en l'air ou tordus par le milieu du tronc, et les feuilles pendaient aux branches, roussies comme si elles avaient été exposées à un feu de paille.

Tout le monde vivait dans la crainte, car c'était le moment du retour des Terreneuviers.

Cela dura près de trois semaines, puis un soir il se fit une accalmie complète à la fois sur la terre et sur la mer: je croyais la tempête passée, mais au souper mon père se moqua de moi quand je lui demandai si nous n'irions pas le lendemain relever des filets qui étaient tendus depuis le commencement du mauvais temps.

« Demain, dit-il, la bourrasque se mettra en plein à l'Ouest ; le soleil s'est couché dans un brouillard roux, il y a trop d'étoiles au ciel, la mer gémit, la terre est chaude ; tu verras plus fort que tu n'as encore vu. »

Aussi le lendemain, au lieu d'aller à la mer, nous nous mimes à charrier des pierres sur le toit du *rouf*. Le vent d'Ouest s'était élevé avec le jour ; pas de soleil, un ciel sale, éclairé de place en place par de longues lignes vertes, et, bien que la mer fût basse, au loin un bruit sourd semblable à un hurlement.

Tout à coup mon père, qui était sur le toit du rouf, s'arrêta dans son travail, je montai près de lui. Au large, à l'horizon, on apercevait un petit point blanc sur le ciel sombre : c'était un navire.

« S'ils n'ont point d'avaries, ils veulent donc se perdre, » dit mon père.

En effet, par les vents d'Ouest, le Port-Dieu est inabordable.

C'était une éclaircie qui nous avait montré le navire. Il disparut presque aussitôt à nos yeux. Les nuages s'entassaient dans une confusion noire ; ils montaient rapides, mêlés, roulant comme des tourbillons de fumée qui s'échappent d'un incendie ; la courbure extrême de l'horizon était le foyer d'où ils s'élançaient.

Nous descendîmes au village ; on courait déjà vers la jetée, car déjà tout le monde savait qu'il y avait un navire en vue, c'est-à-dire en danger.

Au loin comme à nos pieds, à droite, à gauche, tout autour de nous, la mer n'était qu'une écume, une neige mouvante ; elle montait plus vite qu'à l'ordinaire avec un bruit sourd qui, mêlé à la tourmente, paralysait l'ouïe ; les nuages, bien que poussés par un vent furieux, étaient si bas, si lourds, qu'ils semblaient appuyer de tout leur poids sur cette mousse savonneuse. Le navire avait grandi ; c'était un brick ; il était presque à sec de toile.

« Voilà qu'il hisse son guidon, dit le capitaine Houel, qui avait sa longue-vue, c'est celui des frères Leheu. »

Les frères Leheu étaient les plus riches armateurs du pays.

« Il demande le pilote.

— Ah ! oui, le pilote ; il faudrait pouvoir sortir. »

Ce fut le pilote lui-même, le père Housard, qui répondit cela ; et comme il n'y avait là que des gens du métier, on ne répliqua point ; on savait bien qu'il avait raison et qu'il était impossible de sortir.

Au même moment, on vit arriver du côté du village l'aîné des frères Leheu. Il ne savait assurément pas quelle était la violence du

vent, car à peine eut-il dépassé l'angle de la dernière maison qu'il
tourna sur lui-même et fut rejeté dans la rue comme un paquet de
hardes. Tant bien que mal, trébuchant, tournoyant, piquant dans le
vent comme le nageur dans la vague, il arriva jusqu'à la batterie
derrière laquelle nous étions abrités ; en chemin, il perdit son chapeau sans essayer de courir après, et tout le monde vit bien par là
qu'il était terriblement tourmenté, car il était connu pour ne jamais
rien perdre.

On sut en une minute que le brick lui appartenait ; il avait été
construit à Bayonne, il était monté par un équipage basque, c'était
son premier voyage ; il n'était pas assuré.

« Vingt sous le tonneau si vous l'entrez, dit M. Leheu en tirant le
père Housard par son suroît.

— Pour l'aller chercher, il faudrait d'abord pouvoir sortir. »

Les vagues sautaient par-dessus la jetée ; le vent était devenu
comme un immense balaiement qui emportait avec lui l'écume des
vagues, les goémons, le sable du parapet, les tuiles du corps de
garde ; les nuages éventrés traînaient jusque dans la mer, et la blancheur savonneuse de celle-ci les rendait plus noirs encore.

Quand le brick vit que le pilote ne sortait pas, il vira à moitié de
bord pour tâcher de courir une bordée en attendant.

Attendre, c'était le naufrage sûr ; entrer sans pilote, c'était le naufrage plus sûr encore.

On accourait du village ; en tout autre moment, c'eût été un risible
spectacle de voir les trouées que le vent faisait dans les groupes,
comme il les soulevait, les bousculait ; il y avait des femmes qui se
couchaient par terre et qui tâchaient d'avancer en se traînant sur
les genoux.

M. Leheu ne cessait de crier : « Vingt sous du tonneau, quarante
sous ! » Il allait, venait, courait, et dans la même seconde passait
des supplications aux injures.

« Vous êtes tous les mêmes, à la mer quand on a pas besoin de
vous, dans votre lit quand il y a danger. »

Personne ne répondait : on secouait la tête ou bien on la détournait.

Il s'exaspéra :

« Vous êtes tous des propres à rien ; c'est trois cent mille francs de
perdus ; vous êtes des lâches. »

Mon père s'avança :

« Donnez-moi un bateau, j'y vas.

— Toi, Kalbris, tu es brave.

— Si Kalbris y va, j'y vas aussi, dit le père Housard.

— Vingt sous du tonneau, je ne m'en dédis pas, cria M. Leheu.

— Rien, dit le père Housard, ce n'est pas pour vous ; mais si j'y reste et que ma vieille vous demande deux sous le dimanche, ne la refusez pas.

— Kalbris, dit M. Leheu, j'adopterai ton gars.

— Ce n'est pas tout ça, il nous faut le bateau à Gosseaume. »

Ce bateau, qu'on appelait le *Saint-Jean*, était célèbre sur toute la côte pour bien porter la toile par n'importe quel temps.

« Je veux bien, dit Gosseaume, cédant à tous les yeux ramassés sur lui, mais c'est à Kalbris que je le prête, il faut qu'il me le ramène. »

Mon père m'avait pris par la main ; nous nous mîmes à courir vers la cale où le *Saint-Jean* était à sec : en une minute il fut appareillé de sa voile et de son gouvernail.

Outre mon père et le pilote, il fallait un troisième marin, un de nos cousins se présenta : on voulut le retenir.

« Kalbris y va bien, dit-il.

Mon père me prit dans ses bras, et d'une voix dont je me rappelle encore l'accent :

— On ne sait pas, dit-il en m'embrassant, tu diras à ta mère que je l'embrasse. »

Sortir du port avec ce vent debout était la grande difficulté ; les haleurs qui tiraient sur l'amarre du *Saint-Jean* n'avancèrent pas ; il y avait des secousses qui leur faisaient lâcher prise et les éparpillaient en les bousculant. La pointe extrême de la jetée était balayée par les vagues ; il fallait cependant que le *Saint-Jean* fût halé en dehors de cette pointe pour prendre le vent. Le gardien du phare se noua autour des reins un grelin, et, pendant que les haleurs maintenaient tant bien que mal le *Saint-Jean* dans le chenal, il se baissa le long du parapet et s'avança en tenant à deux mains la rampe en fer qui y est fixée. Il n'avait pas la prétention, vous le sentez bien, de sortir à lui tout seul la barque que cinquante bras pouvaient à peine entraîner, mais seulement, et c'était un rude travail, de passer l'amarre autour de la poulie de bronze qui est à l'extrémité de la jetée, de telle sorte que la barque, trouvant là son point d'appui, pût s'avancer en sens contraire des haleurs revenant sur leurs pas. Trois fois il fut couvert par la vague, mais il avait l'habitude de ces avalanches d'eau, il résista et parvint à enrouler le grelin. Le *Saint-Jean* recommença à avancer lentement en plongeant si lourdement dans les lames que c'était à croire qu'elles allaient l'emplir. Tout à coup l'amarre mollit et vint d'elle-même ; elle avait été larguée et le *Saint-Jean* doublait la jetée.

Je sautai sur le glacis de la batterie et j'embrassai si solidement de mes bras et de mes jambes le mât des signaux, que je pus m'y cramponner ; il ployait et craquait comme si, vivant encore, il se fût balancé sur ses racines dans la forêt natale.

J'aperçus mon père au gouvernail : auprès de lui les deux hommes

étaient appuyés contre le bordage, le dos au vent. Le *Saint-Jean*
s'avançait par saccades; tantôt il s'arrêtait, tantôt il filait comme un
boulet qui ricoche dans des flots d'écume; tantôt il disparaissait entièrement dans cette poussière d'eau que les marins nomment des
embruns.

Le brick, dès qu'il le vit, changea sa route et gouverna en plein
sur le phare; aussitôt que le *Saint-Jean* se fut assez élevé dans le
vent, il changea aussi sa bordée et gouverna pour couper le brick;
en quelques minutes ils se joignirent : la barque passa sous le beaupré du grand navire et presque aussitôt pivota sur elle-même; ils
étaient attachés l'un à l'autre.

« La remorque ne tiendra pas, dit une voix. — Quand elle tien-
drait, ils ne pourront jamais s'affaler le long du brick, » dit une
autre.

Il paraissait, en effet, impossible que le *Saint-Jean* pût s'approcher assez du brick pour permettre au père Housard d'y grimper :
ou le *Saint-Jean* devait être broyé, ou le père Housard devait tomber
à la mer.

Joints l'un à l'autre, emportés dans la même rafale, poussés par
la même vague, le navire et la barque approchaient. Quand le beaupré plongeait, on voyait le pont se dresser et l'équipage, incapable
de tenir pied, s'accrocher où il pouvait.

« Monte donc, monte donc, » criait M. Leheu.

Trois ou quatre fois déjà le père Housard avait essayé de s'élancer, mais les deux navires s'étaient violemment séparés : la barque,
lancée à vingt ou trente mètres au bout de la remorque, allait, devant, derrière, au hasard des lames qui l'emportaient. Enfin, le
brick fit une embardée du côté du *Saint-Jean*, et, quand la vague qui
l'avait soulevé s'abaissa, le pilote se cramponnait à son bord sur le
porte-haubans.

Il semblait que le vent avait vaincu toute résistance, nivelé, démoli,
emporté les obstacles : il passait sur nous et au travers de nous
irrésistiblement, sans ces intervalles de repos et de reprise qui
laissent au moins un moment pour respirer. On ne sentait plus
qu'une violente poussée, toujours dans le même sens; on n'entendait
plus qu'un soufflement qui rendait sourd. Sous cet aplatissement,
les vagues étaient soulevées avant de se former; elles s'écroulaient
les unes sur les autres en tourbillons.

Le brick arrivait rapide comme la tempête elle-même, portant
seulement tout juste ce qu'il fallait de toile pour gouverner. Bien
que la mer parût aplatie, il avait des mouvements de roulis et de
tangage dans lesquels il s'abattait furieusement de côté et d'autre
comme s'il allait virer : au milieu d'une de ces secousses, on ne vit
plus que des lambeaux de toile; son {hunier avait été emporté;

n'ayant plus de point d'appui pour gouverner, il vint par le travers : il était à peine à deux ou trois cents mètres de l'entrée.

Un même cri sortit de toutes les poitrines.

Le *Saint-Jean*, à bord duquel étaient restés mon père et mon cousin, suivait le brick à une petite distance ; pour ne pas se heurter contre cette masse, il prit au large, mais au même moment une trinquette fut hissée à bord du brick; celui-ci revint dans la passe, en coupant une fois encore la route à la barque, qu'il masqua entièrement de sa masse noire. Deux secondes après, il donnait dans le chenal.

Joints l'un et l'autre.

C'était la barque que je suivais bien plus que le brick : quand je la cherchai, celui-ci entré, je ne la vis plus. Puis presque aussitôt je l'aperçus en dehors de la jetée; gênée par la manœuvre du grand navire, elle avait manqué la passe trop étroite, et elle courait vers une sorte de crique à droite de la jetée, où ordinairement, dans les jours d'orage, on trouvait une mer moins tourmentée.

Mais ce jour-là, comme partout, à perte de vue, la mer y était furieuse, et il fallait une impossibilité absolue de remonter dans le vent pour s'y laisser affaler; la voile fut amenée, une ancre fut mouillée, et, aux vagues qui se précipitaient du large le canot présenta l'avant : entre lui et la plage se dressait une ligne de rochers qui ne devaient pas être couverts d'eau avant une demi-heure. L'ancre tiendrait-elle? La corde ne serait-elle pas coupée? Le *Saint-Jean* pourrait-il toujours s'élever à la lame sans plonger?

Je n'étais qu'un enfant, mais j'avais assez l'expérience des choses de la mer pour calculer l'hor- rible longueur de cette attente.

Autour de moi, j'entendais aussi se poser ces questions, car nous avions couru sur la grève et nous étions groupés en tas pour résister au vent :

« S'ils tiennent encore, ils pour- ront échouer; si le *Saint-Jean* vient au plein, il sera brisé en miettes.

— Kalbris est un rude nageur.

— Ah ! oui , nager! »

Une planche elle-même eût été engloutie dans ces tourbillons d'eau, d'herbe, de cailloux, d'écume qui s'abattaient sur la plage, où

Je vis le *Saint-Jean* arriver par le travers.

ils creusaient des trous. Les vagues, repoussées par les rochers, produisaient un ressac qui, en reculant, rencontrait celles venant du large, et ainsi pressées elles montaient les unes par-dessus les autres et s'écroulaient en cascades.

Tandis que je restais haletant, les yeux sur le *Saint-Jean*, je me sens saisir à deux bras; je me retournai, c'était ma mère qui accou- rait à moi éperdue; elle avait tout vu du haut de la falaise.

On vint nous entourer, le capitaine Houel et quelques autres; on

2

nous parlait, on tâchait de nous rassurer : sans répondre à personne, ma pauvre mère regardait au large.

Tout à coup un grand cri domina le bruit de la tempête :

« L'ancre a lâché ! »

Ma mère tomba à genoux et m'entraîna avec elle.

Quand je relevai les yeux, je vis le *Saint-Jean* arriver par le travers sur la crête d'une vague immense : soulevé, porté par elle, il passa par-dessus la barrière de rochers ; mais la vague se creusa pour s'abattre ; la barque se dressa tout debout en tournoyant, et je ne vis plus rien qu'une nappe d'écume.

Ce fut seulement deux jours après qu'on retrouva le corps de mon père horriblement mutilé ; on ne retrouva jamais celui de mon cousin.

IV

Pendant six années la place de mon père avait été vide au bout de la table, mais ce n'était pas le vide effrayant et morne qui suivit cette catastrophe.

Sa mort ne nous réduisit pas absolument à la misère, car nous avions notre maison et un peu de terre ; cependant ma mère dut travailler pour vivre.

Elle avait été autrefois la meilleure repasseuse du pays, et comme le bonnet du Port-Dieu est une des belles coiffures de la côte, elle retrouva des pratiques.

Les messieurs Leheu crurent devoir venir à notre aide.

« Mon frère vous prendra tous les quinze jours, dit l'aîné à ma mère, et moi tous les quinze jours aussi ; une journée assurée toutes les semaines c'est quelque chose. »

Et ce fut tout. Ce n'était pas payer bien cher la vie d'un homme.

La journée de travail, au temps dont je parle, se réglait sur le soleil ; j'eus donc, le matin et le soir, avant comme après l'école, des heures où, en l'absence de ma mère, je fus maître de faire ce qui me plaisait.

Or, ce qui me plaisait, c'était de flâner sur la jetée ou sur la grève, selon que la mer était haute ou basse. Tout ce que ma pauvre maman essayait pour me retenir à la maison était inutile ; j'avais toujours des raisons pour m'échapper ou me justifier ; heureux encore quand je n'en avais pas pour faire l'école buissonnière, c'est-à-dire quand les navires ne rentraient pas de Terre-Neuve, quand il n'y avait pas de grande marée, quand il n'y avait pas de gros temps.

Ce fut dans un de ces jours de grande marée et d'école buissonnière que je fis une rencontre qui eut une influence capitale sur mon caractère et décida de ma vie.

On était à la fin de septembre, et la marée du vendredi devait découvrir des rochers qu'on n'avait pas vus depuis longtemps. Le vendredi matin, au lieu d'aller à l'école, je me sauvai dans la falaise, où, en attendant que la mer descendit, je me mis à déjeuner : j'avais plus de deux heures à attendre.

La marée montait comme une inondation, et si les yeux se détournaient un moment d'un rocher, ils ne le retrouvaient plus, il avait été noyé dans cette nappe qui se soulevait avec une vitese si calme que c'était le rocher qui semblait avoir lui-même coulé à pic ; pas une vague, mais seulement une ligne d'écume entre la mer bleue et le sable jaune ; au large, au delà de l'horizon voûté des eaux, le regard se perdait dans des profondeurs grises ; on voyait plus loin qu'à l'ordinaire ; sur les côtes, le cap Vauchel et l'aiguille d'Aval, ce qui n'arrive que dans les grands changements de temps,

La mer resta étale bien longtemps pour mon impatience, puis enfin elle commença à se retirer avec la même vitesse qu'elle était venue. Je la suivis ; j'avais caché dans un trou mon panier et mes sabots et je marchais pieds nus sur la grève, où mes pas creusaient une souille qui s'emplissait d'eau.

Nos plages sont en général sablonneuses ; cependant on y rencontre, semés çà et là, des amas de rochers, que la mer, dans son travail d'érosion, n'a pas encore pu user, et qui forment à marée

basse des îlots noirâtres. Comme j'étais dans un de ces îlots à poursuivre des crabes sur les goémons, je m'entendis héler.

Ceux qui sont en faute ne sont pas très braves, j'eus un moment de
frayeur; mais en levant les yeux je vis que je n'avais rien à craindre,
celui qui m'avait hélé n'allait pas me renvoyer à l'école : c'était
un vieux Monsieur à barbe blanche que dans le pays nous avions
baptisé Monsieur Dimanche, parce qu'il avait un domestique qu'il
appelait Samedi. De vrai, il se nommait M. de Bihorel et il habitait
une petite île à un quart d'heure du Port-Dieu ; autrefois cette île
avait tenu à la terre, mais il avait fait couper la chaussée de granit
qui formait l'isthme et l'avait ainsi transformée en une île véritable,
que la mer, lorsqu'elle était haute, baignait de tous côtés. Il avait la
réputation d'être le plus grand original qui existât à vingt lieues à la
ronde; et cette réputation il la devait à un immense parapluie qu'il
portait toujours tendu au-dessus de sa tête, à la solitude absolue
dans laquelle il vivait, surtout à un mélange de dureté et de bonté
dans ses relations avec les gens du pays.

« Hé ! petit, criait-il, qu'est-ce que tu fais là?

— Vous voyez bien, je cherche des crabes.

— Eh bien, laisse tes crabes et viens avec moi, tu me porteras mon
filet, tu ne t'en repentiras pas. »

Je ne répondis pas; mais ma figure parla pour moi.

« Ah ! ah ! tu ne veux pas ?

— C'est que...

— Tais-toi, je vais te dire pourquoi tu ne veux pas ; dis-moi seulement ton nom.

— Romain Kalbris.

— Tu es le fils de Kalbris, qui a péri pour sauver un brick l'année
dernière ; ton père était un homme. »

J'étais fier de mon père; ces paroles me firent regarder M. de Bihorel
moins sournoisement.

« Tu as neuf ans, continua-t-il en me posant la main sur la tête et
en plongeant ses yeux dans les miens, c'est aujourd'hui vendredi, il
est midi, tu fais l'école buissonnière.

Je baissai les yeux en rougissant.

« Tu fais l'école buissonnière, poursuivit-il, ceci n'est pas bien
difficile à deviner ; maintenant je vais te dire pourquoi. Ne tremble
pas, petit nigaud, je ne suis pas sorcier. Allons, regarde-moi. Tu
veux profiter de la marée pour pêcher.

— Oui, monsieur, et pour voir la *Tête de chien.*

La *Tête de chien* est un rocher qui ne découvre que très rarement.

— Eh bien! moi aussi je vais à la *Tête de chien;* prends mon filet et
suis-moi. »

Je le suivis sans souffler mot, j'étais abasourdi qu'il m'eût si facilement deviné. Quoique je le connusse bien, c'était la première fois que j'échangeais autant de paroles avec lui, et je ne savais pas que son plaisir était de chercher le mobile secret des actions de ceux avec lesquels il se trouvait; une grande finesse et une longue expérience le faisaient souvent toucher juste, et, comme il ne craignait personne, il disait toujours son impression quelle qu'elle fût, gracieuse ou blessante.

Bien que j'en eusse peu envie, il me fallut parler, tout au moins répondre aux questions qu'il ne cessa de me poser. Il n'y avait pas un quart d'heure que je marchais derrière lui qu'il savait tout ce que je pouvais lui apprendre sur moi-même, sur mon père, sur ma mère, sur ma famille. Ce que je lui racontai de mon oncle l'Indien parut l'intéresser.

« Curieux, disait-il, esprit d'aventure, sang normand mêlé au sang phénicien; d'où peut venir Calbris ou Kalbris. »

Cet interrogatoire ne l'empêchait pas d'examiner la grève sur laquelle nous avancions et de ramasser de temps en temps des coquillages et des herbes qu'il me fallait mettre dans le filet.

« Comment appelles-tu ça ? » me disait-il à chaque chose.

Presque toujours je restais muet, car si je connaissais bien de vue ces herbes ou ces coquillages, je ne savais pas leur nom.

« Tu es bien un fils de ton pays, dit-il impatienté; pour vous autres, la mer n'est bonne qu'à piller et à ravager, c'est l'éternelle ennemie contre laquelle il faut se défendre; vous ne verrez donc jamais qu'elle est une mère aussi nourricière que la terre, et que les forêts qui couvrent ses plaines et ses montagnes sont peuplées de plus d'animaux que nos forêts terrestres. Cet horizon infini, ces nuages, ces flots ne vous parleront donc jamais que d'ouragans et de naufrages ? »

Il s'exprimait avec une véhémence qui stupéfiait ma timidité d'enfant, et c'est l'impression de ses paroles que je vous donne plutôt que ses paroles elles-mêmes, car j'ai mal retenu ce que je ne comprenais guère; mais l'impression m'est restée si vive que je le vois encore sous son parapluie, étendant son bras sur la haute mer et entraînant mes yeux avec les siens.

« Viens ici, continua-t-il en me montrant une crevasse de rocher d'où l'eau ne s'était pas retirée, que je te fasse comprendre un peu ce que c'est que la mer. Qu'est-ce que ça ? »

Il m'indiqua du doigt une sorte de petite tige fauve, collée par la base à une pierre et terminée à l'extrémité par une espèce de corolle jaune, dont les bords découpés en lanières étaient d'un blanc de neige.

« Est-ce une herbe, est-ce une bête ? Tu n'en sais rien, n'est-ce pas ? Eh bien, c'est une bête; si nous avions le temps de rester là, tu

la verrais peut-être se détacher, et tu sais bien que les fleurs ne
marchent pas. Regarde de tout près, tu vas voir ce qui ressemble à
la fleur s'allonger, se raccourcir, se balancer. C'est ce que les savants
nomment une anémone de mer. Mais pour que tu sois bien convaincu
que c'est un animal, tâche de m'attraper une crevette. Tu sais que
les fleurs n'en mangent point, n'est-ce pas? »

Disant cela, il prit la crevette et la jeta dans la corolle de l'anémone;
la corolle se referma et la crevette disparut engloutie.

Dans un trou plein d'eau, je pris une petite raie : elle avait enfoui
ses ailerons dans le sable pour se cacher, mais ses taches brunes et
blanches me la firent apercevoir ; je la portai à M. de Bihorel.

« Tu as trouvé cette raie, me dit-il, parce qu'elle a des marbrures,
et ce qui te l'a fait découvrir la dénonce aussi aux poissons voraces;
or, comme au fond des mers règne une guerre générale dans laquelle
on se tue les uns les autres ainsi que cela arrive trop souvent sur la
terre, simplement pour le plaisir et la gloire, ces pauvres raies, qui
nagent mal, ne tarderaient pas à être exterminées si la nature n'y
avait pourvu ; regarde la queue de ta raie, elle est hérissée d'épines
et de dards, si bien que quand elle se sauve, elle ne peut être atta-
quée par là, et que les ennemis que ses taches attirent doivent s'arrêter devant sa cuirasse. Il y a là une loi d'équilibre universel que
que tu peux remarquer aujourd'hui et que tu comprendras plus tard. »

J'étais émerveillé; vous pouvez comprendre quel effet produisait
cette leçon démonstrative sur un enfant naturellement curieux et
questionneur qui n'avait jamais personne pour lui répondre. La
crainte, qui tout d'abord m'avait clos la bouche, s'était promptement
dissipée.

Suivant toujours la marée qui se retirait, nous arrivâmes à la *Tête
de chien*. Combien y restâmes-nous, je n'en sais rien. Je n'avais plus
conscience du temps. Je courais de rocher en rocher, et je rappor-
tais à M. de Bihorel les coquilles ou les plantes que je voyais pour
la première fois. J'emplissais mes poches d'un tas de choses qui me
semblaient très curieuses au moment où je les trouvais et que
bientôt je jetais pour les remplacer par d'autres qui avaient l'incon-
testable supériorité d'être nouvelles.

Tout à coup, en levant les yeux, je ne vis plus la côte ; elle avait
disparu dans un léger brouillard; le ciel était uniformément gris
pâle ; la mer était si calme que c'était à peine si nous l'entendions
derrière nous.

J'aurais été seul que je serais rentré, car je savais combien il est
difficile, par un temps de brouillard, de retrouver son chemin au
milieu des grèves; mais, M. de Bihorel ne disant rien, je n'osai rien
dire non plus.

Cependant le brouillard, qui enveloppait toute la côte, s'avança vers nous comme un nuage de fumée montant de la terre droit au ciel.

« Ah ! ah ! voici le brouillard, dit M. de Bihorel ; si nous ne voulons pas faire une partie de Colin-Maillard un peu trop sérieuse, il faut nous en retourner : prends le filet. »

Mais presque aussitôt le nuage nous atteignit, nous dépassa, et nous ne vîmes plus rien, ni la côte, ni la mer qui était à cinquante pas derrière nous ; nous étions plongés dans une obscurité grise.

« La mer est là, dit M. de Bihorel sans s'inquiéter, nous n'avons qu'à aller droit devant nous. »

Aller droit devant nous sur le sable, sans rien pour nous guider, ni ornière, ni trace quelconque, ni pente même pour indiquer si nous descendions ou nous montions, c'était jouer sérieusement le jeu du tapis vert de Versailles, dans lequel il s'agit d'aller les yeux bandés du parterre de Latone au bassin d'Appolon sans dévier et sans marcher sur le sable ; avec cette circonstance aggravante pour nous que nous avions au moins une demi-lieue à faire avant de trouver les falaises.

Il n'y avait pas dix minutes que nous marchions, quand nous fûmes arrêtés par un amas de rochers.

« C'est les *Pierres vertes*, dis-je.

— C'est le Pouldu, dit M. de Bihorel.

— C'est les *Pierres vertes*, Monsieur.

Il me donna une petite tape sur la joue :

— Ah ! ah ! il paraît que nous avons une bonne petite caboche, » dit-il.

Si c'était les *Pierres vertes*, nous devions les longer en allant à droite et nous rapprocher ainsi du Port-Dieu ; si, au contraire, c'était le Pouldu, nous devions prendre à gauche, sous peine de tourner le dos au village.

En plein jour rien n'est plus facile que de distinguer ces deux rochers ; même la nuit, à la clarté de la lune, je les aurais facilement reconnus ; mais, dans le brouillard, nous voyions les pierres couvertes de varech et voilà tout.

« Écoutons, dit M. de Bihorel, le bruit de la côte nous guidera. »

Nous n'entendîmes rien, ni le bruit de la côte, ni même le bruit de la mer. Il ne faisait pas un souffle de vent. Nous étions comme plongés dans une ouate blanche qui nous bouchait les oreilles aussi bien que les yeux.

« C'est le Pouldu, dit M. de Bihorel.

Je n'osais le contredire davantage et le suivis en tournant comme lui à gauche.

« Viens près de moi, mon enfant, me dit-il d'une voix douce, donne-moi la main que nous ne nous séparions point ; une, deux, marchons au pas. »

Nous marchâmes environ dix minutes, puis je sentis sa main qui serrait la mienne. On entendait un faible clapotement. Nous nous étions trompés, c'étaient les *Pierres vertes ;* nous nous dirigions droit vers la mer et nous n'en étions plus qu'à quelques pas.

« Tu avais raison, dit-il, il fallait prendre à droite ; retournons. »

Retourner où ? Comment nous diriger ! Nous savions où était la mer parce que nous entendions la mer se briser doucement, mais en nous éloignant nous n'entendions plus rien, et nous ne savions plus si nous tournions le dos à la côte ou si nous donnions sur elle.

L'obscurité devenait de plus en plus opaque, car à l'épaisseur du brouillard s'ajoutait l'approche de la nuit. Nous ne voyions plus depuis quelques instants déjà le bout de nos pieds, et c'est à peine si M. de Bihorel put distinguer l'heure à sa montre. Il était six heures ; la marée allait commencer à remonter.

« Il faut nous hâter, dit-il ; si le flot nous prend, il ira plus vite que nous ; il a des bottes de sept lieues.

Il sentit au tremblement de ma main que j'avais peur.

« N'aie pas peur, mon enfant, le vent va s'élever de terre et pousser le brouillard au large ; d'ailleurs, nous verrons le phare, qui va bientôt s'allumer. »

Il n'y avait pas là de quoi me rassurer ; le phare, je savais bien que nous n'apercevrions pas sa lumière. Depuis quelques minutes je pensais à trois femmes qui, l'année précédente, avaient comme nous été surprises sur cette grève par le brouillard et qui avaient été noyées ; on avait retrouvé leurs cadavres seulement huit jours après ; je les avais vu rapporter au Port-Dieu, et je les avais maintenant là devant les yeux, épouvantables dans leurs pauvres guenilles verdâtres.

Quoique je voulusse me retenir, je me mis à pleurer. Sans se fâcher, M. de Bihorel tâcha de me calmer par de bonnes paroles.

« Crions, me dit-il, s'il y a un douanier sur la falaise, il nous entendra et nous répondra ; il faut bien que ces mâtins-là servent à quelque chose.

Nous criâmes, lui d'une voix forte, moi d'une voix entrecoupée de sanglots. Rien ne nous répondit, pas même l'écho ; et ce silence morne me pénétra d'un effroi plus grand encore ; il me sembla que j'étais mort au fond de l'eau.

« Marchons, dit-il, peux-tu marcher ? »

Il me tira par la main, et nous avançâmes à l'aventure. Aux paroles qu'il m'adressait de temps en temps pour m'encourager, je sentais bien qu'il était inquiet aussi, et sans confiance dans ses propres paroles.

Après plus d'une longue demi-heure de marche, le désespoir me gagna tout à fait, et, lui lâchant la main, je me laissai tomber sur le sable.

« Abandonnez-moi là, Monsieur, pour mourir, lui dis-je en pleurant.

— Allons bon ! fit-il, autre marée maintenant, veux-tu bien rentrer tes larmes ; est-ce qu'on meurt quand on a une maman ? Allons, lève-toi, viens.

Mais tout, même cela, était inutile, je restais sans pouvoir bouger. Tout à coup je poussai un cri.

— Monsieur !

— Eh bien, mon enfant ?

— Là, là, baissez-vous.

— Veux-tu que je te porte, pauvre petit ?

— Non, Monsieur, tâtez.

Et, lui prenant la main, je la posai à plat à côté de la mienne.

— Eh bien ?

— Sentez-vous, voilà l'eau.

Nos plages sont formées d'un sable très fin, profond et spongieux ; à marée basse, ce sable, qui s'est imbibé comme une éponge, s'égoutte, et l'eau se réunissant forme de petits filets presque invisibles, qui suivent la pente du terrain jusqu'à la mer. C'était un de ces petits filets que ma main avait barré.

« La côte est là, » et j'étendis le bras dans la direction d'où venait l'eau.

En même temps je me relevai ; l'espérance m'avait rendu mes jambes ; M. de Bihorel n'eut pas besoin de me traîner.

J'allais en avant ; de minute en minute, je me baissais pour coller ma main sur la plage, et, par la direction de l'eau, remonter le courant.

« Tu es un brave garçon, dit M. de Bihorel ; sans toi, nous étions, je crois, bien perdus. »

Il n'y avait pas cinq minutes qu'il avait laissé échapper ses craintes, lorsqu'il me sembla que je ne trouvais plus d'eau. Nous fîmes encore quelques pas ; ma main se posa sur le sable sec.

« Il n'y a plus d'eau. »

Il se baissa et tâta aussi à deux mains ; nous ne sentîmes que le sable humide qui s'attacha à nos doigts.

En même temps, il me sembla entendre comme un léger clapotement. M. de Bihorel l'entendit aussi.

« Tu te seras trompé, dit-il, nous marchons vers la mer.

— Non, Monsieur, je vous assure ; et puis, si nous approchions de la mer, le sable serait plus mouillé. »

Il ne dit rien, et se releva. Nous restâmes ainsi indécis, perdus une fois encore. Il tira sa montre ; il faisait bien trop sombre pour voir les aiguilles, mais il la fit sonner : elle sonna six heures et trois quarts.

« La marée monte depuis plus d'une heure.

— Alors, Monsieur, vous voyez bien que nous nous sommes rapprochés de la côte. »

Comme pour donner une confirmation à mon raisonnement, nous entendîmes derrière nous un ronflement sourd ; il n'y avait pas à s'y tromper, c'était la marée montante qui arrivait.

« C'est une *nau* que nous avons devant nous, dit-il.

— Je le crois bien, Monsieur. »

Ces plages, précisément parce qu'elles sont formées d'un sable mouvant, ne restent pas parfaitement planes ; il s'y forme çà et là de petits monticules séparés les uns des autres par de petites vallées ; tout cela à peu près plat pour l'œil, tant les différences de niveau sont légères, mais parfaitement sensibles pour l'eau, si bien qu'à la marée montante ce sont les vallées qui se remplissent les premières et les monticules restent à sec, formant des îles, battues d'un côté par le flot montant, entourées de tous les autres par l'eau qui court dans les vallées comme dans le lit d'une rivière. Nous étions en face d'une de ces rivières. Était-elle profonde ? Toute la question était là.

« Il faut passer la *nau*, dit M. de Bihorel ; tiens-moi bien.

Et comme j'hésitais :

« As-tu pas peur de te mouiller, dit-il, les pieds ou la tête ? choisis ; moi, j'aime mieux les pieds.

— Non, Monsieur, nous allons nous perdre dans l'eau.

— Veux-tu donc rester là pour être pris par la mer ?

— Non, mais passez le premier, je resterai là à crier, vous irez contre ma voix, quand vous serez de l'autre côté, vous crierez à votre tour et j'irai sur vous.

— Passe le premier.

— Non, je nage mieux que vous.

— Tu es un brave petit, viens, que je t'embrasse. »

Et il m'embrassa comme si j'avais été son fils ; ça me remua le cœur.

Il n'y avait pas de temps à perdre, la mer arrivait rapidement ; de seconde en seconde on entendait son soufflement plus fort. Il entra dans l'eau et je commençai à crier.

« Ne crie pas, dit M. de Bihorel, que je ne voyais plus, chante plutôt si tu peux.

— Oui, Monsieur, et je me mis à chanter :

> Il est né en Normandie ;
> Il y fut nommé Rageau.
> Sa beauté, dès son berceau,
> A chacun faisait envie.
>   Tra la, la, tra la, la.

Je m'interrompis.

— Avez-vous pied, Monsieur ?

— Oui, mon enfant, il me semble que je commence à remonter ; chante.

> Ses lèvres étaient vermeilles
> Comme du sang de navet ;
> Sa bouche ne s'arrêtait
> Qu'en rencontrant ses oreilles.
> Tra la, la, tra la, la.

J'allais chanter le troisième couplet de cette ronde.

— A ton tour, me cria M. de Bihorel, je n'ai plus d'eau que jusqu'aux genoux, viens. »

Et il entonna un air sans paroles qui était triste comme une chanson de mort.

J'entrai dans l'eau ; mais je n'étais pas de la taille de M. de Bihorel et ne tardai pas à perdre pied ; ce n'était rien pour moi qui nageais comme un poisson. Seulement, comme il y avait du courant, j'eus peine à me diriger droit, et il me fallut plus d'un quart d'heure pour arriver jusqu'à lui.

Lorsque je l'eus rejoint, nous ne tardâmes pas à sortir tout à fait de l'eau et à nous retrouver sur le sable.

Il respira avec une satisfaction qui me montra combien son anxiété avait été vive..

« Prenons une prise, dit-il, nous l'avons bien gagnée. »

Mais à peine avait-il atteint sa tabatière, qu'il poussa une exclamation en secouant ses doigts.

« Mon tabac qui est changé en marc à café, et ma montre qui, bien sûr, tourne comme la roue d'un moulin dans l'eau, qu'est-ce que Samedi va dire ? »

Je ne sais à quoi cela tenait, mais je n'avais plus peur du tout. Il me semblait que le danger était passé.

Il ne l'était pas, et il nous restait plus de chemin à faire que nous n'en avions fait ; nous étions entourés des mêmes dangers et nous avions les mêmes difficultés pour nous diriger.

Le brouillard semblait s'être encore épaissi ; la nuit était venue, et, bien que nous fussions plus rapprochés de la falaise, nous n'entendions aucun bruit de ce côté qui nous dît : « La terre est là, » ni le beuglement d'une vache, ni un coup de fouet, ni le grincement d'un essieu, rien : un silence lourd devant nous ; derrière, le grondement sourd et continu de la mer qui montait.

C'était là notre seule boussole maintenant, mais bien incertaine et bien perfide. Si nous avancions trop vite, nous pouvions nous perdre ; si nous n'avancions pas assez vite, la marée menaçait de nous atteindre et de nous engloutir avant que nous fussions arrivés au galet, où la pente plus rapide ralentirait sa course.

Nous recommençâmes donc à marcher en nous tenant par la main ; souvent je me baissais pour tâter le sable, mais je ne trouvais plus d'eau courante : nous étions sur un banc coupé de petites rides, et l'eau y restait stagnante dans les creux, ou bien, en petits filets, elle se répandait parallèlement au rivage.

L'espoir que j'avais eu, la *nau* traversée, nous abandonnait, lorsque subitement nous nous arrêtâmes tous les deux en même temps. Le son d'une cloche avait déchiré l'atmosphère qui nous enveloppait.

Après un intervalle de deux ou trois secondes, nous entendîmes un deuxième, puis bientôt un troisième coup.

C'était l'angelus au Port-Dieu ; nous n'avions plus qu'à marcher du côté d'où venait le son, nous étions sauvés. Sans rien nous dire, et d'un commun accord, nous nous mîmes à courir.

« Dépêchons-nous, dit M. de Bihorel. L'angelus ne durera pas assez longtemps ; c'est une trop courte prière, on devrait y joindre les litanies, pour nous guider. »

Avec quelle émotion, courant sans reprendre haleine, nous comptions les volées de la cloche. Nous ne parlions ni l'un ni l'autre, mais je comprenais très bien que si elle cessait de se faire entendre avant que nous eussions atteint le galet, nous pouvions n'avoir été sauvés quelques instants que pour nous reperdre une fois encore.

Elle cessa ; nous étions toujours sur le sable. Peut-être le galet n'était-il qu'à quelques mètres ; peut-être n'avions-nous que la jambe à allonger pour le toucher ; mais comment savoir de quel côté ? Le pas que nous allions faire en avant pouvait aussi bien nous rapprocher du salut que nous en éloigner, et dans ce cas nous rejeter au milieu des dangers que nous venions de courir.

« Arrêtons-nous, dit M. de Bihorel, et ne faisons plus un seul pas à l'aventure ; tâte le sable, mon enfant. »

Je tâtai ; je collai mes deux mains sur la grève, j'attendis ; je les relevai sèches toutes les deux.

« As-tu compté combien nous passions de *naus?*

— Non, Monsieur.

— Alors, tu ne sais pas s'il nous en reste encore à traverser : si nous les avons toutes passées, nous n'avons qu'à attendre ; quand la mer arrivera, nous marcherons doucement en la précédant.

— Oui, mais si nous ne les avons pas toutes passées ? »

Il ne répondit pas, car il n'avait à me répondre que ce que je savais aussi bien que lui ; c'est-à-dire que si nous avions encore une *nau* entre nous et le galet, et si nous restions sans avancer, la mer l'emplirait doucement ; il nous faudrait la passer à la nage et nous exposer à être entraînés par le courant, jetés peut-être dans des rochers d'où nous ne pourrions jamais sortir.

Nous eûmes un moment d'anxiété terrible, restant là, ne sachant que faire, n'osant nous décider à avancer, à reculer, à aller à droite, à aller à gauche, car en demeurant immobiles dans la position même où nous avions cessé d'entendre la cloche, nous étions sûrs au moins que le pays était là devant nous, comme si nous l'avions vu dans une éclaircie, tandis que si nous faisions un seul pas, nous nous retrouvions livrés à toutes les angoisses de l'incertitude.

Notre seul espoir était désormais dans un coup de vent qui, balayant le brouillard, nous laisserait voir le phare, car d'entendre le bruit de la côte, il n'y fallait pas compter; nous estimions être au sud du village, en face d'une falaise déserte,

Nous recommençâmes à marcher en nous tenant par la main.

d'où à pareille heure ne pouvait venir aucun bruit; mais l'atmosphère était si calme, si lourde, le brouillard était si compacte, si solide, que pour croire à une brise il fallait être dans une position comme la nôtre, où l'on en arrive à espérer l'impossible et à attendre un miracle.

Ce miracle se fit; la cloche qui avait cessé de sonner reprit en carillonnant.

Il y avait un baptême, et pour cette fois nous étions bien certains d'arriver, car le carillon du baptême dure souvent une demi-heure et quelquefois plus, quand le parrain s'est arrangé pour donner des forces au sonneur.

En moins de dix minutes nous atteignimes le galet, et, le remontant, longeant le pied de la falaise, nous arrivâmes à la chaussée qui joignait l'île de M. de Bihorel à la terre. Nous étions sauvés...

M. de Bihorel voulut me faire entrer chez lui ; malgré toutes ses instances je refusai. J'avais hâte d'arriver à la maison, où ma mère était peut-être déjà arrivée.

« Eh bien, dis à ta mère que j'irai la voir demain soir. »

J'aurais bien voulu qu'il ne nous fit pas cette visite qui allait apprendre à ma mère où j'avais passé ma journée, mais comment l'empêcher ?

Ma mère n'était pas encore rentrée; quand elle arriva, elle me trouva avec des habits secs, auprès du feu que j'avais allumé.

Je m'acquittai de la commission de M. de Bihorel.

Le lendemain soir, comme il l'avait promis, il arriva; je le guettais; quand j'entendis ses pas, j'eus envie de me sauver.

« Ce garçon-là vous a-t-il raconté ce qu'il a fait hier? dit-il à ma mère, après s'être assis.

— Non, Monsieur.

— Eh bien, il a fait l'école buissonnière toute la journée. »

Ma pauvre maman me regarda avec une douloureuse inquiétude, croyant avoir à entendre tout un réquisitoire contre moi.

« Ah ! Romain, dit-elle tristement.

— Ne le grondez pas trop, interrompit M. de Bihorel, car en même temps il m'a sauvé la vie. Allons, ne tremble pas comme ça, mon garçon, et viens là. Vous avez un brave enfant, madame Kalbris, vous pouvez en être fière. »

Il raconta comment il m'avait trouvé la veille, et comment nous avions été surpris par le brouillard.

« Vous voyez que sans lui, continua-t-il, j'étais bien perdu, n'est-ce pas, ma chère dame? Je m'étais fâché le matin contre son ignorance, parce qu'il ne savait pas le nom d'une actinie. Mais quand le danger est arrivé, ma science ne m'a plus servi à rien; et si je n'avais pas eu pour m'aider l'instinct de cet enfant, ce seraient les actinies, les crabes et les homards qui, à cette heure, étudieraient mon anatomie. J'ai donc contracté une dette envers votre fils, je veux m'en acquitter.

Ma mère fit un geste.

« Rassurez-vous, dit-il sans se laisser interrompre, je ne veux rien vous proposer qui ne soit digne de votre fierté et du service que j'ai reçu. J'ai fait causer l'enfant, il est curieux de voir et de savoir; donnez-le moi, je me charge de son éducation; je n'ai pas d'enfants et je les aime, il ne sera pas malheureux auprès de moi.

Ma mère accueillit comme elle le devait cette proposition, mais elle n'accepta pas.

« Permettez, fit M. de Bihorel, en étendant la main vers elle, je vais vous dire pourquoi vous me refusez : vous aimez cet enfant passionnément, vous l'aimez pour lui et pour son père que vous avez perdu, il est désormais tout pour vous, et vous voulez le garder ; c'est vrai, n'est-ce pas ? Maintenant je vais vous dire aussi pourquoi vous devez me le donner néanmoins : il y a en lui un fond d'intelligence qui ne demande qu'à être cultivé ; à Port-Dieu, cela n'est pas possible, et, sans entrer dans vos affaires, il ne vous est pas possible, à vous, je crois, de l'envoyer ailleurs ; ajoutez que l'enfant a un caractère indépendant et aventureux qui a besoin d'être surveillé. Pensez à cela ; ne me répondez pas tout de suite, réfléchissez à tête posée, quand les premiers mouvements de votre cœur maternel se seront calmés ; je reviendrai demain soir. »

Lorsqu'il fut parti, nous nous mîmes à souper, mais ma mère ne mangea pas ; elle me regardait longuement, puis quand mes yeux rencontraient les siens, elle se détournait du côté du feu.

Quand je lui dis adieu, avant d'aller me coucher, je sentis ses larmes mouiller mes joues. Qui les faisait couler, ces larmes ? Était-elle fière de moi pour ce que M. de Bihorel avait raconté ? Était-elle désespérée de notre séparation ?

Je ne pensai en ce moment qu'à la séparation, dont l'idée me troublait aussi.

« Ne pleure pas, maman, lui dis-je en l'embrassant, je ne te quitterai pas.

— Si, mon enfant, c'est pour ton bien, M. de Bihorel a trop raison, il faut accepter. »

V

Ma réception chez M. de Bihorel justifia pour moi sa réputation d'originalité, dont j'avais tant entendu parler.

En arrivant, je le trouvai devant la porte de la maison, car, m'ayant vu de loin, il était venu au-devant de moi.

« Arrive ici, dit-il, sans me laisser le temps de me reconnaître. As-tu jamais écrit une lettre ? Non. Eh bien, tu vas en écrire une à ta mère pour lui dire que tu es arrivé et que Samedi ira demain chercher ton linge. Par cette lettre je verrai ce que tu sais. Entre, et mets-toi là. »

Il me fit entrer dans une grande salle pleine de livres, me montra une table sur laquelle étaient du papier, des plumes, de l'encre, et me laissa.

J'avais plus envie de pleurer que d'écrire, car cette brusquerie, me tombant sur le cœur, après l'émotion de la séparation, me suffoquait ; cependant je tâchai d'obéir. Mais je salis mon papier de plus de larmes que d'encre, car, bien que ce fût ma première lettre, je sentais que : « Je suis arrivé et Samedi ira demain chercher mon linge, » c'était un peu court, mais il m'était impossible de trouver autre chose.

J'étais depuis un quart d'heure écrasé sous cette malheureuse phrase qui ne voulait pas s'allonger, lorsque mon attention fut distraite par une conversation qui s'engagea dans la pièce voisine entre M. de Bihorel et Samedi.

« Pour lors, disait Samedi, l'enfant est arrivé.

— Pensais-tu qu'il ne viendrait pas ?

— Je pensais que ça va changer tout ici.

— En quoi ?

— Monsieur déjeune vers midi ; moi je prends ma goutte le matin : l'enfant attendra-t-il midi pour manger, ou bien boira-t-il la goutte avec moi ?

— Tu es fou avec *ta goutte.*

— Dame, je n'ai jamais pris d'enfants en nourrice.

— Tu as été enfant, n'est-ce pas ? Eh bien, souviens-toi de ce temps-là et traite-le comme on te traitait toi-même.

— Ah ! mais non, pas de ça dans votre maison ; moi, j'ai été élevé à la dure ; si vous voulez l'élever comme ça, mieux vaut le renvoyer chez lui. N'oubliez pas que vous lui devez quelque chose, à ce petit.

— Ne l'oublie jamais toi-même et agis en conséquence.

— Alors faut lui donner la goutte avec du sucre.

— Tu lui donneras ce que tu aimais à son âge ; ou plutôt tu lui demanderas ce qu'il veut.

— Si vous le mettez sur ce pied-là, ça ira bien.

— Samedi, sais-tu à quoi servent les enfants ?

— Ça ne sert à rien qu'à dévaster tout et à faire damner le monde.

— Cela sert encore à autre chose : cela sert à recommencer notre vie quand elle a dévoyé ; cela sert à réussir ce que nous avons manqué. »

Presque aussitôt il rentra.

« Tu ne sais rien, dit-il en lisant ma lettre, tant mieux ; il n'y aura pas à arracher avant de planter. Maintenant, va te promener. »

C'était vraiment une singulière habitation que cette île, qu'on nommait la *Pierre-Gante*, et telle que jamais je n'ai rien vu qui lui ressemblât.

Du rivage, l'île se présente en amphithéâtre sous la forme d'un triangle allongé dont la pointe la plus longue et la plus basse n'est séparée de la terre ferme que par un petit bras d'eau large à peine de quatre cents mètres. Tout ce qui est incliné vers la côte est couvert de verdure, herbe et arbustes que crèvent seulement çà et là quelques aiguilles grises de granit ; tout ce qui regarde la mer est dénudé, pelé, brûlé par les vents et le sel.

La maison est située au sommet de l'île, à l'endroit même où les pentes se réunissent pour former un petit plateau, et si, par le fait de sa position, elle jouit d'une vue circulaire qui embrasse l'horizon aussi bien sur terre que sur mer, elle est, par contre, exposée à toute la violence des vents, de quelque côté qu'ils soufflent. Mais les vents ne peuvent rien contre elle, car, bâtie sous le ministère de Choiseul pour s'opposer aux débarquements des Anglais et se relier

3

aux nombreux corps-de-garde de la côte, elle a des murailles en granit de plusieurs pieds d'épaisseur, et un toit à l'épreuve de la bombe. Quand M. de Bihorel avait acheté cette vieille bicoque, il l'avait, à l'extérieur, entourée d'une galerie qui l'égayait en l'agrandissant, et, à l'intérieur, transformée en maison habitable, au moyen de cloisons et de portes. Il ne l'avait rendue ainsi ni commode ni élégante, mais il ne lui avait rien enlevé de sa qualité indispensable, qui était d'être aussi solide sous le vent que le rocher lui-même dont elle faisait partie.

Ces vents terribles, qui sont l'ennemi contre lequel il faut sans cesse se défendre, sont cependant en même temps un bienfait pour l'île. Ils lui donnent en hiver une température plus douce que dans l'intérieur des terres, si bien que, dans les creux du terrain, à l'abri des rochers ou des éboulements, on rencontre des plantes et des arbustes qui, sous des climats moins rudes, ont besoin de la protection d'une serre : des lauriers-roses, des fuchsias, des figuiers.

Le plus grand nombre des accidents de terrain étaient dus à la nature, mais quelques-uns avaient été créés par M. de Bihorel qui, aidé de Samedi, avait transformé l'île en un grand jardin sauvage ; seule, la partie exposée à l'Ouest avait échappé à leur travail ; continuellement tondue par les vents et arrosée de l'écume des vagues, elle servait de pâturage à deux petites vaches bretonnes et à des brebis noires.

Ce qu'il y avait de curieux dans ces travaux de transformation et d'appropriation en réalité considérables, c'est qu'ils avaient été accomplis par ces deux hommes seuls, sans le secours d'aucun ouvrier.

J'avais souvent entendu dire dans le pays que c'était par avarice que M. de Bihorel agissait ainsi ; lorsque je le connus, je vis que c'était, au contraire, en vertu d'un principe. « L'homme doit se suffire à lui-même, répétait-il souvent, et je suis un exemple vivant que cela est possible. »

Il poussait si loin cette idée dans son application, que, même pour les choses ordinaires et journalières de la vie, il n'avait recours à aucun étranger. On se nourrissait du lait des vaches, des légumes et des fruits du jardin, du poisson pêché par Samedi, du pain cuit à la maison avec de la farine moulue dans un petit moulin à vent qui était assurément le chef-d'œuvre de M. de Bihorel : l'île eût été assez grande, qu'on lui eût fait produire le blé nécessaire à la provision de l'année et les pommes pour presser le cidre.

Pour être juste, il faut dire que la part de Samedi était considérable ; il avait été mousse, matelot, domestique d'un officier de l'État, cuisinier à bord d'un baleinier, et il avait ainsi fait l'apprentissage de tous les métiers.

Les rapports entre ces deux hommes n'étaient pas ceux d'un maître et d'un domestique, mais de deux associés; ils mangeaient à la même table, et la seule distinction entre eux était que M. de Bihorel occupait le haut bout. Ainsi organisée, cette existence avait quelque chose de simple et de digne qui ne m'étonna pas quand je m'y trouvai mêlé, mais qui maintenant me touche et m'émeut encore.

« Mon garçon, me dit M. de Bihorel, dès le jour de mon arrivée, je n'ai pas l'intention de faire de toi un Monsieur, c'est-à-dire un notaire ou un médecin, mais tout simplement un marin qui soit un homme. Il y a plus d'une façon de s'instruire, on peut s'instruire en jouant et se promenant. Ce système est-il de ton goût? »

Ce discours était un peu bizarre pour un enfant tel que moi. La pratique m'expliqua ce que je n'avais pas tout d'abord bien compris.

J'avais été un peu surpris d'apprendre que l'éducation pouvait se faire même en jouant, car ce n'était pas ainsi que j'avais été habitué à travailler à l'école. Je le fus bien plus quand il me mit à l'œuvre, c'est-à-dire dans l'après-midi même.

Je l'accompagnais dans sa promenade sur la côte, et, tout en marchant, il me faisait causer; nous étions entrés dans un petit bois de chênes.

« Qu'est-ce que c'est que ça? dit-il en me montrant des fourmis qui traversaient le chemin.

— Des fourmis.

— Oui, mais que font-elles?

— Elles en portent d'autres.

— Non, tu vas les suivre jusqu'à leur fourmilière; tu les regarderas et tu me diras ce que tu auras vu; si tu ne remarques rien qui t'étonne, tu reviendras demain, après-demain, jusqu'à ce que tu aies observé quelque chose. »

Après deux journées passées autour de la fourmilière, je vis qu'il y avait des fourmis qui ne faisaient absolument rien, tandis qu'il y en avait d'autres qui travaillaient sans cesse, et qui même donnaient à manger aux paresseuses.

« C'est bien, me dit-il, quand je lui communiquai le résultat de mes observations : tu as vu le fait principal, cela suffit. Ces fourmis qui ne font rien ne sont pas des malades ou des invalides, comme tu crois; ce sont les maîtres de celles qui travaillent et qui sont des esclaves. Sans le secours de ces esclaves, elles seraient incapables d'aller chercher leur nourriture. Cela te surprend; il en est pourtant quelquefois de même dans notre monde; il est encore quelques pays où il y a des hommes ne faisant rien qui sont nourris par ceux qui travaillent. Si cette oisiveté avait pour cause l'infirmité chez les maîtres, rien ne serait plus explicable que le travail des uns et le repos des autres : il faut bien s'entr'aider ; mais il n'en est pas ainsi. Les maîtres, chez les fourmis, sont précisément ceux qui sont les plus aptes aux choses qui demandent la force et le courage, — à la guerre. Nous retournerons observer ensemble ces fourmis, et nous les verrons sans doute se livrer entre elles quelque grande bataille. Ce sont les maîtres seuls qui y prennent part, et leur but est de conquérir des esclaves. En attendant que tu sois témoin de ces luttes, je vais te donner à lire, dans le livre d'un savant qui se nomme Huber, le récit d'un de ces combats qui eut lieu précisément au moment même où une autre grande bataille, bien plus terrible, se livrait à cinq cents lieues de là entre les hommes. Les hommes avaient-ils, ce jour-là, de meilleures raisons pour s'entretuer, je ne le sais pas, mais je sais que le massacre fut épouvantable. Moi-même, si je ne suis pas resté sur ce champ de mort, il s'en est fallu de bien peu. Nous marchions le long d'une rivière qu'on nomme l'Elbe, et de l'autre côté, sur la rive droite, les Russes avaient en batterie une formidable artillerie dont nous entendions les détonations, mais dont nous ne voyions pas les ravages, parce que nous étions abrités par un coude de la rivière et par un mouvement de terrain. Tout en marchant je n'avais qu'une idée, c'est que ce jour, qui pouvait être le jour de ma mort, car il fallait passer sous le feu de cette artillerie, était aussi celui de la fête de ma femme. Je pensais combien j'aurais été heureux de la lui souhaiter. Tout à coup, j'aperçois à mes pieds, dans le fossé humide où je marchais, toute une trainée de myosotis en pleine fleur. Il ne faut pas croire que dans les batailles les choses se passent comme le représentent les tableaux avec une parfaite régularité d'alignement. Nous étions déployés en tirailleurs, c'est-à-dire libres de nos mouvements. En dépit du sérieux de la position, les petites fleurs bleues m'attiraient. Je me baissai pour cueillir quelques brins de myosotis, et, au même moment, je sentis au-dessus de moi un vent terrible qui me passait à quelques pouces de la tête, puis j'entendis une détonation épouvantable et je reçus sur le dos une bourrée de branches de saule. Nous étions arrivés en face de la batterie, et c'était elle qui venait de faucher autour de moi tous mes camarades. Si j'étais resté debout, sans mon petit bouquet, par conséquent, j'étais mort comme eux. Avoue que j'avais bien fait de penser à ma femme. Quand je parvins à sortir de dessous les saules, le maréchal Ney avait fait taire les canons russes. »

Tout pénétré encore de ce récit de la bataille de Friedland, le soir même, je lisais celui du combat des fourmis dans Huber. Huber était aveugle, il regardait par les yeux du plus dévoué et du plus intelligent des domestiques et lui dictait ensuite le plus charmant livre qu'on ait écrit sur les abeilles et les fourmis. Si M. de Bihorel n'eût point ainsi amené cette lecture, et s'il me l'eût imposée comme un devoir au lieu de me la donner comme une récompense, quel effet eût-elle produit sur un enfant de mon âge, ignorant de tout comme je l'étais ? Grâce à la façon dont il me la présenta, elle entra si pleinement dans mon esprit préparé, qu'aujourd'hui encore, malgré les années écoulées, j'en retrouve le souvenir plus sensible et plus net que pour le livre que je lisais hier.

Il n'aimait pas beaucoup les livres. Il y en eut un pourtant qu'il me mit tout de suite entre les mains, mais celui-là était à ses yeux ce qu'est la *Bible* pour les protestants, l'*Imitation* pour un catholique ; c'était sur ce livre qu'il avait modelé sa vie, c'était lui qui avait créé la Pierre-Gante et les merveilles de travail qu'on y voyait ; c'était lui qui avait donné l'idée du grand parapluie, lui qui avait baptisé Samedi que, par respect pour Robinson, il n'avait pas voulu nommer Vendredi, — c'était le *Robinson Crusoé*.

« Tu apprendras là-dedans, me dit-il en me le remettant, ce que peut chez un homme la force morale ; tu apprendras aussi que si l'homme peut à lui seul, par la volonté, recommencer toutes les inventions humaines, il ne doit pas trop s'enorgueillir de sa puissance, car au-dessus de lui il y a Dieu. Tu ne sens peut-être pas en ce moment ce que je te dis là, mais ça te reviendra plus tard, et il était nécessaire que cela te fût dit. Au reste, si tu n'es pas frappé par ce grand enseignement, tu feras comme tous les lecteurs, tu prendras dans le livre ce qui te plaira. »

Je ne sais pas s'il est des enfants qui peuvent lire *Robinson* de sang-froid ; pour moi, je fus transporté.

Il faut avouer pourtant que ce qui me toucha, ce ne fut pas le côté philosophique qui m'avait été indiqué, mais bien le côté romanesque, — les aventures sur mer, le naufrage, l'île déserte, les sauvages, l'effroi, l'inconnu. Mon oncle l'Indien eut un rival.

Je trouvai là comme une justification de mes désirs. Qui de nous ne s'est pas mis à la place du héros de de Foë, et ne s'est pas demandé :

« Pourquoi ne m'en arriverait-il pas autant ? Pourquoi n'en ferais-je pas autant ? »

Ce ne sont pas seulement les enfants de six mois qui croient qu'il n'y a qu'à étendre la main pour prendre la lune.

Samedi, qui savait tant de choses, ne savait pas lire. En voyant mon enthousiasme, il eut envie de connaître ces aventures et me demanda de les lui lire.

« Il te les contera, dit M. de Bihorel, et ça vaudra mieux, tu es assez primitif pour préférer le récit à la lecture. »

Dix années de voyage avaient donné à Samedi une certaine expérience, et il n'acceptait pas toutes mes histoires sans y faire des objections. Mais j'avais une réponse qui ne permettait pas la discussion.

« C'est écrit.

— En es-tu sûr ? mon petit Romain. »

Je prenais le livre et je lisais.

Samedi écoutait en se grattant le nez, puis, avec la résignation d'une foi aveugle :

« Puisque c'est écrit, disait-il, je veux bien ; mais c'est égal, j'y ai été, à la côte d'Afrique, et je n'ai jamais vu de lions venir à la nage attaquer les navires. Enfin ! »

Il avait surtout été dans les mers du Nord, et il avait gardé de ces voyages des souvenirs avec lesquels il payait mes récits.

Une année, surpris par les glaces, ils avaient été obligés d'hiverner : pendant six mois ils avaient vécu sous la neige, plus de la moitié de l'équipage était restée ensevelie sous cette neige ; les chiens eux-mêmes étaient morts, non de froid ou de privation de nourriture, mais de privation de lumière ; si on avait eu assez d'huile pour tenir toujours les lampes allumées, ils auraient vécu. C'était presque aussi beau que *Robinson*, quelquefois cependant c'était trop beau pour ma crédulité.

« Est-ce écrit ? »

Samedi était bien obligé alors de convenir qu'il ne l'avait pas lu ; mais il l'avait vu.

« Qu'est-ce que cela fait, puisque ce n'est pas écrit ? »

De pareils entretiens n'étaient pas de nature, il faut en convenir, à me donner l'idée de vivre tranquillement à terre ; aussi ma mère, tourmentée de voir mes dispositions naturelles si malheureusement encouragées, voulut-elle faire une tentative auprès de M. de Bihorel.

« Ma chère dame, répondit-il, je vous rendrai l'enfant si vous trouvez que je le pousse dans une voie que vous ne voudriez pas lui voir suivre ; mais vous ne le changerez jamais tout à fait, il est de la race de ceux qui cherchent l'impossible ; je conviens avec vous que cela mène rarement à la fortune, mais cela mène quelquefois aux grandes choses. »

Telle est l'ingratitude des enfants qu'à ce moment j'aurais presque volontiers quitté la Pierre-Gante. M. de Bihorel avait étudié les cris des oiseaux, et dans ces cris il avait cru, à tort ou à raison, trouver un langage dont il avait composé le lexique ; il voulait me l'apprendre : je n'y comprenais absolument rien. De là étaient nées des occasions continuelles, pour lui de colère, pour moi de pleurs.

C'était cependant chose curieuse que ce langage et je regrette bien aujourd'hui de n'en avoir retenu que quelques mots. Tout ce qu'un oiseau peut exprimer, M. de Bihorel affirmait qu'il était arrivé à le traduire, selon lui couramment : « J'ai faim... manger là-bas...

sauvons-nous vite... faisons un nid... kia ouah tsioui, voilà la tempête. » Mais alors j'étais encore trop enfant et trop paysan pour
admettre, même à l'état d'hypothèse, que les bêtes pussent parler.
Nous sentons la musique qui n'est pas notre langue, et nous ne voulons pas que les oiseaux la comprennent, eux qui nous en ont donné
les premiers
modèles ! Nos
chiens, nos che-
vaux, nos ani-
maux domesti-
ques entendent
notre langage,
était-il donc tout
à fait impossible
que M. de Biho-
rel entendit ce-
lui des oiseaux?

Ma mère,
troublée par
cette réponse de
M. de Bihorel,
ne persista pas
dans sa de-
mande, et je dus
continuer à étu-
dier le diction-
naire des Guil-
lemot et des
Pierre Garin.

« Tu verras
plus tard, me
dit M. de Bi-
horel, l'utilité
de ce qui te pa-
rait aujourd'hui

M. de Bihorel avait étudié les cris des oiseaux.

ridicule. Ta mère a peur que tu sois marin, je ne le souhaite pas
non plus ; car aujourd'hui, si l'on entre avec enthousiasme dans
la marine à quinze ans, on en sort souvent à quarante, avec dégoût.
Mais tu as la passion des voyages, c'est chez toi une vocation de
famille, et il faut s'arranger pour donner satisfaction à ta vocation
et aux désirs de ta mère. Je voudrais donc que tu fusses un
homme comme André Michaux dont tu lisais l'autre jour la vie,
comme Siebold, un médecin hollandais qui nous a fait connaitre le
Japon; comme l'Anglais Robert Fortune; je voudrais te préparer à

voyager dans des pays peu connus, au profit de ta patrie que tu en-
richirais de plantes nouvelles et d'animaux utiles, au profit de la
science dont tu serais un soldat. Voilà qui vaut mieux que d'être
marin pour transporter toute ta vie, comme un entrepreneur de rou-
lage maritime, du café de Rio-Janeiro au Havre, et des articles-Paris
du Havre à Rio-Janeiro; et si cela se réalise, tu verras que ce que je
veux t'apprendre aujourd'hui te rendra de réels services. »

C'était là un beau rêve. Par malheur ce ne fut qu'un rêve. Cette
direction prévoyante et élevée eût-elle fait de moi l'homme que
M. Bihorel voulait, je ne sais; car elle cessa de s'exercer sur moi précisément au moment où elle m'était le plus nécessaire et où je commençais à profiter des leçons de cet excellent homme. Voici comment
arriva cette brusque catastrophe :

Habituellement j'accompagnais M. de Bihorel dans toutes ses
courses; quelquefois cependant il s'embarquait seul dans la chaloupe pour aller étudier tout à son aise les cris des oiseaux à l'île
des Grunes, qui est à trois lieues au large du Port-Dieu.

Un jour qu'il était ainsi parti avant que je fusse levé, nous fûmes
très surpris de ne pas le voir revenir à l'heure du dîner.

« Il aura manqué la marée, dit Samedi, ce sera pour celle de ce
soir. »

Le temps était calme, la mer tranquille; il n'y avait en apparence
aucun danger. Cependant Samedi paraissait assez inquiet.

Le soir, M. de Bihorel n'arriva pas, et Samedi, au lieu de se coucher, alluma un grand feu de fagots sur le point le plus élevé de l'île.
Je voulus rester auprès de lui, il m'envoya à mon lit assez dure-
ment. Vers le matin avant le jour, je me levai et l'allai rejoindre. Il
marchait en long et en large devant le feu qui jetait de grandes
flammes rouges, et de temps en temps il s'arrêtait pour écouter : on
n'entendait que le murmure de la mer; quelquefois il se faisait une
sourde rumeur, un bruit d'ailes, et des oiseaux, que la lumière avait
été troubler dans leurs cavernes, s'abattaient affolés sur notre feu.

Une lueur blanche entr'ouvrit le ciel du côté de l'Orient.

« Bien sûr il lui sera arrivé quelque chose, dit Samedi, il faut em-
prunter le bateau à Gosseaume et aller à l'île des Grunes. »

L'île des Grunes est un amas de rochers granitiques qui n'est habité que par les oiseaux de mer; nous l'eûmes bientôt explorée;
nulle part nous ne trouvâmes traces de M. de Bihorel ni de la chaloupe.

Au Port-Dieu tout le monde fut bientôt en émoi, car, malgré son
originalité, on aimait le vieux M. Dimanche. Cette disparition était
inexplicable.

« Il aura chaviré, disaient les uns.

— On retrouverait la chaloupe.

— Et les courants? »

Samedi ne disait rien, mais de toute la journée il ne quittait pas la grève; quand la marée baissait, il suivait le flot, et les uns après les autres il visitait tous les rochers; il y avait des soirs où nous nous trouvions ainsi éloignés de cinq à six lieues du Port-Dieu. Il ne parlait pas, jamais il ne prononçait le nom de M. de Bihorel; seulement, quand il rencontrait un pêcheur, il lui disait d'une voix dolente :

« Rien de nouveau. »

Et le pêcheur, qui comprenait cette brève interrogation, répondait :

« Rien de nouveau?

Et alors, s'il voyait une larme dans mes yeux, il me donnait une petite tape sur la tête en disant :

« Tu es un bon garçon; oui, tu es un bon gars. »

Quinze jours après cette inexplicable absence arriva à la Pierre-Gante un M. de la Berryais, qui habitait la basse Normandie. C'était un petit-neveu de M. de Bihorel et son seul parent.

Après nous avoir fait longuement raconter ce qui s'était passé, il embaucha douze hommes au Port-Dieu avec l'ordre d'explorer le rivage. Les recherches continuèrent pendant trois jours, puis, le soir du troisième jour, il les arrêta, déclarant qu'elles étaient désormais inutiles et que bien certainement M. de Bihorel avait péri; les courants avaient entraîné le corps et la chaloupe.

« Qu'en savez-vous? s'écria Samedi; pourquoi voulez-vous qu'il soit mort? Les courants peuvent bien avoir entraîné la chaloupe sans qu'elle ait chaviré; peut-être que le maître a été débarquer en Angleterre. Pourquoi ne reviendrait-il pas demain? »

C'était devant les gens qui avaient fait les recherches qu'il avait répondu ces paroles. Personne ne répliqua par respect pour son chagrin, mais personne n'était de son avis.

Le lendemain, M. de la Berryais nous fit comparaître devant lui, Samedi et moi, et il nous annonça qu'il n'y avait plus besoin de personne à la Pierre-Gante : on allait fermer les portes, et le notaire ferait soigner les bêtes en attendant qu'on les vendit.

Samedi fut tellement suffoqué qu'il ne put que balbutier des paroles inintelligibles; puis tout à coup, se tournant vers moi :

« Fais ton sac, me dit-il, nous allons sortir d'ici tout de suite. »

En quittant l'ile, nous rencontrâmes M. de la Berryais sur la chaussée; Samedi marcha droit à lui :

« Monsieur, dit-il, vous êtes peut-être bien son neveu pour la loi, mais pour moi vous ne l'êtes pas; non, vous ne l'êtes pas, et c'est un vrai matelot qui vous le dit. »

Il avait été convenu que Samedi accepterait l'hospitalité chez ma mère jusqu'à ce qu'il eût trouvé à se loger dans le village, mais il ne resta pas longtemps avec nous.

Tous les matins il s'en allait sur la plage et il continuait ses recherches. Cela dura à peu près trois semaines, puis un soir il nous
annonça qu'il nous quitterait le lendemain pour passer aux îles anglaises et peut-être en Angle-terre.

« Parce que, voyez-vous, dit-il, la mer ne garde rien, ça c'est sûr ; donc si elle ne rend rien, c'est peut-être qu'elle n'a rien pris. »

Ma mère voulut le faire parler, il n'en dit pas davantage.

Je le conduisis jusque sur le cutter, où il s'embarqua.

Comme je l'embrassais :

« Tu es un bon garçon, dit-il, tu iras quelquefois à la Pierre-Gante,
et tu porteras une poignée de sel à la vache noire; elle t'aimait bien
aussi. »

VI

J'avais un oncle chez qui le sang des Kalbris n'avait pas parlé, et
qui, à la mer, avait préféré la terre ferme ; il était huissier à Dol, et
passait pour très riche.

Ma mère, bien embarrassée de moi, lorsque je rentrai à la maison, lui écrivit pour lui demander conseil. Un mois après, nous le vîmes arriver au Port-Dieu.

« Je n'ai pas répondu à votre lettre, dit-il, parce que, comme j'avais l'intention de venir, ce n'était pas la peine de donner l'argent à la poste, il est assez dur à gagner ; je ne suis pas venu plus tôt parce que j'attendais une occasion ; j'ai trouvé un mareyeur qui m'a fait faire quinze lieues pour douze sous. Autant de pris sur l'ennemi. »

Il est facile de conjecturer par ce langage que c'était un homme économe que mon oncle Simon ; il nous en donna bientôt la preuve.

« Alors, dit-il, lorsqu'il se fut fait mettre au courant de notre situation, je vois ce que c'est ; vous ne voulez pas que ce garçon-là aille à la mer ; vous avez raison, ma belle-sœur, métier de chien, on n'y gagne rien ; et vous aimez mieux qu'il achève ce qu'il a commencé chez le vieux Dimanche. Mais vous n'avez pas compté sur moi pour ça, n'est-ce pas ?

— Je n'ai jamais voulu vous demander d'argent, dit ma mère avec une fierté douce.

— De l'argent, je n'en ai pas. On dit que je suis riche, ce n'est pas vrai ; je dois à tout le monde. J'ai été obligé d'acheter un domaine, qui me ruine.

— M. le curé m'expliquait, poursuivit ma mère, que les services et la mort du père pourraient faire entrer le fils dans un collège, sans payer.

— Et qui ferait les démarches? Pas moi, vous pouvez y compter. Je n'ai pas le temps et je n'aime pas à fatiguer les gens influents que je connais, on peut en avoir besoin plus tard. Non, il y a mieux à faire que cela. Les frères Leheu avaient promis de se charger de l'enfant, c'est à eux de payer le collège.

— Ils n'en parlent plus.

— Eh bien je leur en parlerai, moi.

Comme ma mère allait interrompre :

« Pas de fausse délicatesse, poursuivit mon oncle ; à demander ce qui est dû, la honte est pour celui qui se laisse demander, et pas du tout pour celui qui demande ; comprenez ça. »

Il fallut que ma mère se résignât à cette démarche contre laquelle protestaient sa droiture et sa fierté ; mon oncle était un homme auquel on ne résistait pas.

« Vous comprenez, dit-il en manière de conclusion, que si je me suis dérangé de mes affaires pour m'occuper des vôtres, c'est bien la moindre des choses que vous fassiez ce que je vous conseille.

C'était aussi un homme qui ne perdait pas son temps.

« Toi, dit-il en se tournant vers moi, tu vas aller tout de suite chez les Messieurs Leheu, voir s'ils sont tous les deux à leur bureau ; je t'attendrai dans la rue, et s'ils sont ensemble, nous entrerons. Je connais leurs manières : si nous les voyions séparément, celui que nous verrions commencerait par tout promettre en demandant seulement d'en faire part à son frère, et celui-là refuserait ce que le premier aurait accordé : je ne donne pas dans ces malices. »

Comme ils étaient à leur bureau l'un et l'autre, nous entrâmes et j'assistai à une scène étrange, dont les moindres détails sont restés dans ma mémoire : il faut qu'elle m'ait bien frappé, car en franchissant la porte, j'avais un pouce de rouge sur la figure ; d'instinct, il me semblait que c'était déshonorer le dévouement de mon père que d'aller en demander le paiement à ces égoïstes, et la honte me gonflait les yeux.

En entendant la proposition de mon oncle nettement formulée, les deux frères donnèrent toutes les marques d'un profond étonnement et s'agitèrent sur leurs chaises comme s'ils eussent été assis sur des épines.

« L'envoyer au collège, dit le plus jeune.

— Au collège ! cria l'aîné.

— Nous, les frères Leheu ! crièrent-ils en même temps.

— N'avez-vous pas pris l'engagement de l'adopter ? répliqua mon oncle.

— L'adopter ? moi ! dit l'aîné.

— L'adopter ? toi ! cria le jeune.

— L'adopter ? nous ! » vociférèrent-ils tous deux.

Alors commença une discussion confuse et assourdissante : chaque réponse du plus jeune des frères était aussitôt répétée par l'aîné, exactement dans les mêmes termes, seulement sur un ton dix fois plus élevé ; l'un criait, l'autre vociférait ; au milieu de tout ce tapage, mon oncle ne se laissait pas démonter, et quand les deux frères répétaient en chœur : « Nous faisons plus que nous n'avons promis, nous donnons à travailler à la mère, » il avait un petit rire sec qui rétablissait immédiatement le calme.

Enfin, comme ils revenaient pour la cinquième ou la sixième fois à cet argument, il eut un mouvement d'impatience.

« Croirait-on pas que ça vous ruine, dit-il ; ma parole, vous êtes les premiers que je rencontre aussi complets. Vous donnez, vous donnez... : à vous entendre, on croirait que vous donnez votre fortune, et vous donnez... à travailler, ne vous rend-on pas vos dix sous et votre nourriture en ouvrage ? Payez-vous sa mère plus qu'une autre ouvrière ?

— Nous la payons comptant, dit le jeune avec un mouvement de juste satisfaction, et nous sommes disposés, oui, nous le ferons volontiers, nous sommes disposés à ne pas nous en tenir là. Quand vous venez nous dire que Kalbris est mort pour sauver notre fortune, ce n'est pas vrai : il est mort pour sauver des hommes, des matelots comme lui, qui allaient se noyer ; et ça, vous comprenez bien que ce n'est pas notre affaire, c'est celle du gouvernement ; il y a des fonds au budget pour ceux qui s'amusent à faire de l'héroïsme ; eh bien, c'est égal, quand ce garçon-là sera grand, quand il saura travailler, qu'il vienne à nous, et nous lui donnerons à travailler, n'est-ce pas, Jérôme?

— A travailler, dit l'aîné, et tant qu'il voudra. »

Ce fut tout ce que mon oncle put obtenir.

« Voilà des gens... » dit-il quand nous fûmes sortis.

Je crus que j'allais entendre l'explosion d'une colère longtemps contenue.

« Voilà des gens admirables, continua mon oncle, stupéfait d'avoir trouvé plus dur que lui ; qu'ils te servent d'exemple. Ils savent dire non : retiens bien ce mot-là ; c'est avec lui, et avec lui seul, qu'on est sûr de conserver ce qu'on a gagné. »

Ne pouvant me faire entrer au collège avec la bourse des frères Leheu, mon oncle proposa à ma mère de me prendre chez lui : il avait précisément besoin d'un clerc ; j'étais bien jeune pour remplir cette place, mais si je ne gagnais pas ma nourriture pendant les premières années, en prenant l'engagement de rester chez lui cinq ans sans être payé, je l'indemniserais à la fin un peu de ce que je lui aurais coûté d'abord : d'ailleurs j'étais son neveu, et il voulait faire quelque chose pour sa famille.

Ce n'était pas, hélas! le collège que ma pauvre mère avait si vivement ambitionné, mais c'était au moins un moyen de m'empêcher d'être marin : je partis donc avec mon oncle. Triste départ. Je pleurais, ma mère pleurait plus fort que moi, et mon oncle, entre nous deux, nous bousculait aussi rudement l'un que l'autre.

L'aspect de Dol, qui est assurément très pittoresque pour le voyageur, produisit sur moi la première impression lugubre que j'aie reçue des choses. Il faisait nuit lorsque nous arrivâmes, et il tombait une pluie glaciale. Partis le matin de Port-Dieu dans une voiture de mareyeur qui allait à Cancale, nous étions descendus à cinq ou six lieues de la ville, et nous avions fait le chemin au travers de grandes plaines marécageuses coupées çà et là de fossés pleins d'eau ; mon oncle marchait devant, je le suivais difficilement, tout ému encore des adieux. Par-dessus mon chagrin, j'avais une faim qui me brisait les jambes ; mais comme mon oncle, pendant cette longue journée, n'avait point parlé de s'arrêter pour manger, je n'avais pas osé en parler moi-même. Enfin, nous aperçûmes les lumières de la ville, et, après avoir tourné dans deux ou trois rues désertes, mon oncle s'arrêta devant une haute maison précédée d'un porche qui reposait sur de gros piliers. Il tira une clef et ouvrit une

serrure ; j'avançai pour entrer, il m'arrêta ; l'ouverture de la porte
n'était pas finie ; il tira une seconde clef de sa poche, puis une troisième très grosse ; les pênes crièrent avec un bruit de ferraille que
j'ai retrouvé depuis au théâtre dans les pièces où il y a une prison,
et la porte s'ouvrit. Ces trois serrures me jetèrent dans une stupéfaction craintive ; chez nous, il n'y avait qu'un loquet avec une ficelle,
et chez M. de Bihorel qu'une simple clanche. Pourquoi donc mon
oncle prenait-il toutes ces précautions ?

Il referma la porte comme il l'avait ouverte, puis il me dit de lui
donner la main et me guida au milieu de l'obscurité à travers deux
pièces qui me parurent très grandes et dans lesquelles nos pas
retentissaient sur les dalles de pierre comme dans une église ; on y
respirait une étrange odeur que je ne connaissais pas encore : celle
des vieux parchemins et des papiers moisis, qui forme l'atmosphère des greffes et des études de gens d'affaires. La chandelle
allumée, je vis que nous étions dans une espèce de cuisine, mais si
encombrée de buffets, de bahuts, de vieilles chaises en chêne noir,
qu'on ne distinguait ni sa forme ni son étendue.

Malgré cet aspect peu agréable, j'eus un mouvement de joie :
enfin nous allions pouvoir nous chauffer et manger.

« Voulez-vous que j'allume le feu? dis-je à mon oncle.

— Du feu!

Il me fit cette réponse d'une voix si raide que je n'osai pas dire
que j'étais mouillé jusqu'aux os et que mes dents claquaient.

« Nous allons souper et nous coucher, » dit-il.

Et, allant à une armoire, il prit une tourte de pain, en coupa deux
tranches, mit sur chacune un petit morceau de fromage, m'en donna
une, posa celle qu'il gardait pour lui sur une table, replaça le pain
dans l'armoire et ferma celle-ci à clef.

Je ne sais pas quel effet ressent le prisonnier qui entend fermer
sur lui la serrure de son cachot, mais ce ne doit pas être beaucoup
plus désagréable que ce que j'éprouvai au grincement de la serrure
de cette armoire. Il était bien évident qu'il ne fallait pas demander
un second morceau de pain, et cependant j'en aurais bien mangé cinq
ou six comme celui que mon oncle m'avait donné.

Au même moment, trois chats maigres se précipitèrent dans la
cuisine et coururent se frotter aux jambes de mon oncle ; cela me
donna un peu d'espoir ; ils venaient demander à souper, et, l'armoire
ouverte, j'aurais au moins une occasion de me faire couper un
second morceau de pain.

Mais mon oncle ne l'ouvrit pas.

« Les gaillards ont soif, dit-il, ne les laissons pas devenir
enragés. »

Et il leur donna de l'eau dans une jatte.

« Puisque te voilà maintenant de la maison, continua-t-il, ne les laisse jamais manquer d'eau, je te charge de cela.

— Et pour le manger?

— Il y a ici assez de rats et de souris pour les nourrir ; si on les gorgeait de nourriture, ils deviendraient paresseux. »

Notre souper fut promptement achevé, et mon oncle m'annonça qu'il allait me conduire à la chambre que j'occuperais désormais.

Les encombrements que j'avais remarqués dans la cuisine se retrouvaient dans l'escalier ; bien qu'il fût d'une largeur extraordinaire, c'était à peine si l'on pouvait s'y frayer un passage ; sur les marches étaient déposés des chenêts en fer rouillé, des horloges, des statues en bois et en pierre, des tournebroches, des vases de faïence, des poteries aux formes bizarres, et toutes sortes de meubles dont j'ignorais le nom et l'usage ; aux murailles étaient accrochés des cadres, des tableaux, des épées, des casques, tout cela dans un fouillis qu'augmentait encore pour moi la lueur incertaine de la petite chandelle qui nous éclairait. De quelle utilité tout cela pouvait-il être pour mon oncle ?

C'était la question inquiète que je me posais sans y trouver de réponse, car ce fut seulement plus tard que je sus qu'à la profession d'huissier il en joignait une autre beaucoup plus lucrative.

En quittant le Port-Dieu encore tout enfant, il avait été à Paris chez un commissaire-priseur, où il était resté une vingtaine d'années et d'où il n'était revenu que pour acheter une étude à Dol. Mais en réalité l'étude n'était que l'accessoire, le commerce des vieux meubles et des antiquités de tout genre était le principal. Chargé par sa profession de presque toutes les ventes, en relation avec tout le monde, entrant dans toutes les maisons, il connaissait les bonnes occasions et était, mieux que personne, en situation d'en profiter. Sous le couvert d'un prête-nom, il achetait pour lui-même tout ce qui avait une valeur d'art ou de fantaisie, et le revendait avec un énorme bénéfice aux grands marchands de Paris avec lesquels il était en relation, les Vidalinq, les Monbro ; c'est ainsi que sa maison, depuis la cave jusqu'au grenier, était un véritable magasin d'antiquités.

Comme toutes les pièces de cette vieille maison, qui semblait avoir été bâtie pour des géants, la chambre où mon oncle me conduisit était immense, et cependant si bien remplie, qu'il dut me montrer le lit pour que je le visse : aux murailles, des tapisseries avec des personnages de grandeur naturelle ; au plafond, des animaux empaillés, un cormoran, un crocodile, la gueule rouge grande ouverte ; dans un angle, derrière un coffre qui cachait les jambes, une armure surmontée d'un casque comme si elle eût recouvert un guerrier vivant.

« As-tu peur? » dit mon oncle, en voyant mon effarement.

Je n'osai pas l'avouer et je répondis que j'avais froid.

« Eh bien, dépêche-toi, que j'emporte la lumière; ici l'on se couche sans chandelle. »

Je me glissai dans le lit; mais à peine avait-il fermé la porte, que je le rappelai. Il revint.

L'armure avait tremblé avec un bruit de ferraille.

« Mon oncle il y un homme dans l'armure.

Il s'approcha de mon lit : et me regardant fixement :

— Tâche de ne jamais redire une pareille bêtise, ou tu auras affaire à moi. »

Pendant plus d'une heure, je restai caché sous les draps humides, tremblant de peur, de froid et de faim; puis enfin, à force de me gourmander moi-même, je retrouvai un peu de courage, levai la tête et ouvris les yeux. Par deux hautes fenêtres, la lumière de la lune tombait dans la chambre et la divisait en trois compartiments : deux clairs, un sombre. Il ventait au dehors, les vitres sonnaient dans leurs mailles de plomb, et de petits nuages blancs voilaient de temps en temps la face de la lune. Je tins longtemps mes yeux fixés vers elle, et je crois que je l'aurais regardée toute la nuit, car il me semblait qu'elle était pour moi ce qu'est un phare pour les marins et que, tant qu'elle éclairerait, je ne serais pas perdu, mais elle monta à l'horizon, et, sans que l'obscurité se fît dans la chambre, elle disparut en haut de la fenêtre. Je fermai les yeux; mais il y avait dans chaque angle de cette pièce, derrière chaque meuble, un aimant irrésistible qui tirait mes paupières et les relevait; aussi, bien que je ne le voulusse pas, je les ouvris. Au même instant une rafale secoua la maison, les bois craquèrent; de la tapisserie qui remuait se détacha un homme rouge agitant une épée, le crocodile se mit à danser au bout de sa corde en ouvrant la gueule, et des ombres monstrueuses coururent au plafond, tandis que le guerrier, que ce tapage éveillait, se secouait dans son armure. Je voulus crier, étendre les bras, supplier le guerrier de me défendre contre l'homme rouge; je ne pus ni articuler un son ni faire un mouvement, et me sentis mourir.

Quand je revins à moi, mon oncle me secouait par le bras et il était grand jour. Mon premier regard fut pour l'homme rouge; il avait regagné la tapisserie immobile.

« Tu auras soin de t'éveiller seul et plus matin que ça tous les jours, dit mon oncle; maintenant, dépêche-toi, que je te mette au travail avant de sortir. »

Mon oncle avait cette activité remuante qui ne se rencontre que chez les gens de petite taille, et, s'il avait reçu la même dose d'énergie que tous les Kalbris, comme chez lui cette énergie n'avait à mettre

en mouvement qu'un corps microscopique, elle y faisait rage. Levé
tous les jours à quatre heures, il descendait à son étude et y travaillait furieusement jusqu'au moment où les clients arrivaient, c'est-
à-dire jusqu'à huit ou neuf heures. C'était ce travail de quatre ou cinq
heures que j'avais à copier dans ma journée, car les actes des huissiers se font en double, un original et une copie.

A peine mon oncle fut-il parti, que j'abandonnai la tâche qu'il
m'avait donnée, car depuis que j'étais éveillé, je n'avais qu'une préoccupation, l'homme rouge de la tapisserie ; je sentais que, si la nuit
prochaine il se détachait encore de la muraille, j'en mourrais tout
à fait : et, quant je pensais à son visage menaçant et à son épée
levée, la sueur me mouillait le front.

Je me mis à fureter dans la maison pour trouver un marteau et
des clous ; quand j'eus ce que je voulais, ce qui ne fut pas bien difficile, car mon oncle n'avait recours à personne pour mettre une
pièce à un meuble qui lui arrivait en mauvais état, je remontai à ma
chambre. J'allai droit à l'homme rouge ; il avait pris l'air le plus
inoffensif du monde, et il restait parfaitement tranquille au milieu
de la tapisserie. Je ne me laissai pas tromper à cette hypocrite
tranquilité et, à grands coups de marteau, je lui clouai le bras à la
muraille ; le guerrier essaya de s'agiter dans son armure, mais il
faisait beau soleil, l'heure des fantômes était passée, je lui appliquai
un bon coup de marteau sur sa cuirasse, et d'un geste je fis comprendre au crocodile qu'il n'avait qu'à se bien tenir s'il ne voulait
pas être aussi exécuté.

Cela fait, et la conscience d'autant plus calme que j'avais résisté à
un désir de vengeance qui me poussait à cogner un clou dans le cou
de l'homme à l'épée, je redescendis à l'étude et achevai mon travail
à temps pour la rentrée de mon oncle.

Il voulut bien se montrer satisfait et me dire que toutes les fois
que j'aurais terminé ma tâche, je pourrais, comme récréation,
m'amuser à épousseter les meubles et à frotter avec une brosse et
un chiffon de laine ceux qui étaient en vieux chêne.

Quel changement entre cette vie nouvelle et la vie si heureuse que
j'avais chez M. de Bihorel !

Je me pliai cependant assez bien au travail continu de quatorze
heures par jour, qui me fut imposé, mais je ne pus pas m'habituer du
tout au régime nourricier de mon oncle. La tourte de pain enfermée
dans l'armoire n'était point un accident, c'était la règle, et, à chaque
repas, je devais me contenter de la tranche que je trouvais sur la
table.

Le quatrième ou le cinquième jour, poussé par la faim, je m'enhardis, et, au moment où l'armoire se refermait, j'étendis la main ;
mon geste fut si éloquent que mon oncle comprit.

4

« Tu en voudrais une seconde tranche, dit-il en continuant de fermer la serrure, tu as bien fait de parler. A partir de ce soir, je te
donnerai une tourte tout exprès pour toi qui t'appartiendra; le jour
où tu auras très faim, tu pourras en prendre tant que tu voudras. »

J'eus envie de l'embrasser; il continua :

« Seulement, tu t'arrangeras pour manger moins le lendemain,
de manière que ta tourte te fasse la semaine. Il faut une règle dans
la nourriture comme dans tout; il n'y a rien de trompeur comme
l'appétit, et c'est à ton âge qu'on a les yeux plus grands que le
ventre. Trente-huit décagrammes par jour est à peu près la quantité
qu'on donne dans les hospices; ce sera ta portion, elle suffit à des
hommes, elle doit te suffire aussi, ou bien tu serais un gourmand,
ce que je ne supporterais pas. »

Je ne fus pas plutôt seul que je cherchai dans le dictionnaire ce
que c'était qu'un décagramme : dix grammes, ou deux gros, qua-
rante-quatre grains. Cela ne me disait rien aux yeux ni au ventre.

Je voulus en avoir le cœur net. Avant de partir, ma mère m'avait
donné une pièce de quarante sous. J'allai chez le boulanger, qui demeurait en face, et lui demandai trente-huit décagrammes de pain ;
après de longues explications, il m'en pesa trois quarts de livre.

Une livre moins un quart par jour, c'était là les trente-huit décagrammes offerts si généreusement par mon oncle. En dix minutes,
bien qu'une heure ne se fût pas écoulée depuis le déjeuner, j'eus dé-
voré le morceau. Aussi, le soir, au souper, étais-je moins affamé.

« Je savais bien, dit mon oncle en se méprenant sur la discrétion
avec laquelle j'avais coupé un morceau à même ma tourte, que cela
te retiendrait. Il en est de même en tout, vois-tu. Ce qui est à soi,
on le ménage; ce qui est aux autres, on le gaspille. Quand tu com-
menceras à avoir de l'argent, tu verras que tu voudras le garder. »

J'avais trente-cinq sous, je ne les gardai pas longtemps; en une
quinzaine ils furent dépensés à me payer un supplément de vingt-
cinq décagrammes de pain par jour.

Ma régularité à aller chercher ce supplément de pain, sitôt que
mon oncle était sorti, m'avait fait faire connaissance avec la boulangère.

« Mon homme et moi nous ne savons pas écrire, me dit-elle précisément le jour où mon argent finissait, et nous sommes obligés de
donner tous les samedis une note écrite à une de nos pratiques; si
vous voulez nous la faire, je vous paierai votre travail avec deux gâteaux rassis que vous aurez le droit de choisir le lundi matin. »

Vous jugez si j'acceptai avec empressement. Mais combien aux
deux gâteaux j'aurais préféré une bonne livre de pain! Cependant je
n'osai jamais le dire, car la boulangère, bien qu'elle ne fournit pas
mon oncle, qui faisait venir notre pain de la campagne parce qu'il y

trouvait un sou d'économie, — paraissait le bien connaître, et j'avais
honte pour lui d'avouer ma faim à quelqu'un qui précisément n'avait
que trop de dispositions à le mépriser.

Comment cette portion de pain qui suffit à un homme, ne me suffi-
sait-elle pas? C'est que d'ordinaire dans les hospices et dans les
prisons on y ajoute du bouillon, de la viande, des légumes, tandis
que pour nous elle était notre principale nourriture, le reste se ré-
duisant à des mets impossibles, dont le plus fortifiant était un ha-
reng saur, qui composait invariablement notre déjeuner; quand
mon oncle était là, nous le partagions à deux, ce qui ne veut pas
tout à fait dire en deux; quand il était en tournée, j'avais ordre d'en
garder la moitié pour le lendemain.

Au reste, ce que j'ai souffert de la faim à cette époque, un fait
entre vingt le fera comprendre.

Derrière notre maison était une petite cour, séparée par une haie
de la propriété voisine. Cette propriété était habitée par un monsieur Bouhour, qui, n'ayant ni femme ni enfants, avait la passion
des bêtes. Parmi ces bêtes, celle qui tenait la première place dans
l'affection de son maître était un magnifique chien des Pyrénées, à
poil blanc et à nez rose, qu'on appelait Pataud. Comme il était mauvais pour la santé de Pataud d'habiter les appartements, on lui
avait construit une belle maison rustique qui était adossée à notre
haie de séparation; et comme il était également mauvais pour sa
santé qu'il mangeât à table avec son maître, parce que cela excitait
sa gourmandise qui, satisfaite avec de la viande et des friandises,
pouvait lui donner une maladie de peau, on lui servait deux fois par
jour dans sa maison une belle terrine en porcelaine pleine de
soupe au lait. Comme tous les chiens au repos, Pataud avait un appétit paresseux ou tout au moins capricieux, et, le plus souvent, s'il
déjeunait, il ne dînait pas, ou bien s'il dînait, il ne se trouvait pas
en train pour déjeuner, de telle sorte que la terrine restait souvent
intacte. A travers la haie, quand j'allais dans la cour, je voyais les
morceaux de pain blanc nager dans le lait et Pataud qui dormait à
côté. Il y avait un trou à cette haie, et Pataud s'en servait souvent
pour venir dans notre cour; comme il avait une juste réputation de
férocité, mon oncle le supportait sans se plaindre: c'était un gardien qui valait les plus solides serrures et qui avait l'avantage de
ne rien coûter. Malgré cette férocité, nous fûmes bientôt les meil-
leurs amis du monde; et quand j'arrivais dans la cour, il accourait
aussitôt pour jouer avec moi. Un jour qu'il avait emporté ma casquette dans sa niche et qu'il ne voulait pas me la rapporter, je
m'enhardis jusqu'à l'aller chercher et à passer par son trou. La terrine était à sa place ordinaire et pleine jusqu'au bord d'un bon lait
crémeux. C'était un samedi soir; de ma tourte, que je n'avais pas

assez ménagée durant toute la semaine, il ne m'était pas resté pour
mon dîner un croûton plus gros qu'une pomme; j'avais une faim qui
me tordait l'estomac; je me jetai à genoux et bus à pleines lèvres à
même la terrine, tandis que Pataud me regardait en remuant la
queue. Brave bête! ce fut mon seul ami, mon seul camarade pendant ces temps durs; de son beau mufle rose, il venait me lécher
quand je me faufilais le soir pour prendre ma part de son souper;
à chaque instant il m'allongeait une patte caressante, et de ses
grands yeux mouillés il me regardait; une entente étrange s'était
établie entre nous : bien certainement il avait conscience de sa protection et bien certainement aussi il en était heureux.

A quoi tient la vie? Pataud me serait toujours resté, que très
probablement je ne me serais pas lancé dans les aventures dont j'ai
entrepris le récit; mais la saison arriva où son maître avait coutume de s'établir à la campagne. Il l'emmena avec lui, et moi je me
trouvai seul, n'ayant plus que la compagnie de mon oncle, qui
m'égayait peu le cœur, et ma portion réglementaire, qui m'emplissait peu l'estomac.

Ce furent de tristes journées; j'avais assez souvent de longues
heures inoccupées et, seul, dans cette sombre étude, je pensais à la
maison maternelle. J'aurais bien voulu écrire à ma pauvre maman,
mais une lettre de Dol au Port-Dieu coûtait six sous, et comme je
savais bien qu'elle ne gagnait que dix sous par jour, je n'osais
mettre à la poste toutes celles que j'écrivais. Nous en étions réduits
à nous embrasser par l'entremise d'un mareyeur qui venait les
jours de marché.

Le supplément de nourriture que j'avais trouvé chez Pataud
m'avait, en ces derniers temps, rendu assez indifférent à l'exiguïté
de ma portion réglementaire; quand je n'eus plus qu'elle, il me
sembla qu'il y avait des jours où elle était plus réduite encore qu'à
l'ordinaire. Tandis que la tourte de mon oncle était sous clef, la
mienne était dans une armoire qui ne fermait pas, mais puisqu'il
n'entrait jamais personne à la maison, cela me paraissait n'avoir
aucune importance. Après quelques jours d'observation, il me fallut
reconnaître que je me trompais : au moment même où mon oncle
était en train de couper une tranche de mon pain, j'ouvris la porte
derrière laquelle j'étais placée.

L'indignation me donna un courage dont je ne me croyais pas capable :

« Mais mon oncle, c'est ma tourte ! m'écriai-je.

— Crois-tu pas que c'est pour moi, me dit-il tranquillement : c'est
pour la chatte blanche; elle a des petits, et tu ne voudrais pas la laisser mourir de faim, n'est-ce pas? Il faut être bon pour les animaux,
ne l'oublie jamais. »

Je n'avais aucune affection pour mon oncle; j'eus désormais pour
lui du mépris et de la répulsion : hypocrite, lâche et méchant, je fus
humilié d'être son neveu.

Au fond, il était, avant tout, avare, âpre au gain, prodigue de sa
peine, indifférent aux privations, sensible au seul argent, inquiet et

Je me jetai à genoux et bus à pleines lèvres à même la terrine.

malheureux de ce qu'il faudrait dépenser le lendemain, inconsolable
de ce qu'il avait dépensé la veille.

Aujourd'hui le souvenir de son avarice me fait rire, mais alors
j'éprouvais cette indignation de la jeunesse qui fait qu'on prend par
le côté tragique les mêmes choses que, plus tard, on est tout disposé
à prendre par le côté comique.

Il était, comme vous le pensez, l'homme le moins soucieux de sa
toilette qui fût au monde; aussi je fus très surpris de le voir un matin se faire des mines devant un grand miroir déposé dans le vesti-

bule; il posait son chapeau sur sa tête, il se regardait; il le retirait, puis après l'avoir brossé, il le remettait et se regardait encore. Ce qu'il y avait d'étrange, c'est qu'il brossait le haut de ce chapeau dans le bon sens et le bas à contre poil, si bien qu'une moitié était lisse et l'autre hérissée. Je crus qu'il devenait fou, car il avait habituellement pour ce chapeau des soins de tous les instants, à ce point que, lorsqu'il faisait chaud, il ne le posait sur sa tête qu'après s'être entouré les cheveux d'une bande de vieux papier destinée à absorber la sueur; cette bande remplissait quelquefois si bien cet office qu'elle se détrempait et adhérait au crâne : alors, quand il retirait son chapeau pour saluer, elle lui faisait une couronne extrêmement drôlatique qui provoquait un rire irrésistible même chez ceux qui le connaissaient, c'est-à-dire qui le craignaient.

« Viens ici, dit-il, en voyant que je le suivais des yeux, et regarde-moi bien; que penses-tu de mon chapeau ? »

J'en pensais toutes sortes de choses, mais ce n'était pas le moment de les lui dire : je risquai cette réponse :

« Je pense qu'il est bien conservé.

— Ce n'est pas ça que je te demande. A-t-il l'air d'être en deuil, la partie hérissée imite-t-elle bien un crêpe ? Notre frère Jérôme, de Cancale, vient de mourir, il faut que j'aille à l'enterrement; c'est bien assez des frais du voyage sans faire encore la dépense d'un crêpe, qui ne me servirait qu'une fois, car je ne vais pas être assez bête pour porter le deuil d'un maladroit qui ne laisse que des dettes. »

Jamais éclat de rire ne fut si brusquement arrêté que le mien. Je ne connaissais pas celui de mes oncles qui venait de mourir, je savais seulement qu'il avait toujours été malheureux, qu'il était d'un an plus âgé que mon oncle Simon, et qu'ainsi ils avaient été camarades jusqu'au moment où les nécessités de la vie les avaient séparés. Je retournai à mon travail dans une stupéfaction hébétée; mes idées sur la famille furent singulièrement atteintes : qu'était-ce donc que l'amitié fraternelle ? qu'était-ce que le respect des morts ?

Au reste, ces idées ne devaient point être les seules qui, dans ce contact journalier, furent ébranlées, non par des leçons directes, car mon oncle ne s'inquiétait guère de m'en donner, soit de bonnes, soit de mauvaises, mais par l'exemple et par ce que je voyais à chaque instant.

Les huissiers à la campagne sont les confidents ou les témoins de toutes les misères : à cette profession mon oncle joignant celle de banquier, ou même, pour ne pas affaiblir la vérité, celle d'usurier, la collection de malheureux et de filous qui passait par son étude se trouvait singulièrement complète. Nous travaillions à la même table, l'un en face de l'autre; j'assistais ainsi à tous ses entretiens avec ses clients, et il fallait qu'il s'agit d'affaires bien graves pour qu'il m'éloignât en me faisant faire une course. Jamais je ne l'ai vu céder à une prière ni retarder ou abandonner une poursuite ; aux larmes, aux supplications, aux raisons les plus touchantes, il restait aussi indifférent que s'il eût été sourd. Puis quand il commençait à s'ennuyer, il tirait sa montre et la posait sur son bureau.

« Je n'ai pas plus les moyens de perdre mon temps, que mon client n'a ceux de perdre son argent, disait-il ; si vous avez encore quelque chose à dire, je suis à votre disposition, seulement je vous préviens que c'est quatre francs l'heure. Il est midi quinze minutes, allez. »

Les pauvres femmes qui pleuraient et suppliaient, les hommes que j'ai vus se traîner à genoux en demandant du temps pour payer, un mois, huit jours, quelques heures, ce serait trop long à vous raconter, et ce que je vous en dis, c'est seulement pour vous faire comprendre les sentiments que j'éprouvais pour mon oncle. Mais si je pouvais sentir tout ce qu'il avait en lui de dureté impitoyable, et m'attendrir sur le sort de ses victimes, j'étais heureusement par mon âge tout à fait incapable de comprendre ce qu'il apportait dans les affaires d'habileté, d'adresse et de rouerie, pour ne pas dire un autre mot ; la première fois que je m'en aperçus, parce que la chose crevait les yeux, je le payai cher, comme vous allez le voir.

Il avait acheté une ancienne propriété seigneuriale qu'il remaniait de fond en comble afin de la mettre en bon rapport, et tous les samedis nous avions toujours des ouvriers et des entrepreneurs qui venaient se faire payer.

Un samedi, je vis arriver le maître maçon : il parut surpris de me trouver seul, parce que mon oncle, me dit-il, lui avait donné rendez-vous pour régler son compte. Il s'assit et attendit.

Une heure, deux heures, quatre heures se passèrent, mon oncle n'arrivait pas. Et le maître maçon ne partait pas. Enfin, à huit heures du soir, il arriva.

« Tiens ! dit-il, c'est vous, maître Rafarin. Bien fâché ; mais les affaires, vous savez. »

Mon oncle avait une manière que j'ai vue depuis employée par quelques gens d'affaires qui veulent se donner de l'importance et qui se donnent tout simplement un ridicule. Au lieu de répondre à Rafarin, il m'interrogea sur ce qui s'était passé dans la journée, lut les lettres qui étaient arrivées, parcourut les pièces de procédure, regarda ce que j'avais fait, puis, quand il eut donné une bonne demi-heure à cette inspection, se tournant enfin vers le maître maçon qui attendait toujours :

« Eh bien, mon cher, que voulez-vous ?

— Vous m'aviez promis de me régler mon mémoire.

— C'est vrai, mais bien fâché, pas d'argent.

— C'est demain ma paye, j'ai en plus un billet de mille francs à acquitter chez votre confrère qui me poursuit. Voilà six mois que vous me promenez; aujourd'hui je comptais sur votre parole.

— Parole! quelle parole? interrompit mon oncle. Vous ai-je dit : Je vous donne ma parole d'honneur de vous payer samedi? Non, n'est-ce pas? Alors cette parole que vous invoquez, c'était une parole en l'air : venez samedi, je vous payerai. Voyez-vous, maître Rafarin, il y a parole et parole; il ne faut pas oublier ça.

— Je ne savais pas; excusez-moi, je ne suis qu'un pauvre homme; moi, quand j'ai dit : Je payerai samedi, je paye.

— Et si vous ne pouvez pas.

— Quand j'ai promis, je peux, et c'est pour ça que je vous tourmente; votre confrère a ma parole; si j'y manque, il va me poursuivre. »

Rafarin se mit alors à expliquer sa position : il avait pris des engagements, comptant sur ceux de mon oncle; s'il ne payait pas le lendemain, l'huissier viendrait le saisir le lundi; sa femme était mourante, cela la tuerait. A tout, mon oncle se bornait à répondre :

« Pas d'argent, mon cher, pas d'argent; vous ne voulez pas que j'en vole pour vous en donner; si vous m'assignez, c'est un procès, et alors vous ne serez pas payé avant un an. »

Quatre ou cinq jours auparavant, assistant à un entretien entre l'autre huissier et mon oncle, j'avais entendu celui-ci recommander à son confrère de mener les choses à la dernière extrémité; sans deviner toute la vérité, que je ne compris que plus tard, et qui était que mon oncle était le véritable créancier, cela me parut étrange : il me sembla que je devais, au risque d'être désagréable à mon oncle, servir le pauvre maçon; je résolus donc d'intervenir coûte que coûte. Au moment où mon oncle répétait pour la dixième fois : « Si j'avais de l'argent, je vous en donnerais, » je dis à haute voix :

« J'en ai reçu, de l'argent. »

J'avais à peine achevé le dernier mot que par-dessous la table je reçus dans les jambes un si violent coup de pied que je basculai sur ma chaise et tombai en avant le nez sur mon pupitre.

« Qu'as-tu donc, mon petit Romain? dit mon oncle en se levant.

Il s'approcha de moi, et, me pinçant le bras jusqu'au sang :

» Est-il maladroit ce petit niais-là? » dit-il en se tournant vers Rafarin.

Celui-ci, qui n'avait pas vu le coup de pied et qui n'avait pas senti le pinçon, nous regardait étonné; mais croyant que mon oncle cherchait une feinte pour détourner l'entretien, il revint au sujet qui le tourmentait.

« Puisque vous avez l'argent, dit-il.

JE SENTIS QU'IL SE PENCHAIT SUR MOI.

Mon exaspération était à son comble.

— Le voici, » dis-je en tirant les billets de banque du tiroir où ils étaient enfermés.

Tous deux en même temps étendirent la main, mais mon oncle, plus prompt, saisit la liasse.

« Écoutez, Rafarin, dit-il après un moment de silence, je veux faire pour vous tout ce qui m'est possible, et vous prouver qu'on ne parle pas inutilement à mes sentiments de loyauté et de générosité, comme il y en a qui le prétendent. Voilà trois mille francs que je ne devais recevoir que demain pour les employer aussitôt à payer une dette sacrée, qui peut me déshonorer si je ne la paye pas, et je ne la payerai pas, car d'ici à demain je ne pourrai pas retrouver cette somme. Pourtant je vais vous les donner. Tenez, acquittez-moi, pour solde, votre mémoire, et ils sont à vous.

Je croyais que Rafarin allait sauter au cou de mon oncle qui, décidément, n'était pas si méchant qu'on le pouvait croire ; il n'en fut rien.

— Mon mémoire, s'écria-t-il, mais il est de plus de quatre mille francs.

— Eh bien !

— Et c'est vous même qui l'avez réduit à ce chiffre en me rognant sur tout. Ah ! Monsieur Kalbris.

— Vous ne voulez pas de ces trois mille francs ? mes remerciments, mon cher, ils me rendront service : ce que j'en faisais, c'était pour vous obliger. »

Rafarin recommença ses explications, ses supplications ; puis enfin, voyant l'impassibilité de mon oncle, il prit le mémoire et l'acquittant :

« Les billets, dit-il d'une voix sourde.

— Voilà, répondit mon oncle.

Alors le maître maçon se levant et posant son chapeau sur sa tête :

— Monsieur Kalbris, dit-il, j'aime mieux une pauvreté comme la mienne qu'une richesse comme la vôtre.

Mon oncle pâlit et je vis ses lèvres frémir ; mais il se remit aussitôt et d'une voix presque riante :

— Affaire de goût, » fit-il.

Puis, toujours souriant, il conduisit Rafarin jusqu'à la porte exactement comme il eût fait pour un ami.

A peine l'eut-il poussée sur le dos du maître maçon que l'expression de son visage changea et, avant d'avoir pu me demander ce qui allait se passer, je reçus un terrible soufflet qui m'enleva de ma chaise et me jeta à terre.

« Maintenant à nous deux, dit-il. Je suis sûr que tu as parlé de cet argent, sachant bien ce que tu faisais, mauvais garnement.

Le coup m'avait fait cruellement mal, il ne m'avait pas étourdi;
je ne pensais qu'à me venger.

— C'est vrai, » dis-je.

Il voulut s'élancer sur moi ; mais j'avais prévu cette attaque; je
me jetai sous la table et, passant par-dessous, je la mis entre nous
deux.

En voyant que je lui échappais, sa fureur s'exaspéra encore, il
saisit un gros code in-4° qu'on appelait un Paillet, et me le lança
si rudement que j'allai rouler à terre.

Dans ma chute, ma tête porta contre un angle, je ressentis comme
un engourdissement général et ne pus pas me relever tout de suite.

Je fus obligé de me soutenir à la muraille; j'étais inondé de sang,
et mon oncle me regardait sans faire un mouvement pour me
secourir.

« Va te laver, mauvais gueux, dit-il, et souviens-toi de ce que tu as
gagné à te mêler de mes affaires; si tu recommences jamais, je te
tue.

— Je veux m'en aller.

— Où ça?

— Chez maman.

— Vraiment; eh bien tu ne t'en iras pas, attendu que tu m'appar-
tiens pour cinq ans et que je veux te garder. Je veux aller chez
maman, maman, maman : grand niais ! »

VII

J'étais depuis longtemps tourmenté d'une idée qui me revenait toutes les fois que j'avais faim ou que mon oncle m'avait trop rudement secoué, c'est-à-dire tous les jours ; c'était de m'échapper de Dol et de m'en aller au Havre m'embarquer. Pendant les heures d'absence de mon oncle, je m'étais bien souvent amusé à me tracer mon itinéraire sur une grande carte de la Normandie qui était accrochée dans l'escalier ; à défaut de compas, je m'en étais fabriqué un en bois, et j'avais mesuré les distances comme M. de Bihorel m'avait appris à le faire. De Dol, en passant par Pontorson, j'irais coucher à Avranches ; d'Avranches j'irais à Villedieu, Villers-Bocage, Caen, Dozulé, Pont-l'Évêque, Honfleur. C'était huit jours de marche au plus ; le pain coûtait alors trois sous la livre ; si je pouvais amasser vingt-quatre sous, vingt sous seulement, j'étais sûr de ne pas mourir de faim en chemin. Mais comment réunir ce capital de vingt sous ? Je m'étais toujours arrêté devant cette impossibilité.

Le Paillet me la fit franchir. Enfermé dans ma chambre, après m'être lavé la tête sous la pompe et avoir arrêté le sang tant bien que mal, je ne vis plus les difficultés de mon projet. Les mûres commençaient à noircir dans les fossés, le long des bois ; il y avait des œufs dans les nids des oiseaux ; on trouve quelquefois des sous perdus dans la poussière, et puis pourquoi n'aurais-je pas la chance de rencontrer quelque roulier qui me laisserait monter sur sa

voiture et me donnerait un morceau de pain pour me payer d'avoir
conduit ses chevaux pendant qu'il dormirait? Cela n'était pas
impossible, on l'avait vu. Au Havre, je ne doutais pas que tous les
capitaines ne me prissent à leur bord comme mousse; une fois en
mer, bon voyage, j'étais marin : quand je reviendrais, j'irais au
Port-Dieu, ma mère m'embrasserait et je lui donnerais ma paye. Si
nous faisions naufrage, eh bien! tant mieux : une ile déserte, des
sauvages, un perroquet! ó Robinson!

Je ne sentais plus ma blessure à la tête et j'oubliais que je n'avais
pas diné.

Tous les dimanches, dès le point du jour, mon oncle s'en allait à
sa nouvelle propriété, d'où il ne revenait que le soir tard; si bien
que du samedi où nous étions jusqu'au lundi matin, j'avais la certitude de ne pas le voir, et en me sauvant immédiatement, je pouvais
prendre trente-six heures d'avance; seulement, pour cela, il fallait
sortir malgré les verroux et les portes, et c'était impossible. Je
décidai donc que je sauterais du premier étage dans la cour et que je
passerais par le trou de Pataud ; une fois dans le jardin de M. Buhour, je gagnerais facilement les champs.

C'était dans mon lit que je discutais et réglais mon plan, attendant
pour l'exécuter que mon oncle fût couché et endormi.

Bientôt je l'entendis entrer dans sa chambre, puis presque aussitôt en sortir, et il me sembla qu'il montait l'escalier du second
étage avec la précaution de ne pas faire du bruit. Se doutait-il de
mon projet et voulait-il m'observer? Il poussa doucement ma porte.
Le nez tourné du côté du mur, je ne le vis pas entrer, mais je vis sur
ce mur l'ombre tremblotante de sa main qu'il tenait devant sa
chandelle pour briser sa lumière. Il s'avança à petits pas vers
mon lit.

Je feignis de dormir profondément. Je sentis qu'il se penchait
sur moi, qu'il approchait la lumière de ma tête, et que du bout des
doigts il écartait les cheveux qui cachaient ma blessure.

« Allons, dit-il à demi-voix, ce ne sera rien. »

Et il s'éloigna comme il était venu.

Une pareille démarche, et cette marque d'intérêt, la veille, eussent
peut-être changé mes idées; mais il était trop tard : j'avais en imagination senti l'odeur de la mer et du goudron, j'avais entr'ouvert
les portes mystérieuses de l'inconnu.

Une heure après le départ de mon oncle, quand je pensai qu'il
était bien endormi, je me levai et commençai mes préparatifs;
c'est-à-dire que je nouai dans un mouchoir deux chemises et des
bas. J'hésitai un moment si j'endosserais mes vêtements de première communion, qui, me semblait-il, devaient me faire honneur;
heureusement, une lueur de bon sens l'emportant, je me décidai

pour une bonne veste et un pantalon en gros drap de matelot ; puis, mes souliers à la main pour ne pas faire de bruit, je sortis de ma chambre.

A peine la porte était-elle refermée qu'une idée saugrenue me passa par l'esprit. Je rentrai. Sans qu'il y eût clair de lune, la nuit n'était pas sombre, et mes yeux habitués à l'obscurité distinguaient les objets. Je mis tant bien que mal une chaise en équilibre sur mon lit, et, en grimpant dessus, je pus atteindre jusqu'au crocodile suspendu au plafond ; avec mon couteau je coupai la corde qui le retenait, je le descendis dans mes bras, le couchai tout de son long dans mon lit et lui rabattis le drap par-dessus la tête.

En me représentant la figure que ferait mon oncle, le lundi matin, quand il trouverait le crocodile à ma place, je me mis à rire comme un fou et je recommençai de plus belle quand l'idée me vint qu'il penserait peut-être que j'avais été mangé.

Cette plaisanterie fut toute ma vengeance.

Il est étonnant comme quatre murailles et un toit au-dessus de la tête donnent de l'assurance ; quand je me trouvai dans le jardin de M. Buhour après avoir heureusement dégringolé par la fenêtre en m'accrochant au mur, je n'avais plus du tout envie de rire. Je regardai avec inquiétude autour de moi : les arbustes dans la nuit avaient des formes étranges ; entre les massifs il y avait de grands trous noirs dont j'aurais bien voulu détourner les yeux ; une légère brise passa dans les branches, et les feuilles bruirent avec des gémissements ; sans savoir ce que je faisais je me jetai dans la niche de Pataud. Pauvre Pataud ! s'il avait été là, je ne serais peut-être pas parti.

J'avais toujours cru que j'étais brave ; en reconnaissant que les jambes me manquaient et que mes dents claquaient, j'eus un mouvement de honte. Mais je me roidis contre cette émotion ; si j'avais déjà peur, il fallait rentrer chez mon oncle. Je sortis de la niche et je marchai droit à un arbre, qui, avec ses grands bras étendus, avait semblé me dire : Tu n'iras pas plus loin ; il ne bougea pas ; seulement, des oiseaux qui dormaient dans son feuillage s'envolèrent en criant. Je faisais peur aux autres, cela me donna du courage.

Je lançai mon paquet par-dessus le mur qui séparait le jardin de la campagne et, en m'aidant de l'espalier, je montai sur le chaperon. Aussi loin que mes yeux pouvaient voir, je regardai dans la plaine ; elle était déserte, on n'entendait aucun bruit ; je me laissai glisser.

Je courus plus d'une heure sans m'arrêter, car je sentais bien que si je me donnais le temps de regarder autour de moi, je mourrais de peur. A la fin, la respiration me manqua ; j'étais alors au milieu des prairies que traverse la digue qui verse l'eau des marais à la mer ; c'était la saison des foins, et à travers une vapeur blanche je

voyais les mulons qui bordaient le chemin. Sans ralentir ma course,
j'abandonnai la grande route, et, descendant dans la prairie, je me
blottis sous le foin. J'avais la certitude d'être à plus de deux lieues
de la ville, je me croyais au bout du monde : je pouvais respirer.

Brisé d'émotions, étourdi par ma blessure, affaibli par la faim,
la fatigue me coucha sur le foin, qui avait gardé la chaleur du soleil,
et je m'endormis, bercé par le coassement de milliers de grenouilles,
qui, dans les fossés des marais, faisaient un assourdissant tapage.

Le froid me réveilla, le froid humide du matin que je ne connaissais pas encore, et qui vous pénètre jusqu'au cœur ; de grandes
raies blanches coupaient les profondeurs bleuâtres de la nuit et,
sur la prairie, se traînait un brouillard vaporeux qui tourbillonnait
comme des colonnes de fumée. Mes vêtements étaient aussi mouillés
que s'ils eussent reçu une ondée, et je frissonnais par tout le corps,
car, si le foin m'avait transmis sa chaleur d'un côté, la rosée m'avait,
de l'autre, imbibé de sa fraîcheur.

Mais plus pénible que ce frisson, j'éprouvais un vague sentiment
de malaise. Au soir, les tristesses mélancoliques du cœur ; au matin,
les inquiétudes et les angoisses de la conscience, qui, pendant le
sommeil du corps, s'éveille et parle. Le naufrage, l'île déserte, ne
m'apparaissaient plus aussi agréables que la veille. Je ne reviendrais
donc plus jamais au pays ! Je ne reverrais donc plus jamais maman !
Mes yeux s'emplirent de larmes, et, malgré le froid, je restai immobile, assis sur le foin, la tête entre mes mains.

Quand je la relevai, mes projets étaient changés ; j'irais tout de
suite au Port-Dieu, et je ne partirais pour le Havre qu'après avoir
revu ma mère. En arrivant le soir, je pouvais me cacher dans le
rouf et repartir le matin sans qu'on se doutât que j'étais venu. Au
moins, j'emporterais ce souvenir, et, si c'était une faute de l'abandonner ainsi, il me sembla qu'elle serait moins grave.

Je repris mon paquet. J'avais au moins douze lieues à faire, il ne
fallait pas perdre de temps ; le jour allait bientôt venir, déjà au loin
on entendait des cris d'oiseau.

Cela me fit du bien de marcher ; je me sentis moins triste, moins
alourdi : la teinte rose qui montait au ciel, du côté de l'Orient, montait aussi en moi, et, pour mes idées comme pour tout ce qui m'entourait, les exagérations monstrueuses de l'ombre se dissipaient
sous la lumière.

Le brouillard qui flottait dans l'atmosphère se ramassa au-dessus
du grand fossé de la digue, ne laissant émerger de ses flots coton-
neux que quelques vieux têtards de saule qui les déchiraient. La
lueur qui éclairait le levant jaunit, rougit, puis monta tout le long
du ciel jusqu'au-dessus de ma tête ; une petite brise passa dans les
arbres en secouant la rosée de la nuit ; les herbes, les fleurs se

redressèrent ; une fumée transparente s'éleva légère et rapide ; il
faisait jour. Avec M. de Bihorel, j'avais vu bien souvent le soleil se
lever, je ne l'avais jamais regardé ; mais comme si, par mon éman-
cipation, j'étais devenu un des maîtres de la terre, je daignai prendre
du plaisir à ce spectacle.

Ce maître, cependant, ne tarda pas à trouver que si la nature
avait des attentions pour ses yeux, elle en avait peu pour son
estomac : des fleurs partout, des fruits nulle part ; j'avais peut-être
eu tort de compter sur le hasard pour me nourrir.

Après avoir marché plusieurs heures, cette inquiétude devint
une certitude. Dans les champs, rien, absolument rien qui se pût
manger ; au contraire, dans les villages que je traversais, des apprêts
pour le dimanche ; sur les tables des auberges des quartiers de
viande, à la devanture des boulangers des gros pains, des galettes
dorées qui exhalaient encore la bonne odeur du beurre chaud. Quand
je les regardais, ma bouche s'emplissait d'eau et l'estomac me montait aux lèvres.

Quand un créancier malheureux se plaignait à mon oncle de
mourir de faim, celui-ci ne manquait jamais de lui répondre :
« Serrez-vous le ventre. » J'eus la naïveté d'essayer de ce moyen ;
mais il est probable que ceux qui l'indiquent si généreusement n'en
ont jamais usé, car la boucle de mon gilet bien sanglée, je respirai
avec peine, j'eus beaucoup plus chaud, je n'eus pas moins faim.

Je crus que si je ne pensais pas toujours à cette terrible faim, je
souffrirais moins, et je me mis à chanter : les gens qui passaient
endimanchés sur la route regardaient avec étonnement cet enfant
qui cheminait doucement, son paquet à la main, en criant à tue-tête.

Les chansons ne me réussirent pas longtemps, ma gorge se des-
sécha, et à la faim s'ajouta la soif : ce besoin était facile à satisfaire,
je coupais assez souvent de petites rivières qui couraient à la mer.
Je choisis une place bien propre, je me mis à genoux, j'enfonçai
mon menton dans l'eau et je bus tant que je pus, pensant à tort que,
pourvu que mon estomac fût plein, liquide ou solide, peu importait ;
je me souvenais que pendant une fièvre de quatre ou cinq jours
j'étais resté sans manger ; j'avais bu seulement et je n'avais pas eu
faim.

Un quart d'heure après, j'étais inondé de sueur, c'était l'eau qui,
sous les rayons du soleil, produisait son effet. Une grande lassitude
me prit, le cœur me manqua, et j'eus peine à gagner un arbre pour
m'asseoir à son ombre. Jamais je ne m'étais senti si faible ; les
oreilles me tintaient, je voyais les objets en rouge ; j'étais tout près
d'un village pourtant, et j'entendais les cloches sonner la messe ;
mais de quel secours pouvait m'être ce voisinage des hommes : je
n'avais pas un sou pour entrer chez le boulanger.

Il fallait marcher; déjà des paysans qui passaient pour aller à la messe m'avaient regardé en se parlant entre eux; et l'on allait m'arrêter comme vagabond, il faudrait dire où j'allais, d'où je venais; on me reconduirait chez mon oncle. Cette idée me terrifia.

Aussitôt que le repos et la fraîcheur m'eurent rendu un peu de force, je me remis en route; les cailloux étaient bien durs, mes jambes bien raides, le soleil était dévorant.

Je compris que, si je voulais marcher comme je l'avais fait depuis le matin, je ne manquerais pas de tomber épuisé sans pouvoir me relever; je résolus donc de ne jamais faire plus d'une demi-lieue sans me reposer, et, toutes les fois que le cœur me tournerait, de m'asseoir sans persister davantage.

Tout en piétinant, il y avait trois vers que j'avais appris naguère chez M. de Bihorel qui me revenaient à la mémoire si obstinément qu'ils étaient une fatigue et un agacement :

> Dieu laissa-t-il jamais ses enfants au besoin?
> Aux petits des oiseaux il donne leur pâture,
> Et sa bonté s'étend sur toute la nature.

Il me semblait que je ne pouvais pas être, aux yeux de Dieu, moins que les oiseaux qui voltigeaient de branche en branche avec de petits cris joyeux.

Depuis longtemps je répétais machinalement ces vers qui m'étaient une musique, une sorte de marche plutôt qu'une espérance, lorsque j'entrai dans un bois, le premier que j'eusse encore trouvé. Tout à coup mes yeux furent attirés, sur le talus couronné de genêts jaunes, par de petits points rouges qui brillaient dans l'herbe : des fraises, c'était des fraises! Je ne sentis plus ma fatigue; et d'un bond je franchis le fossé; le revers était chargé de fruits comme l'eût été une planche de jardin; sous bois et dans les clairières il y en avait par milliers qui formaient un tapis rouge. J'en ai mangé depuis de plus belles et de plus grosses, jamais de meilleures; c'était de la force, de la gaîté, de l'espérance. Décidément on pouvait aller au bout du monde :

> Dieu laissa-t-il jamais ses enfants au besoin?

Les fraises des bois ne se cueillent pas vite; il faut aller de-ci de-là et se baisser à chaque fruit. Ma faim un peu calmée, sinon assouvie, je voulus faire ma provision pour la route. Je me disais que, si j'en avais assez, je pourrai peut-être les échanger contre un morceau de pain.

Un morceau de pain c'était mon rêve ! Mais l'heure me pressait;

il était plus de midi, j'avais encore cinq ou six lieues avant d'arriver au Port-Dieu ; et je sentais, à mes jambes, que ce seraient les plus longues et les plus lentes. Je ne pus donc pas emplir mon mouchoir garni de feuilles de frêne, autant que je l'aurais voulu, et je revins sur le grand chemin plus dispos et plus courageux que lorsque je l'avais quitté.

La lassitude ne tarda pas à me prendre et, au lieu de faire une demi-lieue d'une seule traite, je me reposai à tous les kilomètres, m'asseyant sur la borne même. Il faut croire que cette lassitude était visible, car pendant que j'étais ainsi assis dans une côte, je fus rejoint par un mareyeur qui marchait à pied devant ses chevaux. Il s'arrêta devant moi en me regardant.

« Voilà un jeune homme qui est fatigué, pas vrai? dit-il.

— Un peu, Monsieur.

— Ça se voit. Vous allez bien loin comme ça ?

— Encore cinq lieues.

— Si c'est du côté de Port-Dieu, j'y vas; et je peux vous y porter.

Le moment était décisif ; je ramassai ce que j'avais de force et de courage.

— Je n'ai pas d'argent, dis-je, mais si vous voulez des fraises pour le paiement, en voilà que je viens de cueillir.

Et j'ouvris mon mouchoir.

— Tiens, elles sentent bon. Alors, mon petit, tu n'as pas le sou, dit-il en changeant de ton et en cessant de me traiter en monsieur, eh bien! monte tout de même ; tu as l'air trop fatigué ; tu vendras tes fraises à l'auberge du beau-Moulin, et tu me paieras la goutte avec l'argent de ton marché. »

Mes pauvres fraises, on m'en donna six sous à l'auberge du Beau-Moulin, et encore parce que mon ami le mareyeur déclara en criant très fort que c'était un vol de me les payer moins.

« Maintenant, dit-il, quand le marché fut conclu, deux gouttes.

Je n'étais pas dans des conditions à faire le timide.

— J'aimerais mieux un morceau de pain, dis-je, si vous voulez.

— Allons donc, bois toujours ; si tu as faim, tu prendras ta part en pain dans la tournée que je paie. »

Ma part, en pain! je ne me le fis pas dire deux fois, je vous prie de le croire.

Au lieu d'arriver au Port-Dieu le soir comme je l'avais cru, j'y arrivai avant quatre heures, c'est-à-dire au moment où ma mère étant aux vêpres, je pouvais entrer à la maison sans que personne me vit, et prendre tout mon temps pour m'installer dans le rouf où ma mère n'entrait presque jamais. Je le retrouvai tel que je l'avais laissé, tel qu'il était depuis la mort de mon père : plein de ses filets

5

et de ses appareils de pêche. Desséchés comme de vieilles toiles
d'araignée, ils gardaient encore l'odeur du tan et du goudron. Je
commençai par les baiser, ces filets, puis j'en pris une brassée, et
m'en fis un lit pour la nuit. Cet arrangement terminé, après avoir
disposé la lucarne qui ouvrait sur la cuisine, de façon à voir sans être
vu, j'attendis.

J'avais compté sans la fatigue ; à peine assis, je m'endormis, et
ce fut un bruit de voix qui me réveilla, longtemps après sans doute,
puisqu'il faisait nuit. Baissée devant la cheminée, ma mère soufflait
sur trois tisons en faisceau. Auprès d'elle une de mes tantes se
tenait épaulée contre la muraille.

« Alors, disait celle-ci, tu iras dimanche.

— Oui, je m'ennuie trop, et puis je veux voir de mes yeux comment il est ; il ne se plaint pas dans ses lettres, mais il me semble
qu'il est chagrin.

— Tu diras ce que tu voudras, à ta place je ne l'aurais pas donné
au frère Simon.

— Fallait-il donc le laisser aller à la mer ?

— Eh bien ! après ?

— Après ! où est ton fils aîné ? où sont nos frères Fortuné, Maxime ?
où est mon pauvre cher homme ? où est le mari de Françoise ?
Regarde donc autour de nous ceux qui manquent. Oh ! la mer !

— J'en aurai encore moins peur que de Simon ; ce n'est pas un
homme, c'est un tas d'argent.

— C'est bien là ce qui m'empêche de dormir, pas tant pour ce que
le pauvre petit peut endurer en ce moment que pour ce qu'il peut
devenir près d'un homme pareil ; les frères Leheu parlaient de lui
l'autre jour ; il paraît qu'il est riche de plus de trois cent mille francs;
ce n'est pas honnêtement qu'on peut gagner une si grosse fortune
dans son état. Ah ! s'il n'avait pas pris Romain pour cinq ans.

— Faut-il donc que tu le lui laisses quand même.

— Si je lui retire, il se fâchera ; il voudra me faire payer une
indemnité ; où la prendre ? Tu ne le connais pas. Enfin, je verrai le
petit.

— Eh bien ! samedi soir je t'apporterai un pot de beurre ; tu lui
donneras ça de ma part ; il ne doit pas être trop bien nourri. »

Ma tante partie, ma mère prépara son souper. Comme le parfum
des pommes de terre rissolant dans la poêle me rappela les anciens
jours, le temps où je revenais de l'école, affamé !

Elle se mit à table, et je la vis de face, éclairée en plein par la
chandelle. Son repas ne fut pas long, et encore entrecoupé de moments de repos pendant lesquels elle restait les yeux perdus dans le
vague, comme si elle attendait que quelqu'un arrivât, d'autres fois
les fixant avec un soupir sur la place qu'autrefois j'occupais vis-à-

vis d'elle. Pauvre chère maman, je la vois encore, avec son bon visage si triste, mais si doux. C'était à moi, qu'elle pensait, c'était
après moi qu'elle soupirait, et j'étais là à trois pas d'elle, retenu,
enchaîné par ma maudite résolution.

Avec son ordre et sa propreté ordinaires elle remit tout en place,
lava son assiette, essuya la table, puis, s'agenouillant devant l'image
de Saint-Romain accrochée à la muraille, elle commença sa prière.

Combien de fois, tous deux à la même place, à la même heure,
nous l'avions faite ensemble, cette prière demandant à Dieu
d'étendre sa main sur mon père.

En entendant ces paroles ferventes que nous avions si souvent
répétées, je m'agenouillai sur les filets et doucement je les répétai
tout bas. Mais cette fois ce ne fut pas le nom de mon père qui sortit
des lèvres émues de ma mère, ce fut le mien.

Ah! comment à cet instant n'ai-je pas sauté près d'elle?

VIII

Je m'endormis en pleurant ; mon sommeil fut moins calme sous le toit maternel qu'il ne l'avait été la nuit précédente dans les prairies de Dol.

Avant l'aube et dès que j'entendis la mer battre son plein sous la falaise, je sortis du rouf avec précaution.

La veille, lorsque j'étais arrivé à quatre heures, la marée commençait à descendre, la pleine mer me disait donc que le jour allait bientôt paraître, et je ne voulais pas être vu par quelque voisin matinal.

Dans mon plan de voyage, je n'avais pas prévu combien il est difficile de quitter la maison natale ; car, arrivé à la haie d'ajoncs qui sépare notre cour de la lande, je m'arrêtai malgré moi et me retournai. Mon cœur battait à se rompre. Le coq chantait dans notre poulailler, et les chiens du voisinage, éveillés par le bruit de mes pas, s'étranglaient à aboyer. J'entendais leurs chaines sonner à chaque secousse qu'ils donnaient pour s'élancer de mon côté. L'aurore commençait à poindre et, dans une étroite bande de lumière blanche qui descendait du sommet de la falaise, la maison se découpait en noir.

Mon enfance, depuis le jour où j'avais eu le sentiment de la vie, me revint tout entière au souvenir : les nuits où, pour m'empêcher de pleurer, mon père me promenait dans la chambre en chantant :

> Les cailloux touchent à la terre,
> Tire lire, lire...

la première mouette que j'avais pu prendre vivante, et qui, l'aile cassée, venait manger dans ma main ; les réveils anxieux de ma mère pendant les nuits de tempête, alors que mon père était en voyage, et mes prières devant le cierge tremblant. Les inquiétudes, les tourments dont je l'avais vue tant souffrir, elle allait après mon départ les souffrir encore : l'abandonner n'était-ce pas un crime ?

Le phare s'éteignit, et la mer parut lumineuse sous le ciel encore sombre ; au-dessus des cheminées du village, des colonnes de fumée jaune s'élevèrent droit en l'air, et un bruit de sabots résonnant sur le galet des rues monta jusqu'à moi ; on s'éveillait.

Cependant, sur la crête du talus, accroupi au milieu des ajoncs, je restais hésitant, impatient, malheureux, mécontent de moi et désolé. L'esprit de hasard, l'espoir vague de faire fortune sans être à charge à personne, ma nature, l'inconnu vertigineux, me tiraient du côté de la lande ; l'habitude, la timidité de mon âge, mes épreuves de la veille, la pensée de ma mère surtout, raidissaient les liens qui m'attachaient à la maison.

L'angélus tinta ; la volée de l'oraison n'était pas encore éteinte quand ma mère poussa la porte et parut sur le seuil, prête à partir en journée. Allait-elle travailler au village ou bien au bourg d'en haut, c'est-à-dire à un hameau habité exclusivement par des cultivateurs et qui se trouve dans la plaine ? Si c'était au village, elle allait descendre et ainsi s'éloigner de moi ; si au contraire c'était au bourg d'en haut, elle remonterait et longerait le talus sur lequel j'étais caché. J'eus un moment d'anxiété, car j'étais bien ébranlé, bien irrésolu. Le sort voulut qu'elle travaillât ce jour-là au village, et je n'eus pas à résister à la tentation qui me poussait de me jeter dans ses bras.

Quand j'entendis l'échalier retomber en grinçant, je me levai dans les ajoncs pour la suivre au moins des yeux ; je ne vis rien que la blancheur de son bonnet qui, au hasard des branches, apparaissait derrière la haie. Le soleil s'était élevé au-dessus de la falaise, et il éclairait maintenant en plein la maison ; sous ses rayons, les mousses qui plaquaient le chaume du toit se veloutaient d'une belle couleur verte, et çà et là s'épanouisssaient des touffes jaunes de sedum. La brise commençait à souffler sur la mer, et dans l'air pur du matin elle apportait du large une fraîcheur salée que je respire encore en vous racontant cette histoire et dont il me semble retrouver le goût âpre sur mes lèvres.

Mais je ne veux pas me laisser aller à ces émotions qui m'entraîneraient volontiers.

Je quittai la maison maternelle comme je m'étais sauvé de Dol, c'est-à-dire en courant, et ce fut seulement quand l'haleine me manqua que je ralentis le pas.

Si la course est bonne pour s'étourdir, on ne réfléchit bien que dans le repos.

Or j'avais besoin de réfléchir; j'étais parti, c'était bien; maintenant il fallait arriver, c'était le difficile.

Je m'assis au pied d'une haie : la plaine était déserte, il n'y avait
pas danger d'être surpris; au loin seulement je voyais, au bord de la
falaise, un douanier en faction, qui se dessinait en noir sur la zone
lumineuse du soleil levant.

Le résultat de mes réflexions fut qu'au lieu de suivre la grande
route, comme je l'avais d'abord décidé, je suivrais le bord de la mer.
Mon expérience de deux jours m'avait appris que les grands chemins sont peu hospitaliers pour ceux qui n'ont pas le gousset bien
garni, et mon plus grand souci était de m'assurer la nourriture
pendant mon voyage. Un mot que M. de Bihorel m'avait dit bien
souvent : « La mer est pour l'homme meilleure nourrice que la
terre, » m'était revenu à la mémoire, et je comptais sur son rivage
pour me donner l'indispensable : des huîtres, des moules. A cette
idée des huîtres, je dois avouer que ma gourmandise s'était éveil-
lée; il y avait si longtemps que je n'en avais mangé. Quel festin j'allais faire !

Je me levai. Combien de lieues me séparaient encore du Havre
par le rivage? Beaucoup, il me semblait; mais que m'importait? un
mois de marche sur la grève, cela ne m'effrayait pas.

Cependant je n'osai pas descendre immédiatement, de peur de
rencontrer des gens de Port-Dieu qui m'auraient reconnu. Ce fut
seulement quand je me fus éloigné de trois ou quatre lieues, en suivant le haut de la falaise, que je m'enhardis à descendre sur la plage
pour y chercher mon déjeuner.

Je ne trouvai pas d'huîtres, et je fus obligé de me contenter des
moules qui couvraient les rochers. Ma faim un peu calmée, j'aurais
dû continuer ma route; mais j'étais si heureux de revoir la mer que
je m'amusai à courir sur le sable et à fourrager dans les trous :
j'étais libre de gambader et de chanter. Quelle différence avec mon
emprisonnement à Dol ! Décidément les voyages étaient plus amu-
sants.

Une planche de sapin, que je trouvai prise entre deux blocs de
granit, me rendit tout à fait heureux. J'en fis un bateau; avec mon
couteau je lui donnai la forme d'un navire; au milieu, en avançant
un peu vers la pointe, je perçai un trou ; dans le trou j'enfonçai une
baguette de coudrier, que je maintins droite avec des brins d'osier ;
en croix sur cette baguette, j'en attachai une autre; sur cette seconde baguette je tendis mon mouchoir, et j'eus ainsi une magnifique frégate, à laquelle je donnai le nom de ma mère et que, pendant toute la basse marée, mon pantalon retroussé au-dessus des
genoux, je fis naviguer sur une grande flaque.

Le soir me surprit dans cette occupation. Il fallait chercher un

gîte pour la nuit : j'en choisis un dans une petite grotte que la mer,
pendant les grandes marées d'équinoxe, avait creusée sous ces falaises, puis je ramassai quelques brassées de varech desséché et je
m'en fis un lit. Ce n'était pas un palais, mais cela valait mieux que
les marais de Dol ; j'étais à l'abri du froid, à l'abri d'une surprise

surtout, j'avais
un bon oreiller
que je m'étais
fabriqué avec de
gros galets ; en
face de moi la
lumière d'un
phare, me ser-
vant de veil-
leuse, me rassu-
rait contre la so-
litude ; je m'en-
dormis aussi
tranquillement
que dans une
maison, et voya-
geai toute la
nuit sur ma fré-
gate dans le
pays des songes.
Après un nau-
frage dans une
île où les pains
de six livres et
les côtelettes
pendaient aux
branches des
arbres comme
les pommes aux
pommiers, j'é-
tais nommé roi

Je fis naviguer ma frégate sur une grande flaque.

par les sauvages ; maman me rejoignait ; elle devenait reine ; et quand
nous buvions du bon cidre doux, nos sujets criaient : « Le roi boit,
la reine boit » !

Ce fut la faim qui me réveilla avant le jour, une faim qui me tirail-
lait l'estomac et m'affadissait le cœur. Il me fallut attendre cependant que la marée baissât pour ramasser ma provision de moules :
mais plus j'en mangeai, plus j'eus faim ; mon repas dura certainement plus de deux heures, et encore m'arrêtai-je plus las de les

ouvrir que rassasié. Je commençai à me dire qu'un morceau de pain
avec les moules serait une très bonne chose. Mais comment me pro-
curer du pain ?

N'allez pas conclure, je vous prie, parce que je parle toujours
pain, faim, nourriture, que j'étais un gourmand ; j'avais tout simplement grand appétit comme les enfants de mon âge, et la question du
manger, qui, dans les conditions où j'étais, était la question capitale, en devenait plus douloureuse : d'ailleurs, ceux qui croient connaitre la faim par les agréables sensations qu'ils ressentent
lorsqu'ils se mettent à table devant un diner retardé d'une heure ne
savent guère ce que c'est ; mais ceux-là qui, après de longs mois de
privations, sont restés des journées entières l'estomac vide com-
prendront la vivacité de mes souvenirs.

L'endroit où j'avais passé la nuit eût produit des huitres, que j'y
serais peut-être bien resté encore quelque temps, car il me plaisait
beaucoup par les facilités qu'il m'offrait pour faire naviguer ma frégate ; je n'y avais été dérangé par personne, et puis la grotte, le
phare, tout cela me retenait, mais la faim me décida à continuer ma
route ; peut-être plus loin je trouverais mieux que des moules.

Je démontai la mâture de mon navire, je remis la voile dans ma
poche, et j'abandonnai mon gite ; comme tout bon voyageur doit le
faire, je lui donnai un nom avant de le quitter : « la grotte du Roi ».

Tout en cheminant le long des falaises, l'idée du morceau de pain
me revint d'une façon gênante, et il arriva un moment où elle fut tout
à fait exigeante : j'avais rencontré une rivière et j'avais dû la traverser presque à la nage, c'est-à-dire ayant de l'eau jusqu'aux épaules,
et portant mes vêtements sur ma tête. Ce bain forcé m'avait encore
creusé l'estomac ; les jambes me manquaient et je voyais trouble.

Ce fut dans cet état que j'approchai d'un village qui s'étalait en
amphithéâtre au bord de la mer ; je me décidai à le traverser, espérant bien n'y rencontrer personne de ma connaissance. Arrivé à la
place auprès de l'église, je ne pus résister à la tentation de m'arrêter devant la boutique d'un boulanger. Il avait en montre des gros
pains dorés, et par la porte s'échappait une bonne odeur de farine et
de galette. J'étais en admiration devant ce spectacle, me demandant
si l'aimant de mes yeux ne serait pas assez fort pour soulever les
pains de l'étalage et les amener jusqu'à ma bouche, lorsqu'il se fit
un grand bruit derrière moi sur la place ; un tapage de sabots, une
confusion de cris ; les enfants sortaient de l'école.

Était-ce parce qu'ils ne me connaissaient pas ? était-ce parce que
j'avais une étrange tournure ? ce qui est très possible, car avec ma
frégate sous un bras, mon paquet à la main, mes souliers poussié-
reux, mes cheveux hérissés sous ma casquette, je devais avoir l'air
d'un drôle de petit bonhomme, — toujours est-il qu'ils m'entou-

rèrent aussitôt qu'ils m'aperçurent. Les premiers arrivés appelèrent les retardataires, et j'eus bientôt autour de moi un cercle d'enfants qui m'examinaient comme une bête curieuse.

Ma frégate ou plutôt le morceau de bois que j'honorais de ce nom paraissait les étonner beaucoup. Ils s'interrogeaient entre eux.

« Hé ! Joseph, qu'est-ce donc qu'il a sous le bras ?

— Tu ne vois pas que c'est une planche ?

— Non, c'est une musique.

— Une musique, bêta ! il n'a pas de marmotte. »

Pas de marmotte ? Ils me prenaient donc pour un Savoyard. Ma fierté en fut blessée.

« C'est une frégate, dis-je avec dignité ; et en même temps je fis quelques pas pour sortir du cercle qui s'était resserré.

— Une frégate ! — Est-il bête ! — regarde donc ce marin ».

Je fus abasourdi par tous ces cris ; tous riaient en dansant autour de moi.

Je voulus passer à travers la bande, mais je sentis que, par derrière, un gamin, le plus hardi de la bande, me tirait ma frégate. En même temps, ma casquette me fut enlevée par un autre, et je la vis bientôt tournoyer dans les airs,

Ma casquette, ma belle casquette des fêtes ! je bousculai les plus proches, pour courir après, je la saisis au vol, et, l'enfonçant sur ma tête, je revins le poing serré, décidé à me venger.

Mais à ce moment un carillon éclata dans le clocher ; et tous les enfants s'élancèrent vers le porche, m'entraînant avec eux et criant :

« V'là le baptême ! »

Le parrain et la marraine sortaient de l'église ; à peine en eurent-ils dépassé le seuil, que le parrain, qui était un beau monsieur, fouilla dans un grand sac qu'un domestique portait derrière lui, et nous jeta une poignée de dragées. Il y eut une première bousculade parmi les enfants ; mais avant qu'ils fussent relevés, le parrain recommença sa distribution. Cette fois il n'avait pas jeté que des bonbons ; sur le pavé de la place on entendit rebondir et rouler de gros sous. J'en vis un venir de mon côté ; je sautai dessus. Pendant que j'étais baissé, une nouvelle distribution eut lieu, et j'eus la chance d'attraper une pièce de dix sous. Quoiqu'elle fût restée bien peu de temps à terre, d'autres que moi l'avaient vue ; furieux de ce qu'elle leur échappait, ils se précipitèrent sur moi en criant :

« Il n'est pas du pays ! ce n'est pas juste. »

On me marcha sur les mains pour me faire lâcher prise ; je serrai plus fort. Heureusement le parrain n'avait pas vidé son sac, et les enfants m'abandonnèrent pour courir après de nouvelles distributions.

J'avais douze sous ; j'entrai chez le boulanger et me fis couper une livre de pain ; jamais musique ne m'a paru aussi douce que celle que

fit la croûte en se cassant sous le couteau ; tout en mordant à pleines
dents à même ma miche, je me hâtai de sortir du village : mes idées
de vengeance s'étaient évanouies et je ne demandais qu'à échapper
à mes ennemis.

Je marchai encore environ deux heures, jusqu'à un vieux corps-
de-garde de douaniers abandonné, où je résolus de passer la nuit.

J'avais souvent entendu dire que les richesses ôtent le sommeil ;
cela se réalisa pour moi. Avec quelques brassées de trèfle sec je
m'étais fait un lit excellent ; j'y dormis fort mal, tourmenté de savoir
ce que j'allais faire de mon argent. La livre de pain que je m'étais
payée pour mon souper m'avait coûté trois sous ; de ma fortune il
me restait donc encore neuf sous. Fallait-il vivre trois jours avec
mon petit trésor, ou bien ne valait-il pas mieux l'employer à acheter
quelques objets qui pouvaient me donner la nourriture pendant tout
mon voyage ? Ce fut la double question qui me troubla toute la nuit.
Si la veille j'avais eu un vase pour faire cuire ma pêche, je n'aurais
pas souffert de la faim ; j'aurais mangé des crabes, des étrilles, des
tourteaux ; et si j'avais eu un filet grand seulement comme la moitié
de mon mouchoir, j'aurais pris dans les flaques autant de crevettes
que j'aurais voulu.

Enfin, le matin, je décidai qu'au premier village qui se trouverait
sur mon chemin, j'achèterais une boite d'allumettes d'un sou, de la
ficelle pour trois sous, et avec le reste une casserole en fer-blanc
pour faire cuire ma pêche. Je dois dire cependant que ce qui me fit
arrêter à ce sage parti, ce ne fut pas précisément la sagesse, mais
surtout le désir d'avoir de la ficelle. Décidément, l'osier ne valait
rien pour faire des haubans à ma frégate ; avec trois sous de ficelle,
je pourrais très bien la gréer, et le surplus me suffirait pour un filet.

Je commençai donc par acheter la ficelle, puis les allumettes ;
mais pour la casserole il se présenta une difficulté que je n'avais
pas prévue : la moins chère coûtait quinze sous. Heureusement,
j'en aperçus une dans un coin, si bossuée qu'elle était jetée là assurément comme ne méritant aucune réparation. Je demandai si elle
était à vendre : et la marchande, par complaisance, me dit-elle, con-
sentit à me la donner pour cinq sous.

Ce jour-là je fis encore moins de chemin que je n'en avais fait la
veille, car aussitôt que j'eus trouvé une place convenable, je passai
mon temps à fabriquer une aiguille et un moule en bois, et ensuite
un petit filet. Habitué à ce travail dès que j'avais su remuer les
doigts, ce fut pour moi un jeu. A mon dîner j'eus le plaisir de manger des crevettes prises avec mon filet, et cuites à l'eau de mer dans
ma casserole, sur un peu de bois ramassé çà et là dans les haies.

Mais tous les bonheurs ne viennent pas à la fois : j'avais établi ma
cuisine sur la plage, au pied d'une falaise, et la fumée s'élevait au-

dessus en petits tourbillons. Cela attira l'attention d'un douanier, je
le vis se pencher au bord de la falaise pour examiner d'où venait
ce feu; puis il s'éloigna sans me parler; mais le soir, quand je cherchai une hutte pour m'y coucher, je le retrouvai en observation, et
il me sembla qu'il me regardait d'un air étrange. Décidément il pa-
rait que j'étais une véritable curiosité; et ma frégate sur le dos, ma
casserole en bandoulière, en croix avec mon filet, mon paquet à la
main, je sentais bien que je n'avais pas une tournure à inspirer
la confiance. Déjà bien des fois, quand je traversais un village, ou
quand je rencontrais des paysans, on m'avait observé, et si l'on ne
m'avait pas interrogé, c'est que j'avais alors forcé le pas. Si ce
douanier allait me demander ce que je faisais là, m'arrêter? La peur
me prit; pour lui échapper, au lieu de continuer à côtoyer la mer,
je m'enfonçai dans les terres par le premier chemin que je croisai;
sa faction le retenait sur la falaise, je savais bien qu'il ne pourrait
pas me suivre.

Si je n'avais pas les douaniers à craindre dans les champs, par
contre je n'avais par leurs huttes pour m'abriter; il fallait coucher
en plein champ; et ce qu'il y avait de plus fâcheux, c'est que je n'a-
percevais pas un seul bouquet d'arbres; au loin seulement quelques
meules de foin qui faisaient des points noirs sur le couchant em-
pourpré. C'était une nuit à passer comme dans les marais de Dol.
Elle fut moins mauvaise. Des fourches étaient restées sur le champ;
je m'en fis une sorte de toit portant contre une meule; par-dessus
et à l'entour j'entassai quelques paquets de luzerne, et je fus ainsi
très bien abrité contre le froid dans une sorte de nid parfumé.

La crainte d'être surpris là par les faneurs m'en fit partir dès que
la fraîcheur du petit jour et les cris des oiseaux m'eurent éveillé.
J'avais encore terriblement sommeil; mes jambes aussi étaient en-
dolories, mais l'essentiel était de ne pas me laisser prendre; je dor-
mirais dans la journée.

Ce n'était pas mon appétit, vous le pensez bien, qui fixait l'heure
de mes repas, mais la marée; je ne pouvais déjeuner ou dîner que
lorsqu'elle était basse et que j'avais pêché : or, comme il était pleine
mer vers huit heures, je ne pus pas manger avant midi, et encore je
fus forcé de me contenter de crabes que j'attrapai aussitôt que le
sable commença à se découvrir un peu. Aussi, pour ne pas être
exposé désormais à une pareille abstinence, je résolus d'avoir toujours des provisions d'avance, et, mon repas fini, je me mis à pêcher des crevettes. J'en pris une grande quantité de cette espèce que
vous appelez à Paris du bouquet, et aussi trois plies assez belles, et
une sole.

Comme je m'en revenais vers la falaise cherchant un endroit où
je pourrais faire cuire ma pêche, je rencontrai une dame qui prome-

nait deux petites filles et leur apprenait, avec une pelle de bois, à chercher des coquilles dans le sable.

« Eh bien, me dit-elle en m'arrêtant, avez-vous fait bonne pêche, mon garçon?

Elle avait de beaux cheveux blancs qui lui encadraient la figure et de grands yeux doux; sa voix était presque caressante. C'était depuis quatre jours la première parole d'intérêt qu'on m'adressait : les petites filles étaient blondes et très jolies; je n'eus pas peur et ne me sauvai pas.

— Oui, Madame, dis-je en m'arrêtant; et j'ouvris mon filet dans lequel le bouquet grouillait avec un petit bruit rauque.

— Voulez-vous me vendre votre pêche? me demanda la dame.

Vous pensez si j'ouvris les oreilles à cette proposition : des pains de douze livres me dansaient devant les yeux, et je respirai l'odeur de la croûte rissolée.

« Combien en voulez-vous?

— Dix sous, répondis-je à tout hasard.

— Dix sous! le bouquet à lui seul en vaut au moins quarante : vous ne connaissez pas le prix de votre marchandise, mon enfant. Vous n'êtes donc pas pêcheur?

— Non, Madame.

— Eh bien! puisque c'est pour votre plaisir que vous péchez, faites-moi l'amitié d'accepter en échange de ce bouquet cette pièce de quarante sous, et pour votre poisson une autre : voulez-vous?

En même temps elle me tendit les deux pièces.

J'étais tellement abasourdi de cette offre magnifique que je ne trouvais rien à répondre.

« Allons, acceptez, dit-elle, venant en aide à mon embarras, vous achèterez avec cela ce qui vous fera plaisir. »

Et elle me mit quatre francs dans la main, tandis qu'une des petites filles versait mon bouquet dans son panier et que l'autre me prenait mon poisson enfilé dans une ficelle.

Quatre francs! A peine mes pratiques eurent-elles le dos tourné que je me mis à exécuter une danse folle sur le sable. Quatre francs!

A un quart de lieue à peine se trouvaient les maisons d'un village. Je me dirigeai dessus, décidé à acheter un pain de deux livres. Je n'avais plus peur du tout des gendarmes, des douaniers ou des gardes champêtres; si j'en rencontrais un qui me demandât quelque chose, je lui montrerais mes quatre francs :

« Laissez-moi passer, vous voyez bien que je suis riche. »

Je ne rencontrai ni gendarme ni douanier, mais en revanche je ne rencontrai pas non plus de boulanger. Je parcourus deux fois l'unique rue du village : un café, un épicier, une auberge, pas de marchand de pain.

Il m'en fallait cependant, du pain ; et ce n'était pas en entendant mes deux pièces sonner dans ma poche que je pouvais me résigner à m'en passer. Je n'avais plus ma timidité des jours précédents ; la maitresse de l'auberge était sur le seuil de sa porte, j'osai lui demander où demeurait le boulanger.

« Il n'y en pas ici, me dit-elle.

— Alors, Madame, est-ce que voulez bien me vendre une livre de pain ?

— Nous ne vendons pas de pain, mais je peux vous donner à diner si vous avez faim. »

Par la porte ouverte il m'arrivait une odeur de choux, et j'entendais la marmite bouillir sur le feu. Ma faim ne put y résister.

« Combien pour diner ?

— Pour une soupe, du lard avec des choux et du pain, trente sous, le cidre compris. »

C'était terriblement cher, mais elle m'eût dit quatre francs que je serais entré tout de même. Elle me plaça dans une petite salle basse, et elle apporta sur la table une miche de pain qui pesait bien trois livres.

Ce fut cette miche qui me perdit. Le lard était gras ; au lieu de le manger à la fourchette, je l'étalai sur le pain et j'en fis des sandwich, dont l'épaisseur était à mes yeux la principale qualité. Un premier morceau fut englouti, puis un second, puis un troisième. C'était si bon. La miche avait singulièrement diminué. J'en coupai un quatrième morceau, énorme celui-là, me disant que ce serait le dernier. Mais lorsqu'il fut fini, il me restait encore un peu de lard : je retournai à la miche et n'en laissai finalement qu'une tranche bien mince. Après tout c'était une occasion unique, il fallait en profiter.

Je croyais être seul dans la salle ; mais un bruit confus, quelque chose comme des rires et des paroles étouffées, me fit tourner la tête vers la porte ; derrière le vitrage dont le rideau était relevé, l'aubergiste, son mari et une servante me regardaient en riant.

Jamais je n'ai éprouvé pareille confusion. Ils entrèrent dans la salle.

« Monsieur a-t-il bien diné ? » me demanda l'aubergiste : et leurs rires recommencèrent.

J'avais hâte de me sauver ; j'offris ma pièce de quarante sous.

« C'était trente sous pour un homme, me dit l'aubergiste ; pour un ogre c'est quarante, mon garçon ; » et elle ne me rendit pas la monnaie. J'avais franchi la porte lorsqu'elle me rappela.

« Prenez garde d'éclater, n'est-ce pas ? ne marchez pas trop vite, ce sera prudent. »

Malgré cette recommandation, je me sauvai comme un voleur, et ce fut seulement à une certaine distance que je ralentis le pas.

J'étais honteux d'avoir fait cette grosse dépense en un seul repas, mais physiquement, je m'en trouvais très bien ; depuis que j'étais en route, je ne m'étais jamais senti tant de courage.

Bien dîné, quarante sous en poche : le monde, en somme, était encore à moi.

Ces quarante sous, en les économisant, m'assuraient du pain pour plusieurs jours ; je me décidai à abandonner le bord de la mer et à prendre l'itinéraire que je m'étais d'abord tracé, à travers le Calvados.

Seulement une difficulté se dressait devant moi. Où étais-je ? J'avais traversé beaucoup de villages et deux villes ; mais j'en ignorais les noms ; sur une route j'aurais eu les bornes kilométriques pour me renseigner, mais le long des falaises il n'y a pas de bornes, et demander le nom des villages ou des villes, je ne l'osais pas. Il me semblait que tant que j'aurais l'air de savoir où j'allais, on ne me dirait rien, tandis que si je demandais mon chemin, on m'arrêterait. Je me rappelais très bien la configuration du département de la Manche, et je savais que, comme il fait une pointe dans la mer, il fallait, puisque je ne voulais plus suivre le littoral, me diriger vers l'Est ; mais la route que j'allais prendre me conduirait-elle à Isigny ou bien à Vire ? A Isigny je retrouvais la côte, c'est-à-dire la pêche ; à Vire, je serais au milieu des terres, sans espoir de pouvoir renouveler mes provisions de bouche, dès que mes quarante sous seraient dépensés.

La question était des plus graves et je le sentais bien.

Après avoir longtemps balancé, je me décidai à tenter l'aventure, et, la première route que je trouvai, je la pris en tournant le dos à la mer ; mon espoir était dans les bornes kilométriques. Je ne tardai pas à en apercevoir une ; on lisait dessus : « Quetteville : 3 kilomètres. » C'était 3 kilomètres à faire : à Quetteville, je serais fixé. A l'entrée de Quetteville, je trouvai à l'angle d'un mur une inscription écrite en lettres blanches sur un fond bleu, et portant : « Route départementale n° 9, de Quetteville à la Galianière, 5 kilomètres ». Comme je ne me souvenais pas d'avoir vu ces deux noms sur la carte je restai fort embarrassé. Où étais-je ? perdu !

Je traversai le village, puis quand je fus assez éloigné pour ne pas craindre les curieux, je m'assis sur les marches d'un beau calvaire en granit qui se trouvait là. Il était construit au carrefour de quatre routes, au point le plus élevé d'un mamelon, et tout autour la vue s'étendait sur de grandes plaines boisées, au milieu desquelles se dressait çà et là un clocher en pierre ; derrière, la ligne blanche de la mer qui se confondait avec le ciel. Je marchais depuis le matin ; le soleil et la chaleur furent les plus forts ; m'étant accoudé sur une marche pour réfléchir plus tranquillement, je m'endormis.

Quand je m'éveillai, je sentis deux yeux fixés sur les miens ; en même temps j'entendis une voix qui me disait :

« Ne bouge pas. »

Naturellement je n'eus garde d'obéir, et me levant, je regardai autour de moi comment je pourrais me sauver.

La voix, qui, aux premières paroles était assez douce, prit un accent d'impatience.

« Ne bouge donc pas, gamin, tu fais bien dans le paysage ; si tu veux reprendre ta position, et si tu la gardes, je te donne dix sous. »

Je me rassis ; celui qui me parlait ainsi n'avait pas l'air de vouloir m'arrêter. C'était un grand jeune homme coiffé d'un chapeau de feutre mou et vêtu d'un costume de velours gris : assis sur un tas de cailloux, il avait un carton posé sur ses genoux. Je compris qu'il dessinait mon portrait ou plus exactement celui du site et du calvaire, puisqu'il avait dit que je faisais bien dans le paysage.

« Tu n'as pas besoin de fermer les yeux, me dit-il quand j'eus repris ma position, ni la bouche ; comment nommes-tu ce lieu-ci ?

— Je ne sais pas.

— Tu n'es donc pas du pays ? Tu n'es pas cependant rétameur de casseroles, n'est-ce pas ?

Je ne pus m'empêcher de rire.

« Veux-tu bien ne pas rire ! Si tu n'es pas rétameur, qu'est-ce que c'est que cette batterie de cuisine que tu portes sur ton dos ?

Les questions commençaient déjà ; mais ce monsieur avait l'air d'être le meilleur homme du monde, je me sentais attiré vers lui, je n'eus pas peur de répondre. Je lui dis la vérité : j'allais au Havre ; cette casserole me servait à faire cuire ma pêche ; j'étais depuis huit jours en route ; j'avais quarante sous dans ma poche.

« Et tu n'as pas peur d'être assassiné en me confiant que tu portes une pareille somme sur toi ; tu es un rude gaillard. Ah ça ! tu ne crois donc pas aux brigands ?

Je me mis encore à rire.

Tout en dessinant, il continua de m'interroger, et insensiblement j'en vins à lui dire comment j'avais vécu depuis que j'étais en voyage.

« Eh bien, mon garçon, tu peux te vanter d'être une curiosité ; tu as débuté par faire une sottise, c'est vrai, mais enfin tu t'en es bien tiré. J'aime les garçons de ton espèce. Veux-tu que nous soyons amis ? voici ce que je te propose. Moi aussi, je vais au Havre, mais sans me presser ; je n'y serai peut-être que dans un mois, cela dépendra des pays que je traverserai : s'ils me plaisent, je m'arrêterai pour travailler ; s'ils ne me disent rien, je passerai outre. Veux-tu venir avec moi ? tu porteras mon sac qui est là, je te donnerai la nourriture et le logement. »

Le lendemain, je lui avais conté mon histoire telle que vous venez de l'entendre.

« Quel rude bonhomme, que ton oncle ! dit-il, quand j'eus terminé
mon récit. Veux-tu que nous allions à Dol ? tu me le montreras, et je
ferai sa charge sur toutes les murailles de la ville. J'écrirai au
dessous : « Simon Kalbris, qui laissait son neveu mourir de faim ».
Quinze jours après il sera forcé de quitter la ville. Non, tu ne veux
pas de ça ; tu aimes mieux ne pas le revoir ; tu es clément, tu as raison ! Mais il y a dans ton histoire une chose qui ne m'est pas indif-
férente. Tu veux être marin, c'est bien ; il paraît que c'est ta vocation,
c'est bien encore, et il ne m'appartient pas de te faire un discours
là-dessus, quoique, à mon sens, ce soit là un fichu métier ; des dangers, de la fatigue et rien de plus. Tu es attiré par le côté héroïque
et aventureux de la chose, bien encore, si c'est ton idée. Tu fais ce
que tu veux, et quoique tu sois bien jeune, tu en as peut-être le droit,
après la vie que tu as menée auprès de ton oncle. Mais il y a un droit
que tu n'as pas, c'est de désoler ta maman. Depuis huit jours que ton
oncle a dû lui annoncer ta fuite, sais-tu par quels chagrins, par quelles
angoisses elle a passé ? Elle te croit mort, sans doute. Tu vas donc
prendre dans mon sac ce qu'il faut pour écrire, et pendant que je
ferai un croquis de ce moulin, tu écriras à ta mère tout ce que tu viens
de me raconter : comment tu as quitté ton oncle, et pourquoi, et tout
ce que tu as fait depuis ton départ. Tu mettras aussi que tu as par
hasard — tu mettras, oui, tu peux mettre un heureux hasard — que tu
as rencontré un peintre qui se nomme Lucien Hardel, lequel peintre
te conduira au Havre et te recommandera à un de ses amis qui est
armateur, pour que tu sois embarqué sur un navire faisant une bonne
traversée. Quand tu auras fini ta lettre, tu verras comme tu auras le
cœur plus léger. »

M. Lucien Hardel avait raison. J'écrivis à ma mère une lettre que
je couvris de larmes, mais la chose faite, je me sentis plus en repos
avec ma conscience.

Ce furent les belles journées de mes voyages, celles que je passai
avec Lucien Hardel.

Nous allions droit devant nous sans itinéraire tracé, nous arrêtant
quelquefois tout un jour devant un arbre ou un site qu'il dessinait,
marchant quelquefois tout un jour sans nous arrêter. Je portais son
sac de voyage qui n'était pas bien lourd et qui se bouclait sur le dos
comme un sac de soldat ; encore bien souvent me le prenait-il en
chemin, et voulait-il le porter lui-même pour me laisser reposer.
J'étais chargé d'acheter chaque matin les provisions : du pain, des
œufs durs, un morceau de jambon, et de faire remplir une gourde
d'eau-de-vie que nous mélangions à l'eau. Nous déjeunions sur la
grande route au pied d'un arbre, où cela se trouvait ; et, le soir, nous
soupions dans une auberge. Ce n'était plus un repas de crevettes,
de crabes, mais de bonnes soupes chaudes ; ce n'était plus du foin

pour matelas, mais de bons draps blancs, dans lesquels on se couchait déshabillé.

Il avait été surpris de ne pas trouver en moi tout à fait un paysan ; ce que j'avais appris auprès de M. de Bihorel l'étonnait souvent : j'en savais plus long que lui sur les arbres, sur le nom des insectes, des herbes, sur ce monde des infiniment petits que bien peu de gens connaissent. Nous restions bien peu de temps sans parler : il y avait en lui une bonne grâce, un entrain qui mettaient à l'aise, une gaité qui se communiquait.

En allant ainsi tout droit devant nous au hasard de la route, nous étions arrivés aux environs de Mortain ; ce n'était guère la direction du Havre, mais je ne m'en préoccupais pas : certain d'y arriver et de pouvoir m'embarquer sur un des nombreux paquebots qui fond les voyages du Brésil, il m'importait peu de gagner du temps ou d'en perdre.

Le pays de Mortain est assurément le canton, je ne dirai pas le plus normand, mais le plus pittoresque de la Normandie. Des bois de sapins, des éboulements de rochers, des collines escarpées, des gorges sombres ; partout des eaux écumeuses courant sous les arbres, ou tombant en cascades ; enfin une verdure d'une intensité et d'une fraicheur merveilleuses en font un séjour cher aux peintres, qui y trouvent à chaque pas des sujets d'étude et des tableaux tout composés.

Sans nous fixer nulle part, nous tournions, dans un cercle dont Mortain était le centre, et dont la ligne extrême allait jusqu'à Domfront, Sourdeval, Saint-Hilaire-du Harcouet et le Teilleul. Pendant que Lucien Hardel travaillait, je pêchais des truites, ou bien j'attrapais des écrevisses dans les trous pour notre souper.

J'étais trop heureux, cela ne pouvait pas durer, sans quoi ce qui devait être expiation eût été récompense.

Un matin que nous étions, chacun de notre côté, livrés à nos occupations, nous vimes venir à nous un gendarme. De loin, il avait une tournure assez grotesque, et bien certainement il n'avait pas été enrôlé pour l'élégance ou la dignité de sa taille.

Très sensible à ce qui dans les hommes ou dans les choses prêtait à la charge, Lucien Hardel me dit de le regarder ; en même temps, sur la marge de l'étude à laquelle il travaillait, il esquissa à grands traits la tête du gendarme.

Celui-ci s'était rapproché et, en voyant que nous l'examinions, il avait assuré son chapeau sur ses cheveux fauves, tiré en avant la buffleterie de son sabre et ralenti le pas en se dandinant noblement.

Le crayon sur le papier avait suivi ses mouvements, et il en était résulté une caricature qui me faisait rire de bon cœur.

Cela ne plut point au gendarme, qui s'avança vers nous :

« Pardon, excuse, dit-il, vous m'avez assez dévisagé ; conséquemment je voudrais voir votre signalement.

6

— Eh bien, gendarme, dit Lucien Hardel, en plaçant le dessin dans son carton, ne vous gênez pas ; je vous ai regardé ; quand vous m'aurez regardé à votre tour, nous serons quittes.

— Point de propos, vous comprenez bien que c'est votre passe-port que je réclame : c'est mon devoir et ma fonction de vous le demander, puisque vous êtes vaguant sur la grande route. »

Sans répondre au gendarme, Lucien Hardel se tourna vers moi :

« Romain, prends donc dans le sac mon passe-port : là, dans le compartiment du tabac, et présente-le poliment à Monsieur. »

Puis, s'adressant au gendarme :

« Je voudrais, par respect pour vos fonctions, vous le faire pré-senter sur un plat d'argent ; mais en voyage, vous savez, on n'a pas ce qu'on veut ; c'est même précisément pour cela que Romain n'a pas de gants ; mais comme vous n'en avez pas non plus, une fois encore nous serons quittes. »

Le gendarme comprit que ce discours si poli, qu'il avait tout d'abord écouté avec une sorte de béatitude, était une moquerie ; il rougit, se mordit les lèvres, enfonça son chapeau sur sa tête, puis, pour se donner une contenance, il se mit à lire :

« Nous, etc., invitons les autorités civiles et militaires à laisser passer et librement circuler le sieur... hum, hum, le sieur.., Har..., le sieur Hardel, Lu... Luci... Lucien, profession de... de... de... »

Ici, il resta longtemps embarrassé, puis tout à coup comme s'il prenait son courage :

« ... profession de pe... de pei... peitre passagiste. »

Puis il murmura encore quelques mots entre ses lèvres, et me remettant le passe-port :

« C'est bien ! » dit-il avec majesté.

Comme il allait nous tourner le dos, empressé sans doute de mettre fin à une conversation qui le gênait, Lucien Hardel, mal inspiré, l'arrêta :

« Pardon, Monsieur, vous avez passé l'essentiel dans mon passe-port, la chose seule pour laquelle j'ai payé deux francs sans mur-murer.

— Comme quoi ?

— Comme quoi que vous me devez aide et protection.

— Eh bien ?

— Eh bien, voudriez-vous me faire savoir en quelle qualité je suis autorisé à vaguer sur la grande route ?

— En la qualité que dit votre passe-port.

— Alors, en qualité de... peitre passagiste.

— Sans doute, puisque c'est votre profession.

— S'il vous plaît, encore, pourriez-vous me dire ce qui est permis et ce qui est défendu dans ma profession ?

— Ah çà ! est-ce que c'est à moi de vous apprendre votre métier ?

— Mon métier, non, mais celui de peitre passagiste ; voyons, comprenez-moi bien : pour la gendarmerie, je suis peitre passagiste ? n'est-ce pas ? le suis-je ?

— Heu !... oui.

— Bon, à deux lieues d'ici je rencontre un de vos confrères, il me demande mon passe-port ; précisément je suis en train de faire quelque chose qui ne rentre pas dans ma profession de peitre passagiste, il m'arrête.

— Conséquemment.

— Il faut donc que je sache ce qui m'est permis et ce qui m'est défendu. »

De grosses gouttes de sueur coulaient sur la figure rouge du pauvre gendarme ; il voyait qu'on se moquait de lui, et il commençait à croire qu'il avait dû dire quelque sottise. A la fin la colère l'emporta.

Je me jetai à travers des cépées.

« Est-ce que vous allez longtemps comme ça molester l'autorité, vous, avec votre grande barbe ? Allons, point de propos ; puisque votre profession n'est pas votre profession, ça n'est pas clair, et puisque ça n'est pas clair je vous arrête ; suivez-moi chez le maire, vous vous expliquerez avec lui. Et celui-là, — il me montra du doigt, — qui n'est pas sur le passe-port, on verra qui il est. Obtempérez.

— Alors c'est en qualité de peitre passagiste que vous m'arrêtez ?

— Je vous arrête parce que je vous arrête; est-ce que je vous dois des raisons? Allons, obtempérez, ou je vous appréhende.

— Eh bien, marchons; si M. le maire est dans votre genre, la journée sera complète; viens, Romain, et prends le sac. Gendarme!

— Qu'est-ce qu'il y a?

— Attachez-moi les mains et tirez votre sabre; puisque je me paie une arrestation, je la veux de première classe. »

J'étais bien éloigné de partager cette gaîté. Je trouvais que Lucien Hardel aurait mieux fait de se taire. « *Et celui-là on verra qui il est,* » avait dit le gendarme. Cette parole me retentissait dans les oreilles. On allait chercher, trouver, et bien certainement me renvoyer à mon oncle.

Lucien Hardel marchait en chantant:

> Le pauvre prisonnier
> Que l'on conduisait pendre...

Le gendarme le suivait à longueur du bras et je venais ensuite à quatre ou cinq pas. Une demi-lieue à peu près nous séparait du village, et avant d'y arriver nous devions traverser un bois. Le hasard voulut que la route fût droite et qu'à ce moment on n'y vit venir personne. A peine nous fûmes-nous avancés d'une centaine de mètres dans le bois que, cédant à l'inspiration subite de mes terreurs, mon parti fut pris. Mieux valait m'exposer à tout, pensai-je, que d'être reconnu et reconduit à Dol. Je n'avais pas bouclé le sac sur mes épaules, je le portais à la main; je ralentis insensiblement ma marche puis, jetant le sac à terre, je franchis le fossé d'un bond.

Au bruit que fit le sac en tombant, le gendarme se retourna; déjà j'étais dans le bois.

« Arrêtez! cria-t-il.

— N'aie donc pas peur, me dit Lucien Hardel, nous allons rire un peu.»

Je ne répondis que ceci : « Mon oncle! » et « adieu! »

Et je me jetai à travers les cépées. Me poursuivait-on, ne me poursuivait-on pas? je courais sans me retourner, droit devant moi, insensible aux branches qui me fouettaient la figure, aux épines qui me déchiraient. J'allais si follement que je ne vis pas qu'il y avait un vide; tout à coup je sentis la terre me manquer sous les pieds, et je roulai au fond d'un grand trou; j'y restai étendu, non que je fusse blessé, mais j'étais sous un inextricable fourré d'herbes et de ronces si épaisses que je ne voyais pas le ciel. L'instinct de la bête fauve chassée par les chiens me gouvernait : rasé contre la terre, me faisant le plus petit possible, ne respirant pas, j'écoutai. Je n'entendis rien que les cris des oiseaux qui s'envolaient effrayés, et autour de moi le sable, qui, détaché par ma chute, coulait doucement grain à grain comme d'un immense sablier.

Après quelques minutes, quand je fus bien certain qu'on ne me poursuivait pas, je pus réfléchir à ma position.

Voici comment je raisonnai : Lucien Hardel consigné chez le maire, le gendarme allait prévenir ses camarades, et tous ensemble aussitôt se mettraient à ma recherche. Si je ne voulais pas être pris, il fallait donc partir immédiatement et gagner un peu d'avance. L'idée ne me vint même pas que chez le maire tout aurait pu s'arranger, que le peintre remis en liberté, nous aurions pu continuer notre voyage jusqu'au Havre, comme il avait été convenu. J'étais dans un état où les résolutions extrêmes se présentent seules à l'esprit, parce que seules elles sont en rapport avec notre exaltation. Pour ne pas être repris par les gendarmes et reconduit à Dol, j'aurais, je crois, passé à travers le feu. Sans doute, je demandais pardon, dans mon cœur, à Lucien Hardel de l'avoir abandonné ; mais n'étaient-ce pas ses charges saugrenues qui avaient rendu notre séparation nécessaire ?

IX

Deux heures après, j'atteignais les premières maisons de Sourdeval ; mais de peur d'être remarqué, je ne traversai pas la ville, je la tournai vers les derrières, de manière à rejoindre la route de Vire.

La marche avait calmé mon exaltation, mais je n'étais pas rassuré sur les difficultés de mon voyage jusqu'à Honfleur : je n'avais plus ma casserole, mon petit paquet était resté à Mortain, et au milieu des campagnes j'allais me retrouver dans la même position que le premier jour de ma fuite : la faim ne se faisait pas encore sentir, parce que j'avais bien déjeuné, mais elle ne tarderait pas !

Ajoutez que je voyais des gendarmes partout, et vous comprendrez que je ne cheminasse pas très gaîment : d'abord je regrettais mon compagnon ; puis tout chapeau, même tout bonnet de coton qui se montrait au loin était aussitôt changé en tricorne par mon imagination inquiète. Je n'avais pas fait trois lieues que, déjà plus de dix fois, j'avais quitté la grande route pour me blottir dans les blés ou sous les ronces du fossé. En sautant un de ces fossés, il me sembla entendre un bruit clair dans ma poche, comme si des sous se choquaient : je me fouillai ; c'était bien des sous, il y en avait six, et ce qui valait bien mieux encore, deux pièces de quarante sous s'y trouvaient jointes : la veille j'avais acheté du tabac pour mon peintre, et c'était la monnaie qu'on m'avait rendue sur cinq francs. Devais-je la garder ? Mais comment la rendre ? Je me promis de n'y pas manquer si jamais cela me devenait possible.

Si grande que fût ma fortune, je ne m'en laissai pourtant pas étourdir. Après quelques instants de réflexion et de conseil tenu avec moi-même, je m'arrêtai au plan suivant : je continuerais ma route à pied, je coucherais dans les champs ou dans les bois, seulement, je ne ferais pas d'économies sur ma nourriture. J'étais dans une position à ne pas me refuser le nécessaire.

Il n'était pas encore nuit quand je traversai Vire, cependant je m'égarai dans les rues; au lieu de prendre la route de Villers-Bocage, je pris celle de Condé-sur-Noireau, et ce fut seulement en arrivant à Chénedollé que je reconnus mon erreur. J'avais assez étudié ma carte pour la porter dans ma tête, et je savais que par Harcourt je pouvais gagner Caen ; je ne me tourmentai donc pas de ce détour et je dormis parfaitement à l'abri d'une meule de colza. A deux ou trois cents pas de mon gîte, j'apercevais la cabane d'un berger au milieu d'un parc de moutons dont la brise m'apportait l'odeur chaude et douceâtre ; ce m'était une sécurité de n'être pas seul dans ces grandes plaines boisées, et d'entendre les chiens enchaînés autour du parc aboyer de temps en temps contre moi.

Bien des fois, Lucien Hardel m'avait dit, lorsque je lui racontais mon voyage le long de la mer, qu'il regardait comme un miracle que j'eusse pu échapper aux fièvres causées par le froid du matin; aussi, dès que, sous mes branches de colza, je me sentis éveillé par un frisson, je me levai. Il ne faisait pas encore jour, mais déjà l'aube blanchissait la cime des arbres. L'horizon, du côté de l'Orient, se colorait en jaune; au-dessus de ma tête, les étoiles scintillaient faiblement dans l'azur pâle du ciel, tandis que, derrière moi, s'étendait une grande voûte noire sur laquelle tranchaient de longs ser-

pents de vapeurs grises qui se déroulaient au-dessus des vallons.
La poussière des chemins était mouillée comme s'il était tombé une
petite pluie, et, sur les branches des buissons, des oiseaux mati-
neux s'ébrouaient en hérissant leurs plumes pour secouer la rosée
de la nuit.

Je continuai ma route pendant deux jours sans qu'il m'arrivât rien
de particulier ; mais vous pensez bien que je ne marchais pas ainsi
depuis le matin jusqu'au soir sans m'arrêter. Vers le midi, et quand
je trouvais un endroit favorable, je dormais quelques heures.

Le troisième jour, après avoir dépassé Harcourt, j'étais arrivé à
une grande forêt qu'on nomme la forêt de Cinglais, et la chaleur,
bien qu'il fût encore matin, y était si forte, si étouffante, que je ne
pus pas attendre midi pour faire mon somme. Jamais je n'avais eu
si chaud, la route me brûlait les pieds ; je m'enfonçai sous le bois,
espérant trouver un peu de fraîcheur, mais inutilement. Au plus
épais du fourré, aussi bien que sur la grande route, l'air était
embrasé ; on n'entendait pas un bruissement de feuille, pas un cri
d'oiseau : partout un lourd silence, à croire que la fée de la Belle au
bois dormant avait passé par là et touché de sa baguette le ciel, les
animaux et les plantes ; seuls, les insectes, les moucherons avaient
échappé à ce repos universel ; il y en avait qui fourmillaient dans les
herbes, et, dans les rayons de la lumière qui glissaient obliquement
sous les arbres, on voyait des essaims tourbillonner avec un sourd
bourdonnement, comme si cette chaleur intense avait activé leur vie.

A peine assis au pied d'un hêtre, je m'endormis, la tête posée sur
mon bras. Je fus réveillé par une douleur vive au cou ; j'y portai la
main, et je pris une grosse fourmi fauve ; en même temps, je sentis une autre piqûre à la jambe, puis une autre à la poitrine, puis
une infinité d'autres dans toutes les parties du corps. Je me déshabillai vivement, et, ayant secoué mes vêtements, j'en fis tomber
toute une fourmilière ; mais je ne fus pas pour cela guéri des
piqûres que ces maudites bêtes m'avaient faites. Sans doute, elles
avaient, comme certains moustiques, laissé un venin dans la plaie,
car je fus bientôt tourmenté par d'insupportables démangeaisons.
Naturellement, plus je me grattai, plus la douleur s'irrita ; au bout
d'une heure, j'avais les ongles teints de sang.

Si vous avez vu quelquefois, dans un jour d'orage, des moutons
assaillis, au milieu d'une plaine, par un essaim de mouches, courir
çà et là, se rouler par terre, se déchirer dans les ronces, vous pouvez comprendre dans quel état d'exaspération j'étais. Il me semblait
que, si je pouvais sortir de cette forêt, je souffrirais moins ; mais la
route s'allongeait, s'allongeait, et toujours des arbres de chaque
côté, toujours une température de fournaise. Enfin, du haut d'une
côte, j'aperçus devant moi une petite rivière qui serpentait au

milieu de bouquets d'arbres. En dix minutes, j'arrivai sur les bords
et, en quelques secondes, je fus déshabillé, et je me jetai à l'eau.

C'était un endroit frais et vert comme on en trouve à chaque pas
en Normandie. La rivière, retenue par les vannes d'un moulin dont
on entendait le tic-tac à une courte distance, coulait doucement au
milieu de longues herbes déliées qui se tortillaient au gré du courant ; l'eau, d'une limpidité diaphane, laissait voir le fond formé
d'un beau sable jaune, tacheté çà et là de cailloux moussus. Implan-
tés dans les berges, des groupes d'aulnes et de trembles arrêtaient
les rayons du soleil, et, sous leur épais couvert, les insectes, à l'abri
de la chaleur, s'agitaient en bourdonnant. Sur les eaux, parmi les
feuilles de nénuphar et de cresson, des faucheux aux longues
pattes ; dans les fleurs d'aconit, d'iris, de reine des prés, des mouches
bleues et des libellules aux ailes de mousseline. Effrayés par le bruit
que j'avais fait en me plongeant dans la rivière, des pigeons ramiers
s'étaient envolés au haut des trembles, mais bientôt ils étaient
redescendus et, posés sur le bord, ils s'enfonçaient la tête dans l'eau
et secouaient leurs plumes hérissées en roucoulant, tandis qu'au
loin des martins-pêcheurs plus craintifs voletaient sans oser approcher ; lorsque, plus rapides qu'une balle, ils traversaient un rayon
de soleil, leur plumage d'azur éblouissait les yeux.

Je serais resté là plusieurs heures, tant le froid de l'eau m'était
agréable, si tout à coup je ne m'étais entendu interpeller par une
voix partant précisément de l'endroit où j'avais laissé mes vêtements.

« Ah ! brigand, je te prends encore à te baigner là ! eh bien, cette
fois, tu viendras chercher tes habits à la mairie. »

Mes habits ! mes habits à la mairie ! c'est-à-dire mes habits d'un
côté et moi de l'autre, je n'en pouvais croire mes oreilles...

Stupéfait, je regardai qui me parlait ainsi : c'était un petit homme
gros et gras, qui, du bord du chemin, me montrait le poing ; au
milieu de sa poitrine, sur une blouse de laine grise, brillait une
plaque jaune comme de l'or.

Le petit homme ne perdait pas son temps. Le fait suivait la menace.

Il se baissa, fit un paquet de mes pauvres habits en les roulant
pêle-mêle.

Je me mis à crier :

« Monsieur ! Monsieur !

— Bon, dit-il, à la mairie. »

Je voulus sortir de l'eau, courir après lui, le supplier ; la peur de
la plaque jaune et le sentiment de ma nudité m'arrêtèrent : un garde
champêtre ! un homme qui a un sabre, qui peut vous mener en prison ! Que dire d'ailleurs s'il m'interrogeait ?

Son paquet était fait, il le mit sous son bras et de l'autre me
menaçant encore :

« Tu t'expliqueras à la mairie, » dit-il.

Et il s'éloigna.

Je restai si ahuri, que j'en oubliai de faire les mouvements nécessaires pour me tenir sur l'eau, et naturellement je coulai au fond.

Revenu bientôt à la surface, je gagnai tout honteux le bord et me
cachai dans une touffe de roseaux : leurs longues feuilles flexibles
se recourbèrent au-dessus de moi, et je me trouvai du moins à l'abri
des regards et des recherches.

Il ne me fallut pas de longues réflexions pour comprendre tout le
désagrément de ma position. Comment aller à la mairie chercher
mes vêtements? Où est-elle d'ailleurs, cette mairie? Au milieu du
village, sans doute! Comment m'aventurer sans aucun vêtement
sur la route et traverser des rues ?

C'était bien le cas d'imiter Robinson; mais, dans la réalité, on ne
se tire pas si vite d'affaire que dans les livres.

Depuis que j'avais quitté Dol, je n'avais point encore, si fâcheuses,
si pénibles qu'eussent été les difficultés que j'avais rencontrées,
éprouvé un absolu découragement; mais cette fois je me crus perdu,
je me sentis anéanti, sans volonté, sans forces, envahi tout entier
par un accablant désespoir.

Je restai longtemps à pleurer; mais insensiblement le froid me
prit, et je commençai à grelotter. A deux cents pas le soleil tombait
sur la berge, où je voyais les herbes se dessécher; là, bien sûr, je
me réchaufferais sur le sable sec; mais telle était ma frayeur, que je
n'osais remuer. Enfin le froid me pénétra si rudement que je m'enhardis, je me remis à l'eau et gagnai l'autre bord à la nage. La berge
s'élevait d'au moins deux mètres au-dessus du courant; elle était
creusée en dessous, et de son sommet retombaient en cascade de
longues tiges de liseron et de houblon enlacées. Ce ne fut ni sans
peines ni sans écorchures que je parvins à m'y établir.

Le soleil ne tarda pas à me réchauffer; mais avec la chaleur me
revint le sentiment de la vie, c'est-à-dire une faim vorace. Quoi
manger? Avec mes habits, le garde avait emporté mon pauvre
argent !

Cependant les heures s'écoulaient, sans qu'aucun moyen se pré-
sentât à mon esprit pour sortir de cette position : au-dessus de moi,
à quelques pas, j'entendais bien de temps en temps des voitures
rouler sur la route ; mais quels secours en attendre ? Comment
abandonner ma cachette dans l'état où j'étais ? J'aurais peut-être
trouvé le moyen de me faire un vêtement de feuilles, de roseaux, de
paille, que sais-je! l'idée ne m'en vint pas.

Le soleil commença à baisser. La nuit allait venir. Ce n'était plus
une nuit à la belle étoile que j'avais à passer, sous une meule de
foin, protégé par mes habits. Tout nu, sur cette petite langue de

sable, que faire! Le courant, en fuyant toujours devant mes yeux,
avait fini par me donner le vertige; je croyais voir déjà les bêtes
immondes de la nuit.

Il n'y avait plus guère que pour une heure de soleil lorsque, sur
la route, j'entendis un grand bruit de voitures qui semblaient se
suivre, puis tout à coup le bruit cessa : elles s'étaient arrêtées juste
derrière moi. De ma cachette je ne pouvais voir sur la route; mais,
à un cliquetis de chaînes et de ferrailles, je compris qu'on dételait
des chevaux. Un grondement, un mugissement, un cri enfin que je
ne connaissais pas, quelque chose de plus nerveux que le hennisse-
ment du cheval, de plus formidable que le braiement de l'âne, éclata,
et les oiseaux, déjà perchés dans les buissons, s'envolèrent avec des
piaillements; un gros rat se jeta dans mes jambes et se blottit au
fond de son trou, dont j'obstruais l'entrée.

Au bout de quelques minutes, il me sembla qu'on marchait dans
la prairie au-dessus de moi : je ne me trompais pas.

« J'ai une poule, dit une voix.

— Où l'as-tu prise?

— Avec une pierre au bout de mon fouet, je l'ai enlevée sur la
route comme un poisson dans l'eau; c'est les autres qui criaient!

— Faut la faire cuire.

— Si Cabriole nous voit, il nous la chipera et nous n'aurons que
les os. »

Ce dialogue n'était guère encourageant; mais précisément pour
cela il me donna une audace désespérée que je n'aurais pas eue avec
des honnêtes gens.

Je me cramponnai des deux mains à la berge et, passant ma tête
à travers les tiges de houblon, je me haussai de manière à voir
dans la prairie.

Les deux interlocuteurs, qu'à leurs voix rauques et cassées j'avais
pris pour des hommes, étaient des enfants à peu près de mon âge.
Cela m'enhardit tout à fait. Je me haussai un peu plus. Ma résolution était prise.

« Si vous vouliez, dis-je.

Ils se retournèrent et restèrent un moment sans voir d'où
partait cette voix, car ma tête seule émergeait du feuillage, et, surpris, effrayés aussi, ils ne savaient trop s'ils devaient s'avancer ou
se sauver.

— Ah! cette tête, dit l'un en m'apercevant.

— Un noyé, dit l'autre.

— Imbécile! puisqu'il parle. »

Au même instant, j'entendis du côté de la grande route une grosse
voix qui criait :

« Allons! fainéants, voulez-vous bien arracher de l'herbe? »

Je regardai, et à la file je vis trois longues voitures peintes en jaune et en rouge : — c'était une caravane de saltimbanques.

« Cabriole ! Cabriole ! crièrent les deux enfants.

— Eh bien !

— Un sauvage, venez voir. Vrai.

Cabriole s'avança dans la prairie.

— Où est-il ton sauvage?

— Là, dans les feuilles.

Ils s'approchèrent tous les trois, et, en me regardant, ils éclatèrent de rire.

— Quelle langue parle-t-il, ton sauvage? demanda celui qu'on avait appelé Cabriole.

— Le français, Monsieur, » dis-je en intervenant.

Et je leur contai mon aventure, qui leur parut plus plaisante qu'à moi; ils riaient à se tordre.

« La Bouillie, dit Cabriole en s'adressant à l'un des enfants, va lui chercher un pantalon et une blouse. »

En moins de deux minutes, la Bouillie fut revenu; je ne perdis pas de temps à m'habiller, je sautai sur la berge.

« Maintenant, dit Cabriole, allons voir le patron. »

Il me conduisit vers la première voiture, j'y montai par un escalier en planches. Autour d'un poêle, sur lequel mijotait un ragoût, j'aperçus un petit homme sec et ratatiné, et auprès de lui une femme si grande et si grosse, qu'elle me fit peur.

Il me fallut recommencer mon his-

toire, et les rires m'accompagnèrent de nouveau.

« Ainsi tu allais au Havre t'embarquer? dit le petit homme.

— Oui, Monsieur.

— Comment vas-tu me payer mon pantalon et ma blouse?

Je restai un moment sans répondre : puis, prenant tout mon courage :

— Si vous voulez, je pourrai travailler avec vous.

— Qu'est-ce que tu sais faire? Sais-tu te disloquer?

— Non.

— Sais-tu avaler un sabre?

— Non.

— Sais-tu jouer de la trompette, du trombonne, du tambour?

— Non.

— Ah ça, qu'est-ce qu'on t'a appris? me dit-il, ton éducation a été singulièrement négligée, mon garçon.

— Triste acquisition ; c'est bâti comme tout le monde, dit la grande femme en m'examinant des pieds à la tête, et ça parle de travailler dans la banque. »

Elle haussa les épaules et détourna les yeux avec mépris. Ah ! si j'avais été un monstre, si j'avais eu deux têtes ou trois bras... Mais bâti comme tout le monde, quelle honte !

« Sais-tu soigner les chevaux? demanda le petit bonhomme sans se laisser troubler.

— Oui, Monsieur, j'essaierai.

— Allons ! c'est toujours ça ! à partir d'aujourd'hui tu es engagé dans la ménagerie du comte de Lapolade, célèbre, j'ose le dire, autant par la beauté des animaux qu'elle renferme que par le courage de l'illustre Diélette, Diélette, notre fille, qui les a domptés. Suis Cabriole, il te montrera ce qu'il y a à faire, et reviens dans une heure pour le souper. »

Dans ma position je n'avais pas le choix d'un état. Je ne pouvais me montrer difficile. J'acceptai comme un bienfait l'étrange ressource qui m'était offerte.

X

Me voici donc saltimbanque, ou, pour parler avec moins de vanité, domestique des chevaux de la caravane de M. le comte de Lapolade.

Mon patron n'était point, comme on aurait le droit de le supposer, un comte de fantaisie ; il avait des parchemins parfaitement authentiques qu'il exhibait volontiers dans les grandes occasions et qui lui donnaient le droit de porter ce titre. Après une vie troublée par tous les vices et toutes les passions, il en était descendu là. Pour mettre le comble à sa dégradation, il avait, dans une heure suprême de détresse, épousé la grande femme qui m'avait si mal accueilli. Célèbre dans toutes les foires de l'Europe sous le nom de la *forte Bordelaise*, bien qu'elle fût Auvergnate de naissance, elle avait dans sa jeunesse la haute position de phénomène, c'est-à-dire de femme colosse. Une toile la représentait en robe rose, posant délicatement sur un tabouret sa jambe immense chaussée d'un bas blanc; une autre la montrait en spencer de velours bleu, un fleuret à la main, ayant pour adversaire un brigadier de carabiniers moins grand qu'elle, avec cette inscription en lettres d'or : « *A vous, Monsieur le militaire* ».

Elle avait, à ce métier, gagné une assez belle somme qui avait tenté Lapolade. Celui-ci n'avait pour fortune que son talent d'*aboyeur*, mais ce talent était remarquable ; personne, dans la banque, n'était de sa force pour faire à la porte un boniment irrésistible ; sa réputation égalait celle de Mangin et de Turquetin. La forte Bordelaise et lui s'étaient associés, et ce beau couple avait acheté une ménagerie qui, pendant les premières années, avait rivalisé avec celle du célèbre Huguet de Massilia. Mais ce qui faisait la force de Lapolade faisait aussi sa faiblesse : sa bouche lui coûtait cher, il était ivrogne et gourmand.

Quelques animaux mal soignés, plus mal nourris, étaient morts; d'autres avaient été vendus ; et, au moment de mon entrée dans la caravane, elle ne se composait que d'un vieux lion, de deux hyènes, d'un serpent, d'un cheval savant, qui le jour traînait la voiture, et le soir disait quelle était la personne la plus bête de la société.

Au souper, je fis la connaissance du personnel humain : outre M. et Mᵐᵉ de Lapolade, il se composait de Cabriole le pitre, de la Bouillie, du second enfant que j'avais déjà vu et qu'on appelait Filasse, de deux Allemands, l'un jouant de la clarinette, Hermann, l'autre du tambour, Carolus ; enfin de l'illustre Diélette, qui était une petite fille de onze à douze ans, à l'apparence frêle et nerveuse, avec des grands yeux d'un bleu de pervenche.

Bien que simple domestique, je fus admis à la table de ces fameux personnages.

Le mot *table* n'est peut-être pas très exact pour désigner la chose sur laquelle le couvert était mis : c'était une longue et large caisse en bois blanc qui occupait le milieu de la voiture ; elle servait à un triple usage ; dedans on serrait les costumes ; dessus, à l'heure des repas, on posait les assiettes, la nuit un matelas qui était le lit à Diélette : autour de cette caisse, deux autres plus étroites étaient alignées ; c'étaient des bancs pour la troupe, car seul M. et Mᵐᵉ Lapolade avaient des chaises.

Ainsi meublé, ce premier compartiment de la voiture avait pourtant bon air, et beaucoup de logements parisiens n'ont pas une aussi grande salle à manger. Une porte vitrée à deux vantaux ouvrait sur la galerie extérieure, et, par deux petites fenêtres garnies de rideaux rouges, drapés, on apercevait les arbres de la route.

Il me fallut recommencer le récit de mon histoire ; ce que je fis en ne nommant toutefois ni ma mère, ni mon oncle, ni mon véritable pays. Quand j'arrivai à l'épisode du gendarme, Diélette déclara que j'étais un nigaud, et qu'à ma place elle se serait bien amusée : les deux musiciens approuvèrent cette crânerie, non en paroles, — ils ne parlaient jamais, — mais par trois éclats à l'unisson, de ce rire formidable qui n'appartient qu'aux Bavarois.

Lorsque le souper fut terminé, il restait encore quelques lueurs lumineuses au ciel.

« Allons, mes enfants, dit Lapolade, profitons du jour qui reste pour nous disloquer un peu ; ne nous rouillons pas les muscles. »

Et il se plaça sur la galerie extérieure de la voiture, où Diélette lui apporta sa pipe allumée, tandis que Filasse et la Bouillie descendaient sur l'herbe du chemin une petite boîte à couvercle. Alors Filasse défit sa blouse, et, après s'être étiré les bras et les jambes, après avoir secoué sa tête comme s'il voulait s'en débarrasser, il ôta le couvercle et se fourra dans la boîte, où il disparut. Je fus émerveillé, car elle était si petite, que je n'aurais pas osé y mettre un enfant d'un an.

C'était le tour de la Bouillie ; malgré tous ses efforts il ne put disparaître dans la boîte : du haut de sa galerie, Lapolade lui cingla sur les épaules un vigoureux coup de fouet.

« Tu as encore trop mangé, dit-il ; demain je te rationnerai.

Puis se tournant vers moi :

« Allons ! à toi maintenant.

Je fis trois ou quatre pas en arrière pour me mettre hors de la portée du fouet.

— Là-dedans ? dis-je.

— Pas encore, mon garçon, montre-nous seulement ce que tu peux faire et saute-moi ce fossé-là. »

Il était large et profond, le fossé ; je sautais deux pieds plus loin qu'il n'était nécessaire.

Lapolade se montra très satisfait et déclara que je réussirais dans le trapèze.

La première voiture était celle des patrons, la seconde celle des bêtes ; la troisième servait de dortoir à la troupe et de magasin pour les accessoires. Comme il n'y avait pas de lit pour moi dedans, on me donna deux bottes de paille, et je m'en fis un, dessous.

Bien que cette couche fût meilleure que celle de mes nuits précé-

dentes, je restai longtemps sans m'endormir. Les lumières s'étei-
gnirent, les bruits cessèrent; bientôt je n'entendis plus dans le calme
profond du soir que le piétinement des chevaux, qui, attachés
contre les voitures, tiraient sur leur longe pour pincer autour d'eux

l'herbe pou-
dreuse du che-
min ; de temps
en temps, dans
la ménagerie,
j'entendais le
souffle puissant
du lion, soupi-
rant plaintive-
ment, comme si
le silence et la
chaleur de cette
nuit d'été lui
eussent rappelé
les solitudes
africaines, et
parfois aussi
j'entendais sa
queue battre im-
patiemment ses
flancs comme si
une lueur de
courage, surgis-
sant dans sa vo-
lonté abrutie, lui
eût parlé de ré-
volte et de li-
berté.

Il était dans
une cage soli-
dement fermée ;

Ce fut là que, pour la première fois, je vis Diélette entrer
dans la cage du lion.

moi j'étais en plein air. Un moment, je pensai à en profiter pour continuer ma route; mais ces vêtements donnés par Lapolade, il fallait
les emporter. C'eût été les voler. Alors, dans ma conscience, je rati-
fiai l'engagement que j'avais pris de servir mon nouveau maître ;
après tout, il ne serait pas plus dur que mon oncle, et, le jour où je
lui aurais payé en travail ce que je lui devais, je serais libre.

La caravane allait à Falaise, à la foire de Guibray : ce fut là que,
pour la première fois, je vis Diélette entrer dans la cage du lion et
que j'entendis Lapolade faire son boniment.

Les costumes avaient été tirés des coffres ; Diélette, par-dessus son maillot, avait revêtu une robe d'argent pailletée d'or ; sur sa tête était posée une couronne de roses. Mes camarades Filasse et la Bouillie étaient en diables rouges ; les deux Allemands en lanciers polonais avec des plumets qui leur retombaient dans les yeux. Pour moi, on m'avait teint en nègre, les bras jusqu'au coude, la tête jusqu'à la poitrine ; je représentais un esclave africain venu du désert avec le lion, et il m'était défendu de dire un seul mot de français. A toutes les interpellations, je devais me contenter de répondre par un sourire qui montrât mes dents. Ma mère elle-même m'eût vu sous ce déguisement qu'elle ne m'aurait pas reconnu. C'était ce que Lapolade avait surtout voulu, n'étant pas bien certain que, dans la foule, ne se trouverait pas quelqu'un de mon pays.

Depuis deux heures, nous faisions un vacarme à exaspérer un sourd ; Cabriole avait fini sa parade, Diélette avait dansé un pas avec la Bouillie, lorsque Lapolade parut sur l'estrade en costume de général. La foule que nous avions amassée était compacte ; mes yeux étaient réellement éblouis par la blancheur des bonnets de coton qui coiffaient toutes les têtes normandes tendues vers nous. Le général fit un geste, la musique cessa.

Alors se penchant vers moi et me tendant le cigare qu'il était en train de fumer :

« Entretiens-le moi, dit-il, pendant que je vais parler. »

Je le regardais ébahi, lorsque je reçus par derrière un coup de pied.

« Est-il bête, ce moricaud-là ! cria Cabriole ; le patron lui offre un cigare et il fait la petite bouche. »

Le public daigna trouver cette plaisanterie fort drôle, et il éclata de rire en applaudissant.

Je n'avais jamais fumé ; je ne savais même pas s'il fallait aspirer ou souffler, mais ce n'était pas le moment d'entrer dans des explications : d'une main Cabriole me tirait le menton, de l'autre il me relevait le nez, et, dans ma bouche ouverte, Lapolade introduisait subitement son cigare. Assurément mes grimaces étaient fort comiques, car les paysans se tenaient les côtes.

Le général leva son chapeau empanaché ; le silence se fit.

« Vous voyez devant vous, dit-il, le célèbre Lapolade. — Qui ça, Lapolade ? Ce charlatan en habit de général ? — Lui-même. — Et pourquoi, vous demandez-vous, un homme si illustre s'habille-t-il d'une façon si ridicule ? Pour vous plaire, mes seigneurs, et parce que, si vous êtes tous, pris en particulier, d'honnêtes gens, réunis en public, vous pouvez n'être que des imbéciles. »

Il y eut un mouvement de mauvaise humeur dans la foule et quelques murmures.

Lapolade, sans perdre de son assurance, me prit son cigare, en aspira quelques bouffées, puis, à mon grand désespoir et à mon dégoût, me le remettant entre les lèvres :

« Hé ! là-bas ! vous, Monsieur, continua-t-il, oui, l'homme au casque à mèche et au nez rouge, pourquoi murmurez-vous ? C'est parce j'ai dit que chez vous vous étiez un honnête homme, et sur cette place un imbécile ; eh bien, je vous fais mes excuses ; chez vous, vous êtes un farceur, et sur cette place un malin. »

La foule trépigna de joie, puis, quand l'émotion fut un peu calmée, il reprit :

« Donc, si je n'étais pas déguisé en général, au lieu d'être là tous devant moi la bouche ouverte, les yeux ronds comme des billes, à me regarder, vous passeriez votre chemin.

« Mais je connais l'humanité, et sais par quelles sottises il faut la prendre. J'ai donc été chercher en Allemagne ces deux musiciens illustres que vous voyez d'ici ; j'ai engagé dans ma troupe le célèbre Filasse dont la gloire vous est assurément connue, la Bouillie que voici, et enfin le prodigieux Cabriole dont je n'ai rien à dire puisque vous l'avez entendu. Alors vous vous arrêtez, votre curiosité est excitée, et vous vous demandez : « Qu'est-ce qu'il montre, celui-là ? »

« Allons, Messieurs les musiciens, un petit air de musique. »

Cette parade, qu'il variait selon le pays et les auditeurs, je pourrais vous la répéter mot pour mot, car je la retrouve encore entière dans ma mémoire. C'est inouï comme certaines absurdités peuvent se graver dans un cerveau, alors même qu'il est si difficile aux bonnes de s'y fixer.

Cependant je n'entendis bien clairement ce jour-là que la première partie ; la fumée du cigare m'avait tourné le cœur, et j'étais dans un véritable état d'hallucination et d'hébétement quand je passai dans la baraque. Suivant le rôle qui m'avait été attribué, je devais ouvrir les cages au moment où Diélette y entrerait.

Ce fut à travers une sorte de brouillard que je la vis venir à moi : d'une main elle tenait une cravache, de l'autre elle envoyait des baisers au public. Dans leurs cages, les hyènes tournoyaient d'un pas lent et boiteux ; dans la sienne, la tête appuyée sur les pattes, le lion semblait dormir.

« Ouvre la porte, esclave, » me dit-elle.

Et elle entra. Le lion ne bougea pas. Alors, de ses petites mains, elle lui prit les deux oreilles et tira dessus de toutes ses forces pour lui soulever la tête. Il ne bougea pas. L'impatience la prit, et elle lui cingla un coup de cravache sur l'épaule. Comme s'il eût été poussé par un ressort, il se dressa sur ses deux pattes de derrière en poussant un rugissement si épouvantable, que je sentis mes jambes trembler : la peur s'ajoutant aux vapeurs qui me soulevaient l'esto-

7

mac, à l'ivresse du tabac qui faisait tout tournoyer en moi et autour de moi, le cœur me manqua tout à fait, et je tombai à terre.

C'était un homme habile que Lapolade et qui savait profiter des moindres incidents.

« Voyez quelle est la férocité de cette bête, s'écria-t-il, son rugissement seul fait évanouir les enfants de son pays. »

Mon malaise était si évident pour tout le monde, que le public, bien certain que ce n'était pas là une scène préparée à l'avance, éclata en longs applaudissements, tandis que Cabriole m'emportait dans ses bras pour aller me jeter comme un paquet de hardes derrière la baraque.

Pendant toute la représentation, je restai là, horriblement malade, incapable de faire un mouvement, sensible cependant à ce qui se passait autour de moi, aux rugissements du lion, aux cris des hyènes, aux bravos du public.

Puis j'entendis le piétinement de la foule qui sortait, et, quelques instants après, je me sentis tiré par le bras. C'était Diélette ; elle tenait à la main un verre.

« Tiens, bois ça, dit-elle, c'est de l'eau sucrée; es-tu bête d'avoir eu peur pour moi, mais c'est égal, tu es un bon garçon. »

C'était la première parole qu'elle m'adressait depuis mon entrée dans la troupe ; cette marque de sympathie me fit du bien ; il me sembla que j'étais moins seul ; Filasse et la Bouillie s'étaient associés pour me jouer tous les mauvais tours de leur sac, et j'étais heureux de rencontrer une camarade.

Le lendemain, je voulus la remercier ; elle me tourna le dos sans m'écouter, et elle ne m'adressa plus une seule parole ni un seul regard. Il fallut en revenir de mes idées d'amitié ; alors, comme je commençais à en avoir assez de cette vie où les coups de pied pleuvaient, et comme je commençais à trouver qu'à soigner des chevaux, à nettoyer les cages des bêtes dans le jour, à faire le nègre la nuit, j'avais bien gagné le mauvais pantalon de toile et la blouse qu'on m'avait donnés, je pensai à abandonner la caravane, pour continuer mon voyage vers le Havre. Pauvre maman ! était-ce pour rester avec ces saltimbanques que je l'avais quittée ! Ah ! si elle me voyait, si elle savait la vérité !

La saison s'avançait ; les nuits devenaient froides, les journées étaient souvent pluvieuses ; il serait bientôt impossible de coucher à la belle étoile en plein champ. Il fallait se hâter, et cela d'autant mieux qu'en quittant Guibray, nous devions descendre vers la Loire et ainsi nous éloigner du Havre.

Cependant, comme je ne voulais pas m'aventurer sans avoir pris mes précautions, je fis provision de toutes les croûtes que je pus économiser, et j'employai le temps que j'avais de libre à me fabri-

quer des souliers avec de vieilles tiges de bottes. Mon plan était
arrêté. La première nuit où la caravane serait en route, je me sau-
verais.

La veille du jour fixé pour le départ, j'étais en train de travailler
à ces souliers lorsque Diélette me surprit.

« Tu veux te sauver, dit-elle à voix basse.

Je fis un geste pour l'interrompre.

« Depuis huit jours, je te guette, continua-t-elle ; tu as une provision de pain sous le coffre à l'avoine, et c'est pour quelque chose ;
mais, n'aie pas peur, je ne te trahirai pas, et, si tu veux, je me sau-
verai avec toi.

— Quitter ton père? lui dis-je avec l'accent de quelqu'un qui savait
ce que c'était qu'abandonner ses parents.

— Mon père ! fit-elle... Ces gens-là ne sont ni mon père, ni ma
mère ; mais on pourrait nous surprendre ici ; va m'attendre dans les
fortifications, je tâcherai d'aller te rejoindre ; si tu es un bon garçon,
tu m'aideras et je t'aiderai. »

Je restai plus de deux heures à me promener dans les fossés, sans
la voir arriver, et je commençais à croire qu'elle avait voulu se moquer de moi, quand elle parut.

« Viens nous cacher là-bas dans les coudriers, dit-elle, il ne faut
pas qu'on nous voie ensemble, ou bien ils se douteraient de quelque
chose. »

Je la suivis et quand nous fûmes enfoncés dans un épais buisson
de coudriers et d'aulnes, bien cachés à tous les yeux, elle s'arrêta.

« D'abord, dit-elle, il faut que je te conte mon histoire, ça te fera
comprendre pourquoi je veux me sauver. »

Bien que nous fussions du même âge, Diélette avait, en me parlant, le ton d'autorité qu'une grande personne prend avec un enfant,
et je ne comprenais pas très bien comment, étant si assurée, elle
avait besoin de l'aide d'un chétif tel que moi ; mais comme je me
sentais pour elle une vive sympathie, comme surtout elle était maî-
tresse de mon secret, je ne regimbai pas et j'entrai tout de suite dans
mon rôle de confident.

« Lapolade n'est pas mon père, continua-t-elle ; mon père, je ne
l'ai pas connu, il était mort que j'étais encore en nourrice. Ma mère
était marchande de mercerie à Paris, dans une rue auprès des Halles.
Je ne me souviens pas du nom de ma mère, je ne me souviens
pas non plus du nom de la rue qu'elle habitait. Tout ce que je me
rappelle, c'est que maman était une belle jeune femme avec des
grands cheveux blonds, si longs, si longs, que le matin, quand nous
jouions, mon frère et moi, sur son lit, nous pouvions nous cacher
dessous comme sous un buisson.

« Elle nous aimait beaucoup, nous embrassait toujours et ne nous battait jamais. Mon frère était un peu plus grand que moi ; il se nommait Eugène. Dans notre rue, il passait beaucoup de voitures ; le matin, il y avait sur le pavé des tas de choux, de carottes, de légumes de toutes sortes, et, du seuil de la porte, on voyait en face, contre une haute église, un beau cadran doré ; au-dessus, il y avait une petite tour et sur cette tour des grands bras noirs qui, toute la journée, se remuaient de côté et d'autre. Quand j'ai, l'année dernière, parlé de ça à un paillasse de la troupe de Masson qui venait de Paris, il m'a dit que cette église était l'église Saint-Eustache, et que ces grands bras noirs étaient un télégraphe.

« Comme maman travaillait toute la journée, elle ne sortait presque jamais avec nous, et elle nous faisait promener par une apprentie. Un jour, c'était dans l'été, car il faisait chaud, et il y avait beaucoup de poussière dans les rues, on m'emmena à la foire aux pains d'épice ; c'est une foire qui se tient à la barrière du Trône ; tu as dû en entendre parler depuis que tu es dans la caravane. Je ne me rappelle pas pourquoi mon frère n'était pas avec nous, mais enfin, il était resté à la maison.

« C'était la première fois que je voyais des saltimbanques, cela m'amusa beaucoup. Je voulais entrer dans toutes les baraques, mais l'apprentie n'avait pas d'argent, et moi je n'avais que quatre sous, qui m'avaient été donnés pour acheter des gâteaux ; elle me les prit, et nous entrâmes dans un *entre-sort*.

— Qu'est-ce que c'est que ça ?

— Es-tu bêta ! tu ne sais pas ce que c'est qu'un *entre-sort*, qu'est-ce que tu sais donc ? Enfin, c'est une baraque où l'on montre un phénomène, une femme colosse, un phoque savant, ou autre chose.

« Dans celle-là, on montrait deux phoques dans une cuve. Je ne sais pas comment cela se fit, mais l'apprentie causa avec l'homme de l'*entre-sort*, il me regardait beaucoup, il disait que j'étais très gentille. Il sortit avec nous et nous allâmes chez un marchand de vins, dans une petite salle sombre où il n'y avait personne. Moi j'étais lasse, j'avais chaud et pendant qu'ils buvaient du vin sucré dans un saladier, je m'endormis.

« Quand je me réveillai, il faisait presque nuit, et l'apprentie n'était plus là.

« Je demandai à l'homme où elle était; il me dit que si je voulais nous allions la rejoindre. Je le suivis. Il y avait beaucoup de monde sur les trottoirs, les baraques étaient illuminées, et toutes les musiques jouaient. Il me prit par la main et me fit marcher très vite en me tirant.

« Bientôt nous sortîmes de la foule; nous étions sur une route très large, bordée de chaque côté par des avenues d'arbres; il n'y avait presque plus de lumières et seulement çà et là quelques maisons.

« Je commençais à avoir peur ; l'homme sentit que je me faisais tirer plus fort ; il me proposa de me porter, je refusai ; il voulut me prendre dans ses bras, je criai ; des soldats passaient, ils s'arrêtèrent.

« — Pourquoi criez-vous ? me dit-il, nous allons rejoindre votre maman.

« Je recommençai à marcher ; la route me semblait bien plus longue qu'en venant, et puis je ne la reconnaissais pas ; nous passâmes devant de grandes murailles sombres et une grande porte où il y avait des soldats en sentinelle, et nous entrâmes dans un bois qui ne finissait pas. J'eus tout à fait peur et je m'arrêtai.

« — Veux-tu bien marcher, mauvaise peste, me dit l'homme avec sa grosse voix, ou tu vas avoir affaire à moi.

« Il ne passait personne, il me tirait très fort, je le suivis en pleurant. Dame ! tu comprends, je n'avais pas encore cinq ans, je n'étais pas brave et puis je pensais à maman.

« Je ne sais pas combien de temps il me fit marcher, seulement j'étais bien lasse quand nous aperçûmes les lumières d'un village ; à l'entrée, sur une place, contre le mur du bois, il y avait des voitures de saltimbanque ; nous entrâmes dans une de ces voitures. Nous y fûmes reçus par une femme sans jambes qui buvait de l'eau-de-vie.

« Il lui parla bas à l'oreille, et tous deux ils me regardèrent beaucoup.

« — Tu n'y vois donc pas, dit la femme, elle a un signe à la joue.

« Ce signe, c'était une petite groseille rose, là où maintenant il y a un petit trou.

« — Bast, dit l'homme, on le fera bien disparaître.

« La peur me reprit et je demandai où était maman.

« Elle viendra demain matin, mon petit cœur, dit la femme, aujourd'hui il faut être bien sage et se coucher.

« — Elle a peut-être faim, dit l'homme.

« — Eh bien ! on va lui donner à manger, à ce chéri.

« Ce fut alors que je m'aperçus que la femme n'avait pas de jambes, elle marchait en tournoyant et en s'appuyant sur les mains. Cela m'étonna beaucoup et ne me rassura guère ; mais comme elle me donna de bonnes choses pour souper, des petits pois très gros, sortant de la marmite, je mangeai très bien.

« — Très gentille, cette petite ! dit la vieille femme en voyant que je dévorais ces petits pois sans sel et sans beurre, pas difficile pour la nourriture !

« Elle ne savait pas que c'était là pour moi un régal sans pareil qui m'était défendu à la maison, le médecin ne me permettant que la viande rôtie parce que j'étais souvent malade.

« — Maintenant il faut se coucher, dit-elle, quand j'eus fini.

« Et elle tira un rideau en toile à matelas qui cachait le fond de la voiture ; derrière étaient deux lits.

« De vrai, c'était très drôle de coucher dans une voiture. Je m'endormis parfaitement.

« Quand je m'éveillai, il me sembla que mon lit dansait ; je crus que je rêvais, mais j'étais balancée à droite et à gauche, et j'entendais un bruit de grelots et de chaînes. Au-dessus de mon lit il y avait une petite fenêtre par laquelle la lumière entrait ; je me mis à genoux et je regardai : il faisait à peine jour et les arbres défilaient devant la fenêtre ; au loin, par-dessus une prairie, on apercevait une rivière. Je compris que ma chambre et mon lit marchaient, la mémoire me revint. Je me mis à appeler : Maman, Maman ! Une grosse voix que je ne connaissais pas me répondit :

« — Nous allons au-devant d'elle.

« Mais j'avais très peur, je criai plus fort.

« Alors un homme que je n'avais pas encore vu entra dans la voiture ; il était très grand, et sa tête coiffée d'un bonnet de police touchait le plafond de la voiture.

« — Si tu cries, je te tue.

« Tu penses quels cris je poussai ; mais il s'avança vers moi, les bras étendus ; je crus qu'il allait m'étrangler, et je tâchai de renfoncer mes cris.

« Aussitôt qu'il fut sorti, je cherchai mes vêtements pour m'habiller ; je ne les trouvai pas, et, n'osant pas les demander, je restai sur le lit.

« La voiture roula longtemps, tantôt sur du pavé, tantôt sur du sable ; par la fenêtre, je voyais que nous traversions des villages. Enfin elle s'arrêta et la femme sans jambes entra.

« — Maman ? où est maman ? lui dis-je.

« — Tantôt, mon petit cœur.

« Elle parlait doucement, cela m'encouragea.

« — Je voudrais me lever.

« — C'est ce que je venais te proposer : voici tes vêtements.

« Et elle me montra une mauvaise robe.

« — Ce n'est pas ma robe.

« — C'est celle qu'il faut mettre.

« J'eus envie de me révolter et de la déchirer en morceaux, cette guenille ; mais la femme sans jambes me regarda d'une façon si intelligible que j'obéis.

« Lorsque je fus habillée avec cette vilaine robe, la voiture s'arrêta, et la femme sans jambes me dit que je pouvais descendre. Nous étions au milieu d'une grande plaine, et tout autour de nous, aussi loin que le regard s'étendait, on ne voyait que des champs verts ;

l'homme au bonnet de police avait allumé du feu sur la grande route et, à trois bâtons, réunis en faisceau, était suspendue une marmite. J'avais très faim, cela me fit plaisir d'entendre la marmite chanter.

« La femme sans jambes était restée dans la voiture ; l'homme alla la prendre dans ses bras et la descendit sur la route.

« — Le signe, dit-elle en me regardant.

« — Tiens ! c'est vrai, je n'y pensais plus.

« Alors le méchant homme me prit entre ses jambes en me serrant contre lui et il me tenait les bras si fort qu'il m'était impossible de remuer. La femme sans jambes me releva alors la tête d'une main, et de l'autre, avec des ciseaux qu'elle tenait ouverts, elle me coupa la petite groseille de ma joue.

« Le sang jaillit, m'emplit la bouche et inonda ma robe ; je crus qu'elle voulait me tuer et je me mis à pousser des cris terribles en tâchant de la mordre. Sans se troubler, elle me mit sur la joue quelque chose qui me brûlait et le sang s'arrêta.

« — Laisse-la aller maintenant, dit-elle à l'homme.

« Elle croyait que j'allais me sauver. Ah bien oui ! Je sautai sur elle et la frappai de toutes mes forces.

« Je crois qu'elle m'aurait étranglée si l'homme ne m'avait prise et jetée dans la voiture, où il m'enferma.

« On m'y tint toute la journée sans manger ; le soir seulement ils m'ouvrirent la porte. La première parole fut pour demander maman.

« — Elle est morte, me dit la femme sans jambes.

« J'avais réfléchi pendant tout le temps que j'avais été enfermée.

« — Ce n'est pas vrai, maman n'est pas morte, vous êtes une voleuse.

« Elle se mit à rire, ce qui m'exaspéra.

« Pendant trois semaines ou un mois, je restai avec la femme sans jambes et l'homme au bonnet de police. Ils avaient cru qu'ils me dompteraient comme on dompte les animaux, par la faim, mais ils ne purent y arriver. Pour manger, je faisais ce qu'ils voulaient ; mais quand j'avais mangé, je ne faisais plus rien. La femme sans jambes savait bien que je ne lui pardonnerais jamais l'opération qu'elle m'avait faite à la joue, et quelquefois elle disait qu'elle avait peur de moi, que j'étais capable de lui donner un coup de couteau.

« Nous étions arrivés dans un pays dont je ne sais pas le nom, mais où le pain se dit *brod* et où il y a beaucoup de rivières ; alors voyant qu'ils ne pouvaient rien tirer de moi, ils me vendirent à un aveugle qui n'était pas plus aveugle que toi, mais qui faisait semblant d'avoir perdu les yeux pour mendier. Toute la journée il fallait rester sur un pont et tendre la main. Heureusement il avait un caniche et, le soir à la maison, je pouvais jouer avec ce chien ; sans cela je serais morte de chagrin.

« Je n'avais pas du tout de disposition pour mendier et, comme je ne voulais pas tourmenter les gens qui ne me donnaient rien et les suivre en pleurant, je recevais des coups de bâton tous les jours. Fatigué de me battre, l'aveugle me revendit à des musiciens ambulants pour faire la quête pendant qu'ils jouaient.

« En avons-nous parcouru des pays ! j'ai vu l'Angleterre, et aussi l'Amérique où il fait si froid qu'on se promène dans des voitures sans roues qui glissent sur la neige. Il faut traverser la mer pour y arriver, et l'on est plus d'un mois en bateau.

« Les musiciens me vendirent à Lapolade à notre rentrée en France. Il m'avait achetée pour faire de la suspension, et, en attendant, je donnais à manger aux bêtes ; dans ce temps-là, nous avions trois lions ; il y en avait un qui était très méchant, et qui tout de suite était devenu très doux avec moi ; quand je lui apportais son dîner, il me léchait les mains.

« Un jour, ennuyé de ce que je ne parvenais pas à exécuter un tour difficile, Lapolade me donna une correction ; je criais tant que je pouvais. C'était devant la cage de mon lion, voilà que ce bon lion se fâche de me voir battre, il allonge la patte à travers les barreaux, happe Lapolade par l'épaule, et le tire à lui. Lapolade tâche de se sauver, mais le lion avait enfoncé ses griffes dans la peau et il tenait bien. Si l'on n'était pas venu avec des bâtons de fer, Lapolade y serait resté.

« Il en fut deux mois malade, mais ça lui donna l'idée de me faire entrer dans les cages. « Puisque les lions sont tes amis, me dit Madame, ils ne te mangeront pas ; d'ailleurs le gros te défendrait. »

« Moi j'aimais mieux ça que la suspension, et c'est depuis ce temps-là que « l'illustre Diélette dompte par ses charmes les féroces enfants du désert », comme dit la parade. Est-il bête avec ses féroces enfants du désert ; ils sont plus doux que des chiens. Ah ! si mon pauvre gros Rougeaud n'était pas mort, tu verrais ! Je les mettais tous les trois dans la même cage ; je donnais des coups de cravache aux deux autres tant que je pouvais, et quand ils commençaient à être en colère, je disais à Rougeaud : « Défends-moi. » Aussitôt il se plaçait en avant avec un rugissement si terrible que tout le monde tremblait. Alors je faisais semblant de m'évanouir ; il me léchait la figure ; on ouvrait la grille ; il m'emportait dans sa gueule. Si tu avais vu comme on applaudissait ; et des bouquets et des gâteaux, et les belles dames qui m'embrassaient.

« J'avais tant de succès, qu'on proposa à Lapolade d'aller à Paris. Pense si je fus contente : à Paris, je saurais bien m'échapper et retrouver maman.

« Mais au moment de partir, voilà Rougeaud qui tombe malade ; c'était l'hiver, et il était si frileux qu'il tremblait toujours. Ah ! je l'ai bien soigné, va, je couchais avec lui sous les couvertures; malgré ça, il est mort tout de même.

« Jamais je n'ai eu tant de chagrin; on a cru que j'en mourrais. La caravane n'alla pas à Paris, et il fallut renoncer à revoir maman.

« J'ai bien depuis pensé à me sauver; mais toute seule, je n'ose pas, et Filasse et la Bouillie, je n'ai pas confiance en eux. Toi, tu n'es pas de la banque, veux-tu m'aider à retrouver maman? tu verras comme elle sera contente et comme elle t'embrassera. »

Paris ce n'était pas le Havre; à mon tour je contai à Diélette mon histoire vraie.

« Eh bien, viens toujours à Paris, dit-elle, maman te paiera ton voyage au Havre et nous irons te conduire. »

J'essayai encore de lui faire comprendre combien il était difficile de vivre sur les grandes routes; comment manger? comment coucher?

« J'ai sept francs huit sous, dit-elle; ils nous serviront à manger; nous coucherons dehors; si tu es près de moi, je n'aurai pas peur. »

Cette marque de confiance, en me rendant très fier, me décida tout à fait: au reste Diélette était une petite personne à laquelle on ne résistait pas, et elle avait une façon de vous regarder, avec ses grands yeux bleus pleins de timidité et de hardiesse, de candeur et d'expérience, de douceur et de dureté, qui ne souffrait pas le refus ou la contradiction.

Il fut donc décidé qu'à Orléans nous abandonnerions la caravane.

« Jusque-là, dit-elle, devant le monde je ne te parlerai pas; tu es trop bon enfant, tu te trahirais. »

Je fis la grimace. Elle comprit que j'étais peu flatté de ce compliment.

« Donne-moi une poignée de main, dit-elle, c'est parce que tu es bon enfant que j'ai confiance en toi. »

XI

C'était un samedi, jour de marché, et les rues étaient pleines de paysans ; sur la grande place que je traversais pour regagner mes voitures, j'aperçus Filasse et la Bouillie arrêtés devant Turquetin, qui, au son de la grosse caisse et du trombone, arrachait les dents avec tant de rapidité, qu'on les voyait voler en l'air comme s'il eût joué avec des osselets.

Tout jeune alors, Turquetin n'avait point encore la célébrité que trentes années de batailles contre les mâchoires normandes, plus braves que solides, lui ont si justement acquise ; mais déjà sa sûreté de main, surtout sa bonne humeur narquoise et gouailleuse, l'avaient rendu populaire dans tous les départements de l'Ouest ; la foule était compacte autour de sa voiture.

Mauvais gymnasiarque, la Bouillie était un très remarquable escamoteur, et son grand plaisir était de pratiquer son art en jouant des tours plus ou moins gais aux paysans ; quand je le vis au milieu du public de Turquetin, je pensai bien qu'il était là pour s'amuser, et je restai pour savoir quelle malice il allait inventer : seulement, comme plus d'une fois, à ce jeu, il avait récolté des claques, je me tins prudemment à l'écart.

Bien m'en prit.

Ce jour-là le jeu, pour mes deux camarades, consistait à prendre leur tabatière aux gens qui prisaient et leurs mouchoirs à ceux qui ne prisaient pas. Naturellement c'était la Bouillie, qui, avec sa dextérité de main, était chargé de fouiller les poches. Le rôle de Filasse consistait, quand on lui passait une tabatière, à remplacer le tabac par du marc de café, et, quand on lui passait un mouchoir propre, à le barbouiller de tabac.

Attentifs au boniment de Turquetin, les yeux attachés sur le malheureux patient, qui attendait qu'on voulût bien l'opérer, les oreilles pleines du bruit de la grosse caisse ou des éclats de voix du charlatan, insensibles à tout le reste, les paysans se laissaient fouiller comme s'ils eussent été des mannequins inanimés.

Déjà plusieurs avaient tiré leurs mouchoirs et avaient éternué avec frénésie, au grand contentement des deux complices, qui se tordaient de rire ; d'autres, après avoir prisé, regardaient leur tabatière avec une surprise véritablement si comique, que l'envie me gagna de prendre une part active à cette mystification.

Mais comme j'allais me joindre à mes camarades, je vis un gendarme se faufiler derrière la Bouillie et, au moment où celui-ci introduisait sa main dans la poche d'une vieille femme, le saisir au collet. Il y eut un grand mouvement dans la foule, une rumeur, et Filasse fut arrêté.

Sans chercher à en voir davantage, je me dégageai des quelques personnes qui m'entouraient, et, tremblant de peur, je me hâtai de regagner notre campement, où je racontai ce qui venait d'arriver.

Une heure après, des gens de justice arrivèrent pour faire des perquisitions dans nos voitures. Naturellement on ne trouva rien, car mes deux camarades n'étaient pas des voleurs. Cependant on les garda en prison, et les explications de Lapolade, tendant à persuader les magistrats qu'il n'y avait là qu'une mauvaise plaisanterie de deux gamins, furent si mal reçues, qu'il ne dut pas insister, de peur d'être arrêté lui-même comme complice, tout au moins comme recéleur. La police n'est pas douce aux saltimbanques ; et si un crime est commis dans un pays au moment où ils le traversent, ce sont eux, les premiers, qu'on accuse ; contre eux, il n'est pas nécessaire de prouver qu'ils sont coupables, et c'est à eux, au contraire, de prouver qu'ils n'ont rien fait.

Filasse et la Bouillie, surpris les mains dans les poches des paysans, ne purent pas prouver qu'ils ne voulaient pas voler, et ils furent condamnés à la détention dans une maison de correction jusqu'à leur majorité.

Il fut décidé que, pour boucher le vide que leur absence faisait dans la troupe, je les remplacerais tous les deux. A cette proposition de Lapolade, je poussai les hauts cris, je n'avais aucune vocation pour me disloquer et m'enfermer dans les boîtes.

« Il n'est pas question de boîte, dit-il en me tirant les cheveux, ce qui chez lui était une caresse et un témoignage de bienveillance ; tu as de la souplesse, tu réussiras très bien dans la voltige. »

Ce fut à la foire d'Alençon que je débutai. Par malheur mon éducation n'avait pu être poussée bien loin, et, quoique mes exercices fussent très simples, ils donnèrent lieu cependant à un accident qui dérangea nos projets de fuite.

C'était un dimanche : nous avions commencé nos représentations à midi, et sans une minute d'interruption, nous les avions continuées jusqu'au soir; les musiciens desséchés pouvaient à peine souffler dans leurs instruments; Lapolade ne poussait plus que quelques cris, qui étaient plutôt un aboiement qu'un boniment; le lion ne voulait plus se lever, et, quand Diélette le menaçait de sa cravache, il attachait sur elle, sans bouger, ses yeux alanguis, qui demandaient grâce; pour moi, j'étais mort de fatigue, j'avais faim, j'avais soif, je ne pouvais plus remuer ni les bras ni les jambes.

A onze heures, il y avait encore du monde devant notre baraque, et Lapolade décida que nous devions donner une dernière représentation.

« Je ne connais que les plaisirs du public, dit-il dans sa courte parade; nous sommes exténués, mais dussions-nous tous mourir de fatigue, nous nous devons à votre curiosité. Entrez, entrez ! »

C'était par mes exercices que commençait le spectacle : ils consistaient en sauts périlleux par-dessus quatre chevaux et en tours de force au bout d'une perche que tenait Cabriole. Je réussis assez mal mes sauts, et le public murmura. Lorsque Cabriole me présenta la perche, j'eus la tentation de dire que je n'en pouvais plus, mais les yeux de Lapolade fixés sur moi avec une expression que je ne comprenais que trop, mon amour-propre, l'excitation de la foule, me décidèrent : je sautai sur les épaules de Cabriole et grimpai à la perche assez facilement.

Cabriole était, lui aussi, fatigué; au moment où, à la force du bras, je me dressai horizontalement, pour former un angle avec la perche, je la sentis vaciller; mon sang s'arrêta; j'ouvris les doigts et me laissai tomber en étendant les mains en avant.

La foule poussa un cri, je touchai la terre : le coup fut rude, car je tombais d'une hauteur de cinq mètres, et sans la couche de sciure de bois, assurément je me serais brisé; je sentis une violente douleur à l'épaule avec un petit craquement.

Je me relevai aussitôt et, comme je l'avais vu faire, je voulus saluer le public qui, debout sur les banquettes, me regardait avec anxiété; mais je ne pus pas lever le bras droit.

On m'avait entouré; tout le monde me parlait à la fois; on m'étouffait; je souffrais beaucoup et le cœur me manquait.

« Ce ne sera rien, dit Lapolade, veuillez reprendre vos places, la représentation va continuer.

— Il ne pourra pas faire ça, dit Cabriole en levant ses deux bras au-dessus de sa tête, les bonnes âmes peuvent dormir tranquilles. »

Et le public applaudit en riant formidablement.

En effet, pendant six semaines, je ne pus pas faire le geste indiqué par Cabriole, car j'avais la clavicule cassée.

Dans la banque on a généralement peu recours aux médecins ; ce fut Lapolade lui-même qui m'appliqua un bandage sur l'épaule quand la représentation fut finie. Pour tout remède interne il me fit coucher sans souper.

J'habitais seul la voiture des bêtes. J'étais sur mon lit depuis plus de deux heures, sans pouvoir dormir, brûlé par une soif fiévreuse, me tournant, me retournant avec colère sans trouver une bonne position pour mon épaule, quand il me sembla qu'on ouvrait doucement la porte de la voiture.

« C'est moi, dit Diélette à voix basse, dors-tu ?

— Non. »

Elle entra vivement et, venant à mon lit, elle m'embrassa.

« C'est pour moi, dit-elle, me pardonneras-tu ?

— Quoi ?

— Si je t'avais laissé partir, tu ne serais pas tombé aujourd'hui. »

Par le vasistas, la lumière de la lune dans son plein frappait la figure de Diélette : il me sembla voir des larmes dans ses yeux. Je voulus faire le brave.

« Ça n'est rien, dis-je, crois-tu que je sois douillet ? »

J'essayais d'étendre le bras, mais une douleur aiguë me fit pousser un petit cri.

« Là, vois-tu, dit-elle, c'est pour moi, pour moi. »

Et, avec un brusque mouvement, elle défit sa camisole.

« Tiens, regarde, dit-elle.

— Quoi ?

— Tâte là. »

Elle me prit doucement la main et la posa sur son bras ; je sentis comme du sang.

« Quand j'ai vu que tu avais l'épaule cassée, dit-elle, je me suis mordu le bras tant que j'ai pu, pour que ça me fasse bien du mal, parce que, quand on est amis, il faut souffrir ensemble. »

Elle dit cela avec une énergie de sauvage et ses yeux reflétèrent la lumière de la lune comme s'ils eussent été des diamants ; ce qu'elle avait fait était absurde, mais je me sentis tout ému et j'eus envie de pleurer.

« Es-tu bête ! dit-elle en devinant mon émotion, tu en aurais fait autant pour moi ; tiens ! je t'ai apporté du raisin que j'ai pris dans le coffre ; as-tu faim ?

— J'ai soif, le raisin me fera du bien. »

Elle alla encore me chercher une tasse d'eau, sans faire plus de bruit qu'une ombre.

« Maintenant, dit-elle, il faut dormir, — elle m'appuya la tête sur le

traversin, — il faut guérir bien vite pour que nous nous sauvions ;
le jour où tu pourras marcher, nous partirons ; je ne veux plus que
tu remontes à la perche, ça n'est pas fait pour toi, ces métiers-là.

— Et si Lapolade me force ?

— Lui ! je le ferais plutôt manger par Mouton ; ce n'est pas difficile
va ; un coup de patte, un coup de dent, crac ! »

Sur le seuil de la porte, avant de la refermer, elle fit un signe d'amitié.

« Dors. »

Il me sembla que mon épaule était moins endolorie ; je trouvai une position pour m'étendre et m'endormir en pensant à ma mère, le cœur ému, mais pas trop attristé.

Ce qu'il y avait de plus fâcheux dans mon accident, c'est qu'il retardait notre fuite et nous amenait fatalement à la mauvaise saison. J'a-

Elle me prit doucement la main et la posa sur son bras.

vais bien pu coucher en plein champ pendant les belles nuits d'été, mais en novembre, quand les nuits seraient longues et froides, avec de la pluie, de la neige peut-être !...

Diélette ne me laissait rien faire, et c'était elle-même qui soignait les bêtes ; elle montrait plus d'impatience que moi de me voir guéri, et quand je lui disais quelquefois qu'il serait plus prudent d'attendre le printemps, elle se fâchait.

« Si tu restes avec eux, disait-elle, tu seras mort au printemps. Lapolade veut t'apprendre un tour de trapèze, tu n'en réchapperas pas. Et puis nous nous éloignons toujours de Paris : au printemps nous serons peut-être dans le Midi. »

C'était là une raison déterminante.

Il fallait se dépêcher de guérir. Tous les matins je passai l'inspection devant Diélette ; pour cela je m'appuyais le dos contre la cloison de la voiture et je levais le bras autant que je pouvais. Avec son couteau elle faisait sur la cloison une marque à la hauteur où je m'arrêtais, et ainsi, en comparant cette hauteur à celle de la veille, nous suivions jour par jour la marche de la guérison.

D'Alençon nous étions venus à Vendôme et de Vendôme à Blois, nous devions aller à Tours, où je reprendrais mes exercices ; il était donc décidé avec Diélette qu'à Blois nous quitterions la caravane, et que, par Orléans, nous nous mettrions en route pour Paris. Elle m'avait donné son argent, et, chez un brocanteur de Vendôme, j'avais acheté une vieille carte routière de la France : avec une épingle à cheveux je m'étais fabriqué un compas et j'avais compté comme distance, de Blois à Paris, quarante lieues ; c'était bien long au mois de novembre, quand les journées sont à peine de dix heures. Diélette, qui ne savait pas marcher, pourrait-elle faire des étapes de six lieues? elle l'affirmait bravement, mais moi j'en doutais. Dans tous les cas, c'était un voyage d'une semaine ; heureusement elle avait augmenté ses économies, qui montaient maintenant à dix francs ; notre provision était faite, mes souliers étaient achevés, et elle avait eu la chance de ramasser sur la route une vieille couverture de cheval sur laquelle nous comptions beaucoup pour nous envelopper la nuit.

Nous étions donc prêts et n'attendions plus pour partir que la parfaite guérison de mon épaule, qui, d'après nos calculs et surtout d'après les progrès constatés par les crans de la cloison, devait coïncider avec la fin de notre séjour à Blois ; mais une révolte de Mouton, d'ordinaire si pacifique, nous retarda encore.

Un soir, deux Anglais, qui avaient beaucoup applaudi Diélette, s'approchèrent d'elle lorsque le public fut sorti, et demandèrent qu'elle recommençât ses exercices. Lapolade accepta cette proposition avec d'autant plus d'empressement qu'elle était faite par deux hommes qu'un dîner abondant semblait avoir disposés à la générosité. Diélette rentra dans la cage.

« Charmante, cette enfant !

— Très brave ! »

Et ils recommencèrent à applaudir.

Je ne sais quel sentiment d'amour-propre excita la jalousie de Lapolade, mais il dit que si elle pouvait se livrer aussi tranquillement à ses jeux avec le lion, cela tenait à l'éducation que lui, Lapolade, avait su lui donner.

« Vous, dit le plus petit des deux Anglais, un très joli garçon rose et blond, vous êtes un blagueur, vous n'entreriez pas dans la cage.

— Dix louis contre un que vous n'entrez pas, dit le second.

— Je les tiens.

— Bien, mais la petite fille va sortir, et vous entrerez seul. »

C'est peut-être un préjugé de croire qu'il faut un grand courage pour entrer dans les cages des bêtes féroces.

« La cravache, dit Lapolade à Diélette.

— Entendu, dit le petit Anglais, que l'enfant va s'en aller et qu'elle ne reviendra plus.

— Entendu. »

Nous étions tous là, Cabriole, Mme Lapolade, les musiciens et moi, qui devais ouvrir la porte de la cage.

Lapolade se débarrassa de son costume de général.

« Si ce lion est intelligent, dit l'un des Anglais, il ne lui fera pas de mal ; c'est de la viande trop coriace. »

Et ils se mirent tout deux à plaisanter en se moquant de notre patron, ce qui nous faisait bien rire.

Intelligent, Mouton l'était assez pour avoir gardé le souvenir des coups de manche de fourche que Lapolade lui administrait souvent à travers les barreaux, et il se mit à trembler quand celui-ci entra bravement dans la cage, la cravache haute.

Cette attitude de la bête encouragea Lapolade ; il crut qu'il était maître du vieux lion et lui cingla un coup de cravache pour le faire lever ; mais les coups de cravache ne ressemblent pas aux coups de fourche. Mouton comprit qu'il tenait son ennemi en son pouvoir ; un éclair de courage frappa sa cervelle abrutie ; il se dressa tout debout en rugissant, et, avant que Lapolade eût pu faire un pas, il se laissa retomber sur lui. Lapolade s'affaissa sous les deux pattes formidables, dont on voyait les ongles se crisper, et le lion le roula sous son ventre avec un hurlement rauque.

« Je suis mort ! » cria Lapolade.

Courbé sur lui, le lion nous regardait à travers la grille ; ses yeux lançaient des flammes ; de sa queue, il se battait les flancs, qui résonnaient comme un tambour.

Cabriole saisit une fourche et frappa dessus à coups redoublés ; il ne bougea pas. Alors un des Anglais tira un revolver de sa poche et l'approcha de l'oreille du lion, qui touchait presque les barreaux.

Mais, d'un geste rapide, Mme Lapolade lui releva le bras.

« Ne le tuez pas ! cria-t-elle.

— Aoh, dit l'Anglais, elle aime mieux son lion que son mari. »

Et il murmura quelques mots en langue étrangère.

Le tapage, les cris avaient attiré Diélette ; elle courut vers la cage. Un des barreaux était disposé de manière à s'écarter et à livrer passage à son corps fluet, si elle était surprise, sans cependant que le lion pût y passer sa grosse tête. Elle écarta ce barreau et entra dans la cage sans que Mouton, qui lui tournait le dos, la vit.

Elle n'avait pas de cravache, elle lui sauta courageusement à la crinière. Surpris de cette attaque et ne sachant d'où elle venait, il se retourna si brusquement qu'il la renversa contre les barreaux ; mais en voyant qui elle était, il laissa retomber sa patte déjà lancée pour la broyer, et, se relevant de dessus Lapolade, il alla se blottir dans un coin.

lette maintenait du regard le lion honteux.

Elle sortit elle-même en boitant : le lion lui avait tordu la jambe, et elle avait une foulure qui la retint pendant huit jours sur une chaise,

Lapolade n'était pas mort, mais si contusionné qu'il fallut le retirer à force de bras, pendant que Dié-tandis que Lapolade gardait le lit, à moitié mort, déchiré, crachant le sang.

Enfin, au bout de quinze jours, elle me déclara qu'elle pouvait très bien marcher sans douleur, et que le moment était venu de mettre notre projet à exécution ; retenu par ses blessures, Lapolade ne pourrait pas nous poursuivre.

XII

C'était le 3 novembre, mais l'automne était beau ; en nous hâtant, nous pouvions espérer d'arriver à Paris avant le mauvais temps.

8

Notre plan, longuement discuté, avait été définitivement arrêté
ainsi : comme je n'étais pas surveillé, je sortirais le premier de la
baraque, emportant tout le bagage, c'est-à-dire la provision de
croûtes, la couverture, une bouteille, mes souliers de rechange, un
petit paquet de linge qui avait été caché dans ma caisse par Diélette,
une casserole de fer-blanc, enfin tout un déménagement ; puis,
quand les époux Lapolade seraient endormis, Diélette se lèverait,
s'échapperait de la voiture et viendrait me rejoindre près d'un arbre
que nous avions marqué sur le boulevard.

J'y arrivai comme onze heures sonnaient ; Diélette m'y rejoignit à
minuit seulement. Je commençais à désespérer et je craignais qu'elle
n'eût été surprise, quand j'entendis son pas léger sur le boulevard ;
elle coupa une bande de lumière et je reconnus la cape rouge qui lui
servait à s'envelopper lorsque, sortant de la représentation, elle
venait assister à la parade.

« J'ai cru que je ne m'échapperais jamais, dit-elle en haletant ;
Lapolade gémissait comme un phoque, il ne voulait pas s'endormir,
et puis j'ai été dire adieu à Mouton. Pauvre Mouton ! c'est lui qui va
avoir du chagrin. As-tu bien tout ? »

Ce n'était pas le moment de nous livrer à un inventaire ; je lui dis
qu'on pouvait nous surprendre et qu'il fallait nous hâter de gagner la
campagne.

« Bon ! dit-elle, partons ; mais avant, donne-moi ta main.
— Pour quoi faire ?
— Pour que tu la mettes dans la mienne et que nous jurions tous
deux que c'est à la vie et à la mort. Veux-tu jurer ça ?
— Je veux bien.
— Alors, donne-moi ta main et dis comme moi : « Nous nous aide-
rons à la vie, à la mort ! »
— A la vie, à la mort ! »

Elle me serra la main et je me sentis tout ému de l'accent vibrant
avec lequel elle prononça cette formule.

Il régnait dans la ville déserte un silence mystérieux, troublé seulement par le jet d'une fontaine qui coulait avec de petits clapotements
dans le ruisseau, et aussi par la plainte des réverbères, qui, sous le
souffle du vent, criaient au bout de leurs chaînes de fer ; leur balancement faisait de grandes ombres changeantes sur le pavé de la rue.

« Maintenant, marchons, » dit-elle en prenant les devants.

Nous ne tardâmes pas à sortir de la ville et à nous trouver dans
les champs ; tout en la suivant, je l'examinais curieusement ; il me
semblait qu'elle avait le bras gauche arrondi comme si, sous sa
cape, elle portait quelque chose. Puisque j'avais tout le bagage,
qu'est-ce que cela pouvait bien être ? Je le lui demandai.

« C'est mon réséda, » dit-elle en ouvrant sa cape.

Et j'aperçus un petit pot coiffé d'un papier doré : elle avait toujours cultivé cette fleur, qui occupait un des vasistas de la voiture et pour laquelle je lui avais vu plus d'une fois des exigences tyranniques qui exaspéraient Lapolade.

« Comment veux-tu que nous portions ça ? dis-je, assez contrarié de cette surcharge nouvelle.

— Fallait-il l'abandonner? elle serait morte : c'est bien assez de Mouton. Pauvre Mouton ! Tu ne sais pas que, tout à l'heure, j'ai eu envie de l'emmener. Comme il me regardait ! Bien sûr, il se doutait de quelque chose. »

Emmener Mouton était une idée qui me parut extrêmement drôle. A la laisse, probablement, comme un chien. Je ne pus m'empêcher de sourire.

Diélette voulut faire le partage des bagages, et j'eus bien du mal à en prendre plus qu'elle.

Sans être froide, la nuit était fraîche ; le ciel était criblé d'étoiles scintillantes sur un fond d'un bleu grisâtre ; tout dormait dans la plaine ; les arbres se tenaient raides et immobiles, sans un bruissement ou un murmure, et nous n'entendions aucun de ces bruits d'oiseaux ou d'insectes qui font vivantes les nuits d'été ; seulement, de temps en temps, quand nous passions devant une habitation, les chiens nous poursuivaient de leurs jappements, leurs voix éveillaient d'autres voix dans le voisinage, et leurs aboiements allaient se perdant dans l'obscurité silencieuse comme le cri des sentinelles qui s'avertissent et se répondent.

Afin de nous mettre à l'abri des poursuites, si Lapolade voulait en entreprendre, nous devions marcher toute la nuit. J'avais craint que Diélette ne pût pas me suivre, mais elle ne parla pas de fatigue avant le matin. Nous avions traversé beaucoup de villages endormis et les bornes de la route nous disaient que nous étions à cinq lieues de Blois. Une lueur jaune montait au ciel devant nous ; les coqs réveillés s'appelaient d'un poulailler à l'autre ; dans les maisons, on commençait à apercevoir des lumières derrière les volets ; bientôt, nous fûmes croisés par des chevaux et des charretiers qui, d'un pas lent, se rendaient au labourage.

« Maintenant, dit Diélette, reposons-nous, je n'ai plus peur.

— Tu as donc eu peur ?

— Je crois bien, depuis Blois.

— De quoi ?

— Du silence ; je n'aime pas ça, et puis les ombres s'allongent et se rapetissent, ça vous fait galoper et arrêter le cœur. »

Le jour se leva pendant que nous déjeunions avec mes croûtes : un jour gris et humide ; il nous montra une grande plaine dénudée à perte de vue, où, dans des bouquets d'arbres, s'élevaient des maisons, au-dessus desquelles montaient doucement des colonnes de fumée jaune. Des terres fraîchement remuées succédaient à des sillons de chaume, nulle part on ne voyait de verdure. Des troupes de corbeaux traversaient lourdement le ciel et se divisaient en petites bandes pour s'abattre autour des charrues et des herses qui, çà et là, travaillaient dans les champs.

Nous nous remîmes bientôt en marche et nous fîmes encore deux lieues ; mais alors la fatigue commença à nous alourdir. Diélette tombait de sommeil. Elle était si lasse, qu'elle dormit cinq heures sans s'éveiller.

Ma grande inquiétude dans ce voyage était de savoir comment nous passerions la nuit ; j'avais l'expérience du coucher à la belle étoile, et je n'étais pas tranquille en pensant au froid de cette saison ; aussi, lorsque nous reprîmes notre chemin, il fut décidé que, sans avoir égard à la distance, longue ou courte, nous ne devions nous arrêter que quand nous aurions trouvé un bon endroit bien abrité. Nous le rencontrâmes au pied du mur d'un parc où le vent avait amoncelé un gros tas de feuilles sèches. Comme il était à peine quatre heures lorsque nous fîmes cette découverte, j'eus tout le temps avant la nuit pour préparer notre lit.

Je ramassai dans le bois plusieurs brassées de feuilles mortes, et je les ajoutai à celles qui étaient contre le mur ; je les tassai bien, et au-dessus j'appuyai dans les fentes des pierres des branches que je fixai solidement en les enfonçant dans la terre ; cela formait des espèces de chevrons, sur lesquels j'étendis la couverture ; nous avions donc un lit et un toit.

Diélette se montra très satisfaite de cette construction ; c'était très drôle une chaumière dans les bois, ça ressemblait au Petit Poucet. Ah ! si elle avait eu du beurre, elle aurait trempé la soupe ; elle n'avait pas peur.

Cependant, lorsque après notre dîner, qui fut, comme notre déjeuner, composé de croûtes, le soir commença à tomber, lorsque la lueur rouge restée au couchant s'éteignit, lorsque les oiseaux perchés dans les sapins feuillus ne firent plus entendre leurs cris, lorsque l'ombre emplit le bois, elle me parut moins rassurée.

« As-tu sommeil ? me demanda-t-elle.

— Non.

— Eh bien, si tu veux, ne dors que quand je serai endormie ; j'aurai moins peur. »

Nous n'étions pas trop mal abrités sous notre couverture ; cependant, par les trous qui étaient nombreux, on voyait les étoiles briller au ciel, et, bien que tout fût endormi dans la nature, on entendait de petits bruits inexplicables qui nous avertissaient que nous n'étions pas dans une maison.

Assez longtemps, Diélette se retourna avec agitation ; mais enfin la fatigue l'emporta, elle s'endormit. Très heureux d'être libéré de ma surveillance, je fis comme elle.

J'avais eu raison de craindre le froid ; avant le matin il nous réveilla.

« As-tu froid ? me demanda Diélette, lorsqu'elle me sentit remuer ; moi, je suis glacée. »

Il n'y avait rien à faire, nous avions épuisé toutes les précautions ; il fallait nous rendormir en attendant le jour.

Pour moi ce me fut impossible, j'étais transi, et, malgré tous mes efforts pour m'en empêcher, je tremblais de tout mon corps : j'entendais aussi autour de nous un bruit qui m'inquiétait ; sur la terre, les feuilles craquaient comme si des milliers d'insectes les eussent piétinées.

« Entends-tu ? » demanda Diélette à voix basse.

Malgré mon envie de la rassurer, il n'y avait pas moyen de répondre non ; et d'ailleurs je commençais à n'être pas très rassuré moi-même. Je voulais être brave parce que j'avais à protéger ma camarade ; seul, je me serais probablement sauvé.

Pendant plus d'une demi-heure, nous restâmes sans oser remuer ; j'entendais les dents de Diélette claquer ; notre lit de feuilles était agité par notre tremblement, et au dehors toujours ce même craquement.

Cette continuité et cette égalité dans le bruit finirent par me rendre un peu de cœur ; s'il avait été produit par quelqu'un ou par un animal, il aurait varié ; il fallait voir.

Je soulevai un peu la couverture : la blanche lumière de la lune qui tombait d'un ciel étoilé me montra qu'autour de nous tout était dans le même état. Enhardi, je posai la main sur les feuilles, afin de me pencher au dehors et de voir plus loin ; les feuilles craquèrent ; elles étaient roides et prises en une couche compacte. C'était la gelée.

Cela nous rassura, mais ne nous réchauffa pas ; au contraire, de savoir qu'il gelait, cela nous refroidit encore.

Tout à coup j'entendis Diélette se lever.

« Qu'as-tu ?

— Mon réséda ! mon réséda ! il va geler et mourir. »

Elle le prit dans ses bras et le cacha sous sa cape pour le réchauffer.

Quelle heure était-il ? Étions-nous au matin ou seulement dans la nuit ? La lune s'était abaissée ; mais je ne savais pas l'heure de son coucher.

Il devint bientôt impossible de rester sous notre abri ; bien que nous fussions accroupis et serrés l'un contre l'autre, nous grelottions au point de pouvoir à peine parler. Nous décidâmes de nous remettre en route ; au moins en marchant nous pourrions nous réchauffer.

Il fallut replier le campement et le recharger sur notre dos ; mais

une difficulté se présenta : Diélette voulut abriter son réséda et elle
ne trouva rien de mieux que de le tenir sous son manteau, ce qui, en
lui paralysant un bras, était peu commode. Je proposai d'abandonner
la plante, mais elle me répondit avec colère que je n'avais pas de
cœur, et je n'osai pas insister.

Nous revoici donc sur la grande route, la nuit, par la gelée. Le
voyage s'annonçait mal ; cependant je n'osais pas faire part à Diélette de mes craintes ; elle cheminait courageusement, et toujours
elle avait quelque parole gaie qui faisait du bien.

Après une heure de marche dans la campagne, nous entendimes
les coqs chanter, et cela nous fit rire de penser qu'il allait bientôt
être jour. Nous étions réchauffés, et nous nous racontions, en nous
moquant mutuellement l'un de l'autre, nos frayeurs de la nuit ; nous
nous disputâmes un peu, et enfin il fut accordé que j'étais plus brave
qu'elle, mais qu'elle était moins bête que moi.

De peur d'être poursuivis sur la route de Paris, où Lapolade
devait nous chercher, s'il nous cherchait, nous avions pris celle qui
de Blois va à Chartres ; ce n'était, d'après mes études sur la carte,
qu'un détour insignifiant.

Ce soir-là nous dépassâmes Châteaudun ; la journée avait été
chaude, mais le soir se rafraîchit, et nous primes le parti de demander
à coucher dans une auberge ; c'était se lancer dans une dépense
considérable : cependant cela valait mieux que de mourir de froid.

« — Quand nous n'aurons plus d'argent, dit Diélette, je chanterai
dans les villages, et nous en gagnerons. »

Elle dit cela bravement comme une petite personne si parfaitement sûre de son affaire, que sa confiance passa en moi.

Mais il n'est pas si facile que cela de gagner de l'argent en chantant ;
nous devions bientôt l'apprendre, et aussi comment il se dépense.

A deux lieues de Châteaudun, on voulut bien nous recevoir dans
une auberge ; et l'on nous demanda quarante sous pour notre nuit ;
encore fallut-il dire par-dessus le marché qui nous étions, où nous
allions ; heureusement j'avais une histoire préparée à ce sujet : nous
allions à Chartres retenir une place pour notre caravane, qui nous
suivait de près et qui passerait le lendemain ou le surlendemain.

Mentir n'allait ni à Diélette ni à moi ; — c'était une utile nécessité,
qui nous humiliait.

De Châteaudun à Chartres, la route coupe de grandes plaines
nues, où l'on aperçoit seulement de loin en loin quelques villages au
milieu des champs ; mais sur la route elle-même il n'y a pour ainsi
dire pas de maisons.

En arrivant à Bonneval, qui est un gros bourg, nous crûmes que
nous allions faire fortune ; mais on ne nous donna que trois sous ;
je ne compte pas comme générosité une potée d'eau que nous jeta

sur la tête un Monsieur qui faisait sa barbe, ni la poursuite d'un chien qu'un boucher lança contre nous et qui déchira la jupe de Diélette; tout n'est pas bénéfice dans le métier de chanteur.

« Si j'avais un loup, dit Diélette, et toi une flûte, nous gagnerions de l'argent; c'est drôle qu'on ne veuille donner qu'à ceux qui ont quelque chose.»

Diélette avait un incroyable esprit de patience. Elle ne s'irritait ni contre ces déconvenues, ni contre les méchancetés.

Par bonheur, le soir nous n'eûmes pas d'auberge à payer : on nous reçut dans une ferme et l'on nous mit coucher dans une bergerie où les moutons entretenaient une bonne chaleur, qui fit de cette nuit la meilleure de notre voyage. Le lendemain, au moment où nous repartions, la fermière montait en voiture

Il n'est pas si facile que cela de gagner de l'argent en chantant.

pour aller au marché de Chartres ; elle eut pitié de l'air fatigué de Diélette et elle lui offrit une place; mais celle-ci refusa en me regardant d'une façon si expressive que la fermière, comprenant qu'elle ne voulait pas être bien quand je serais mal, nous fit monter tous deux.

En couchant ainsi, tantôt dans une ferme, tantôt dans une briqueterie, tantôt dans une auberge, nous arrivâmes, marchant tous les jours tant que nous pouvions, jusqu'à un petit hameau après Bièvre, et qui n'est qu'à trois lieues de Paris.

Il était temps ; nous n'avions plus que onze sous ; les souliers de

Diélette étaient en lambeaux, elle avait un pied écorché qui la faisait terriblement souffrir toutes les fois qu'après un moment de repos nous nous remettions en marche, et nous étions si fatigués que nous levions les jambes comme si nous eussions traîné des semelles de plomb.

Cependant elle ne se plaignait pas, et tous les matins elle était la première prête à partir.

Nos onze sous ne nous permettaient pas de coucher dans une auberge, mais nous avions eu la chance de rencontrer à Saclay un carrier avec qui nous fîmes route, et qui nous avait donné asile dans son écurie.

« Il faut partir demain de bonne heure, dit Diélette, c'est la Sainte-Eugénie et je veux arriver à temps pour souhaiter la fête à maman; je lui donnerai mon réséda. »

Pauvre réséda ! il était bien dépouillé, déchiqueté, jauni, mais enfin il était encore à peu près vivant, et quelques brins plus vivaces témoignaient de ce qu'il avait été.

Nous partîmes quand le carrier vint arranger ses chevaux, c'est-à-dire dès le petit matin.

Le temps nous avait été jusque-là, par miracle, favorable, froid la nuit et beau le jour ; mais quand nous sortîmes de l'écurie, il nous sembla que le froid était devenu plus vif. Cependant le ciel était couvert; pas une seule étoile, et, du côté de l'Orient, au lieu des belles teintes rouges et cuivrées auxquelles nous étions habitués depuis le commencement de notre voyage, de lourds nuages de couleur grise. Avec cela un vent du Nord qui arrachait et entraînait les feuilles mortes. Parfois elles arrivaient à notre rencontre en bataillons si pressés, qu'elles semblaient vouloir nous barrer le chemin. Diélette avait grand'peine à maintenir sa cape sur le réséda. Le jour se leva, mais sombre et livide.

« Le soleil fait relâche, tant mieux; il n'éclairera pas nos guenilles, dit Diélette, qui trouvait consolation à tout.

— Sois tranquille, le ciel les lavera avant Paris. »

Je croyais à la pluie, ce fut la neige qui nous arriva. D'abord elle tomba en petits papillons qui passaient emportés par le vent ; puis bientôt ces papillons grossirent et devinrent un essaim compact et serré ; la bise nous les fouettait si rudement à la figure qu'ils nous aveuglaient.

Nous avions fait à peine une lieue. Les bois, de chaque côté, bordaient la route ; il fallut y chercher un abri, car nulle part, au loin, nous n'apercevions de maison, et malgré notre hâte d'arriver à Paris, il était impossible de marcher contre cette tempête neigeuse.

Des talus de fossé, surmontés de charmilles encore garnies de leurs feuilles séchées sur les branches, coupaient çà et là les bois ; nous nous blottîmes au pied d'un de ces talus. Il nous protégea assez longtemps ; mais la neige, entraînée par les rafales, rasait la terre comme un nuage de poussière blanche et elle ne s'arrêtait que lorsqu'elle rencontrait un obstacle : bientôt elle dépassa la crête du talus et elle retomba du côté où nous étions appuyés ; elle nous arrivait en tourbillons sur la tête et nous glissait dans le cou, où elle fondait. Je voulus nous garantir au moyen de la couverture ; le vent l'eut bien vite roulée.

Nos vêtements n'étaient plus que des loques : ils nous protégèrent mal contre le froid. Je vis Diélette bleuir, et elle commença à grelotter, elle se serra contre moi, mais j'avais trop froid moi-même pour la réchauffer. La neige qui m'entrait en poussière dans le cou coulait en eau dans mes souliers ; j'étais plus mouillé que si je m'étais jeté dans une rivière.

Pendant deux heures il fallut rester dans cette position sans que le vent faiblît. La neige semblait ne pas tomber du ciel; elle filait horizontalement, rapide comme des milliers de flèches blanches; parfois il se faisait des remous et elle remontait en tournoyant.

Diélette cependant n'avait pas abandonné son réséda, elle le tenait serré contre elle, abrité sous sa cape, mais la neige, qui se glissait à travers ses vêtements, pénétrait partout; quand elle vit qu'elle s'était entassée sur la terre du pot, où elle ne fondait pas, elle voulut me le donner.

« Que veux-tu que j'en fasse ?

— Tâche de me le sauver, je t'en prie. »

Cela me fâchait de voir qu'elle se donnait tant de mal pour cette plante. Je haussai les épaules en lui montrant ses doigts roidis par le contact du pot.

« Ah ! dit-elle avec colère, pourquoi ne m'as-tu pas dit tout de suite de le jeter ? »

Nous étions dans une situation où les querelles vont vite; nous échangeâmes quelques paroles de colère, les premières entre nous ; puis, nous taisant tous les deux, nous nous mîmes à regarder droit devant nous la neige tomber.

Mais bientôt je sentis sa main qui cherchait la mienne.

« Veux-tu que je le jette ? dit-elle tristement.

— Tu vois bien qu'il est mort, ses feuilles sont noires et molles. »

Elle ne répondit rien, mais je vis des larmes monter dans ses yeux.

« Oh ! maman, dit-elle, je ne lui apporterai donc rien.

— Gardons-le, » lui dis-je, et je pris le pot.

La neige tombait toujours, mais le vent se calmait; insensiblement il cessa tout à fait, et alors la neige se mit à s'épaissir en gros flocons; en peu d'instants la terre fut couverte d'un épais drap blanc qui nous montait aux jambes comme si la neige eût voulu nous ensevelir lentement dans ce linceul glacé.

Cela dura plus d'une heure. Les arbres se courbaient sous la charge de la neige. Sur notre couverture, qui nous protégeait tant bien que mal, nous sentions un poids de plusieurs livres. Tassés l'un contre l'autre, nous ne bougions pas, nous ne parlions pas; le froid nous avait paralysés, et je crois bien que ni l'un ni l'autre nous n'avions bien conscience du danger de notre position.

Enfin, les flocons de neige devinrent plus petits, plus légers, et il y eût un arrêt. Le ciel était d'un noir d'ardoise; c'était la terre blanche qui l'éclairait.

« Marchons, » dit Diélette.

Nous regagnâmes la grande route : nous enfoncions dans la neige jusqu'à mi-jambes; il n'y avait, aussi loin que nous pouvions voir, ni voitures sur le chemin ni paysans dans la plaine; les seuls êtres vivants qu'on rencontrât dans ce désert étaient des pies, qui, perchées sur les arbres des fossés, semblaient, par leurs cris, se moquer de nous quand nous passions devant elles.

Après avoir traversé un village, nous arrivâmes au haut d'une côte, et nous aperçûmes un nuage de fumée planant au-dessus d'une ville immense, qui s'étalait confusément entre deux collines blanches; un ronflement confus, quelque chose comme le murmure de la mer arriva jusqu'à nous.

« C'est Paris, » dit Diélette. Nous eûmes moins froid, nous nous sentîmes moins épuisés.

Sur la route on voyait des voitures qui se dirigeaient vers la ville.

Mais nous n'étions pas encore arrivés, et quand nous fûmes descendus dans la plaine et que nous ne vîmes plus devant nous ce but tant désiré, la lassitude, l'épuisement nous revinrent.

Nous glissions à chaque pas et nous n'avancions guère; nos vêtements mouillés fumaient sur notre corps.

La neige de la route devint moins blanche, puis ce ne fut plus qu'une boue noire : les voitures que nous croisions ou qui nous dépassaient se suivaient dans un continuel défilé; les maisons succédaient aux maisons, et dans les champs on apercevait çà et là de grandes roues noires avec des tas de pierres autour. Malgré son énergie, Diélette fut forcée de s'arrêter; la sueur lui coulait du front, elle boitait très fort. Je balayai la neige qui recouvrait un banc placé à la porte d'une maison, et elle s'assit.

« Demande donc si nous en avons encore pour longtemps, me dit-elle en voyant passer un charretier.

— Où allez-vous? dit celui-ci lorsque je lui eus adressé cette question.

— A la Halle.

— Eh bien, vous en aurez au moins pour une heure et demie, grandement.

— Jamais je ne pourrai, » dit-elle en entendant cette réponse.

Elle était livide, ses yeux étaient éteints, elle haletait péniblement. Je fus obligé de la relever, elle voulait rester sur ce banc où le froid nous avait déjà saisis : je lui parlai de sa maman, elle retrouva du courage. Nous allions arriver, nous n'avions plus besoin de nos bagages, je les abandonnai sur le banc, et je lui dis de s'appuyer sur moi. Nous nous remîmes en marche.

« Tu verras comme maman t'embrassera, disait-elle, et puis du bon bouillon, des gâteaux; moi d'abord je resterai couchée huit jours sans me lever. »

A la barrière, je demandai le chemin de la Halle. On nous dit d'aller tout droit jusqu'à la rivière. Les rues de Paris étaient encore plus sales et plus glissantes que la grande route : il y avait des gens qui s'arrêtaient pour nous regarder passer; au milieu de la foule et des voitures, ahuris, mouillés, crottés, déguenillés, nous devions avoir l'air de deux oiseaux perdus : Diélette avait repris des forces dans l'espérance, nous avancions encore assez vite.

Arrivés à la Seine, on nous envoya au Pont-Neuf, et en allant tout droit nous tombâmes sur Saint-Eustache.

Quand nous aperçûmes le cadran doré, je sentis Diélette frissonner contre moi.

« L'horloge, dit-elle, voilà l'horloge. »

Ce ne fut qu'un éclair de joie.

« C'est bien l'horloge pourtant, mais je ne retrouve pas les maisons. »

Nous fîmes le tour de l'église.

« Nous nous sommes trompés; ce n'est pas Saint-Eustache, » dit-elle.

Je demandai de nouveau où nous étions; on me répondit : à Saint-Eustache.

Diélette avait les yeux égarés : elle ne pouvait plus parler, elle bégayait.

« Cherchons dans toutes les rues qui débouchent sur l'horloge, » lui dis-je.

Elle se laissa conduire, mais elle n'avait plus cette ardeur qui, en arrivant, avait secoué sa fatigue.

Elle ne reconnut aucune de ces rues.

En face de l'église il y avait un grand espace de terrain où les maisons étaient démolies et où des ouvriers travaillaient.

« C'était là, dit-elle, en fondant en larmes, là !

— Demandons.

— Quoi ? le nom de la rue, je ne le sais pas; le nom de maman, je ne le sais pas; mais la maison, je l'aurais si bien reconnue ! »

De plus forts que nous n'auraient pas résisté à ce coup. Tant de fatigues, tant d'épreuves, une espérance si ferme ! Nous restions contre l'église, nous regardant tous deux, hébétés, effarés, et la foule, compacte en cet endroit, nous coudoyait et nous poussait; il y avait des passants qui s'arrêtaient pour examiner curieusement ces deux pauvres petits paquets de guenilles qui faisaient là une si étrange figure.

Moins profondément atteint dans mes espérances, moins épuisé surtout que Diélette, je retrouvai le premier le sentiment, et, la prenant par le bras, je la menai dans un grand bâtiment couvert, où étaient entassés des légumes de toutes sortes. Il y avait dans un coin des paniers vides; je la fis asseoir sur un de ces paniers; elle se laissait conduire comme une idiote. Je ne trouvais rien à lui dire, et je la regardais. Elle avait pâli encore, ses lèvres étaient sans une goutte de sang, et elle tremblait de tout son corps.

« Tu as mal?

— Ah! maman, » dit-elle, et sans qu'elle pleurât précisément, de grosses larmes se fixèrent dans le coin de ses yeux.

Autour de nous c'était un va-et-vient continuel : des gens criant, se disputant, vendant, achetant, apportant, emportant, le brouhaha, le tumulte, l'activité de la halle.

On ne tarda pas à tourner autour de nous : à voir ces deux enfants si misérables dans leur costume, si pâles, si fatigués, dont l'un pleurait sans cesse, la curiosité s'éveilla.

« Qu'est-ce que vous faites-là? demanda une grosse femme.

— Nous nous reposons.

— On ne se repose pas ici. »

Sans rien répliquer, je pris Diélette par la main pour la faire lever et nous en aller : où? je n'en savais rien. Mais elle me regarda avec une expression de lassitude et de découragement si éloquente, que la grosse femme eut pitié.

« Tu vois bien qu'elle est trop fatiguée, dit-elle; n'as-tu pas honte de la faire marcher? »

De questions en questions, j'en vins à lui conter pourquoi nous étions là, c'est-à-dire que nous arrivions de loin pour trouver la mère de Diélette, et que la maison était démolie.

« En voilà une histoire! » fit-elle lorsque j'eus achevé ces explications; et elle appela d'autres femmes qui vinrent nous entourer.

« Alors tu ne sais ni le nom de sa mère ni le nom de la rue, me dit une femme lorsque j'eus recommencé mon récit; dites donc, vous autres, connaissez-vous ça : une lingère qui demeurait dans une des rues démolies? »

Ce fut alors une confusion de demandes, de réponses, d'explications; mais on n'arriva à rien de précis : depuis huit ans, comment retrouver un indice? Les rues étaient démolies depuis longtemps déjà; des lingères, il y en avait par centaines; laquelle était la mère de Diélette? où demeurait-elle? où la chercher? Le chaos.

Pendant tous ces propos, Diélette avait pâli encore; son tremblement avait augmenté; on entendait ses dents claquer.

« Vous voyez bien que cette petite est gelée, dit une des femmes; viens, mon petit cœur, tu vas te mettre sur ma chaufferette. »

Elle nous fit entrer dans sa boutique, où deux ou trois femmes nous suivirent, tandis que les autres regagnaient leur étal en discutant.

Elle ne se contenta pas de la chaufferette, elle nous fit apporter deux tasses de bouillon, et, quand elle nous eut réchauffés et réconfortés, elle me mit vingt sous dans la main.

C'était beaucoup pour elle, mais combien peu pour nous dans notre terrible situation. Où aller? que faire maintenant? Pour moi, je n'avais qu'à continuer ma route jusqu'au Havre; mais Diélette! Elle sentait elle-même à quelle extrémité elle était réduite, car lorsque nous nous retrouvâmes dans la rue, son premier mot fut:

« Où allons-nous? »

L'église était devant nous; la neige qui recommençait à voltiger dans l'air glacial rendait la rue inhabitable.

« Là, » dis-je montrant la porte de l'église.

Nous entrâmes; une bonne atmosphère chaude nous enveloppa; l'église était silencieuse, quelques rares personnes étaient seulement agenouillées dans les chapelles. Nous nous réfugiâmes dans la chapelle la plus sombre. « Mon Dieu! mon Dieu! murmurait Diélette.

— Écoute, dis-je à voix basse, puisque tu ne peux pas retrouver ta maman, il faut que tu ailles trouver la mienne.

— Au Port-Dieu!

— Oui; tu ne veux pas retourner chez Lapolade, n'est-ce pas? tu en as assez de la banque; eh bien, il faut aller chez maman. Tu travailleras avec elle, elle t'apprendra son métier; quand je reviendrai de la mer, je vous retrouverai toutes les deux. Tu verras que maman t'aimera bien. Et puis, si tu es avec elle, je serai plus tranquille, elle s'ennuiera moins; si elle est malade, tu la soigneras. »

Diélette était la franchise même; elle accepta avec une joie qui, mieux que toutes les paroles, montrait combien vivement elle sentait l'horreur de sa position. Elle ne fit qu'une objection:

« Ta mère ne voudra pas de moi.

— Pourquoi?

— Parce que j'ai été saltimbanque.

— Eh bien! et moi, je l'ai été aussi.

— Toi, ce n'est pas la même chose, » dit-elle tristement.

C'était beaucoup de savoir où aller, mais ce n'était pas tout qu'un but, il fallait y arriver. L'avenir nous paraissait assuré, mais le présent!

Je ne me rendais pas bien compte de la distance de Paris à Port-Dieu, je savais seulement que c'était bien loin.

En abandonnant à Montrouge ce que nous portions, comme le

navire qui jette sa cargaison à la mer pour s'alléger et ne pas couler
bas, j'avais heureusement conservé ma carte routière ; je la tirai de
ma poche, et la dépliant sur une chaise, je me mis à l'étudier ; je
vis que pour sortir de Paris il fallait longer la Seine.

C'était là l'essentiel pour le moment ; plus tard j'étudierais le reste
de la route.

Mais comment la faire, cette route, quand nous n'avions pas de
chaussures aux pieds, plus de vêtements sur le corps, et vingt sous
seulement dans notre poche ? Comment l'entreprendre dans l'état de
fatigue où nous étions, surtout avec Diélette, qui, à chaque instant,
semblait prête à défaillir ? Elle pâlissait tout à coup, et tout à coup
elle rougissait ; le frisson ne la quittait pas. Comment nous exposer
à passer la nuit dehors par ce froid et cette neige, quand le matin,
en plein jour, nous avions de si peu échappé à la mort !

« Pourras-tu faire le chemin ? dis-je à Diélette.

— Je ne sais pas ; en venant ici, je voyais ma maman, ça me donnait
du cœur, je ne vois pas la tienne.

— Que faites-vous ici ? » dit une voix derrière nous.

La carte était étalée sur la chaise, il était bien évident qu'elle ne
ne nous servait pas de livre de prières.

« Allons vite, sortez. »

Il fallut obéir et marcher devant le suisse, qui grommelait entre
ses dents.

La neige ne tombait pas, mais le vent soufflait ; il était glacial.

Nous reprîmes la rue par laquelle nous étions arrivés. Diélette
pouvait à peine se traîner : pour moi, remis par le bouillon que j'avais
avalé, excité surtout par l'inquiétude, je ne me sentais pas trop fatigué.

Nous n'avions pas marché dix minutes qu'elle s'arrêta.

« Je ne peux plus, dit-elle ; tu vois comme je tremble ; le cœur me
manque, j'ai mal dans la poitrine, je crois bien que je suis malade. »

Elle voulut s'asseoir sur une borne ; cependant, après quelques
minutes de repos, elle se releva.

Arrivés à la Seine, nous tournâmes à droite ; les quais étaient, à
perte de vue, couverts de neige, et la blancheur de cette bordure
rendait l'eau presque noire ; les passants, enveloppés dans leurs
manteaux, marchaient rapidement ; des enfants faisaient des glis-
sades sur les trottoirs déserts.

« Est-ce loin ? demanda Diélette.

— Quoi ?

— Où nous allons coucher.

— Je ne sais pas ; marchons toujours.

— Mais je ne peux plus marcher ; tiens, Romain, abandonne-moi
là ; laisse-moi mourir, conduis-moi dans un coin. »

Je la pris par le bras : je voulais sortir de Paris ; il me semblait que, dans la campagne, nous pourrions peut-être trouver une briqueterie, une maison abandonnée, une auberge, un refuge, tandis que dans les rues pleines de monde, où chacun passait en se dépêchant, où il y avait des sergents de ville qui vous regardaient d'une façon si dure, je me sentais perdu.

Nous marchâmes encore un quart d'heure, mais sans avancer, c'est-à-dire que, si nous n'étions plus au milieu des maisons, nous nous trouvions pris d'un côté entre un parapet, de l'autre entre un mur immense dont on ne voyait pas le bout ; au-dessus de ce mur il y avait des arbres poudrés de neige et des soldats qui montaient la garde. Diélette ne se soutenant plus, à vrai dire, je la portais ; malgré le froid, la sueur me coulait du front, autant de fatigue que d'inquiétude. Je sentais bien qu'elle était à bout de forces, malade. Qu'allions-nous devenir ?

Diélette m'abandonna le bras et s'assit ou plutôt s'affaissa sur le trottoir, dans la neige ; je voulus la relever, elle ne tint pas sur ses jambes et se laissa retomber.

« C'est fini, » dit-elle faiblement.

Je m'assis près d'elle et tâchai de lui faire comprendre qu'il fallait marcher encore. Elle était comme une chose inerte, ne me répondant pas, ne m'écoutant pas ; ses mains seules semblaient encore vivantes elles brûlaient comme des charbons.

Au bout de quelques minutes, la peur commença à me prendre ; personne ne passait ; je me relevai pour regarder au loin ; rien que ces deux lignes de pierre et au milieu de la neige blanche. Je la priai, la suppliai de se relever ; elle ne me répondit pas. Je voulus la porter, elle se laissa faire ; mais au bout de quelques pas, je fus obligé de me reposer : je ne pouvais pas.

Elle se laissa glisser à terre. Je m'assis auprès d'elle. C'était fini ; il fallait mourir là. Sans doute, dans son accablement, elle avait conscience de notre position, car elle se pencha contre moi et doucement, de ses lèvres glacées et tremblantes, elle m'embrassa. Cela me fit monter les larmes aux yeux et mon cœur se serra.

J'espérais cependant que les forces allaient lui revenir, et que nous pourrions continuer ; mais elle ne fit pas un mouvement ; les yeux clos, elle se laissa aller contre moi ; si elle n'avait pas été secouée par un tremblement saccadé, j'aurais cru qu'elle était morte.

Deux ou trois passants, surpris de nous voir ainsi affaissés dans la neige, s'arrêtèrent indécis pour nous regarder ; puis ils continuèrent leur chemin.

Il fallait prendre un parti ; je me décidai à demander secours à la première personne qui se présenterait. Ce fut un sergent de ville, et lui-même m'interpella en me demandant pourquoi nous restions là. Je lui dis que ma petite sœur était malade et qu'elle ne pouvait marcher.

Ce fut des .questions et puis des questions. Quand je lui eus dit (c'était l'histoire que j'avais préparée) que nous allions chez mes parents au Port-Dieu, bien loin au bord de la mer, que nous marchions depuis dix jours, il ouvrit de grands yeux.

« Allons, dit-il, cette enfant va mourir là ; il faut venir au poste. »

Mais Diélette, de plus en plus faible, ne put pas se lever ; elle n'avait pas pu marcher quand je l'en priais, elle ne marcha pas davantage quand le sergent de ville l'ordonna.

Alors il la prit dans ses bras et me dit de le suivre. Nous nous mîmes en route. Au bout de cinq minutes, il fut rejoint par un de ses camarades à qui il raconta ce que je lui avais dit ; celui-ci prit Diélette à son tour, et bientôt nous arrivâmes devant une maison à la porte de laquelle était suspendue une lanterne rouge. Dans une grande salle, autour d'un poêle qui ronflait, il y avait plusieurs sergents de ville.

Comme Diélette ne pouvait pas répondre, ce fut moi qu'on interrogea. Je recommençai mon récit.

« Je crois bien qu'elle est morte, dit un des gens de police.

— Non, mais elle n'en vaut guère mieux, il faut la porter au bureau central.

— Et toi, me demanda le chef, qu'est-ce que tu vas faire ; as-tu des moyens de subsistance ?

Je le regardai sans comprendre.

« As-tu de l'argent ?

— J'ai vingt sous.

— Bon ! tâche de filer ce soir ; si l'on te trouve dans les rues, tu seras arrêté. »

On déposa Diélette sur une civière ; on la roula dans des couvertures ; on ferma sur elle les rideaux et deux hommes l'emportèrent.

J'étais abasourdi. Je ne pouvais pas croire qu'elle fût si malade : je voulais savoir... Et les gens de police qui menaçaient de m'arrêter s'ils me rencontraient dans la rue. Néanmoins je les suivis. J'obtins d'eux que je pourrais les suivre.

Après avoir marché assez longtemps et traversé la Seine, il s'arrêtèrent sur une place, au fond de laquelle se dressait une grande et belle église ; on me laissa entrer avec eux ; un Monsieur en habit noir ouvrit les rideaux de la civière. Diélette était rouge comme un coquelicot.

Il l'interrogea assez doucement ; je m'avançai et répondis pour elle, en recommençant pour la troisième fois mon récit.

« Bien, dit-il, refroidissement, fatigue extrême, c'est une fluxion de poitrine. A Jésus. »

Il écrivit quelques mots sur un papier, et nous nous remîmes en marche. Sur la neige glissante, les porteurs avançaient difficilement ; quand ils se reposaient, je m'approchais de la civière et parlais à

Diélette ; quelquefois elle me répondait d'une voix dolente, d'autres fois elle ne me répondait pas.

Cette nouvelle course dura encore plus longtemps que la première. Enfin, dans une rue où les passants n'était pas nombreux, on s'arrêta devant une porte verte : puis on entra dans une pièce assez sombre : des hommes en tablier blanc s'approchèrent.

Diélette comprit sans doute, comme je le comprenais moi-même, que le moment de la séparation était venu ; elle écarta le rideau et, me regardant avec ses yeux qui étincelaient :

« M'abandonnes-tu ? me dit-elle.

Je ne pensais qu'à Diélette, à son isolement ; je ne vis qu'elle, étendue sur cette misérable civière et me suppliant :

— Non, » lui dis-je.

Elle eut à peine le temps

Alors il la prit dans ses bras et me dit de le suivre.

de me remercier d'un regard, mais quel regard ! On l'enleva.

Je restai stupide, anéanti, sans bouger de place, quand le concierge me dit que je devais m'en aller.

« Est-ce que je ne pourrai pas la voir ?

— Si : le dimanche et le jeudi. »

Et la porte me fut poussée sur les talons.

La nuit allait bientôt venir, et déjà, dans quelques maisons, les lumières étaient allumées. La première question qui se posa devant moi fut de savoir où coucher ; quant à chercher comment.

9

vivre à Paris, en attendant que Diélette fût guérie, je m'en inquié-
terais le lendemain. Je n'étais plus au temps où il me fallait un
plan bien arrêté avec toutes les précautions prises ; l'habitude
de la misère présente rend assez insensible aux choses de l'avenir.

Bien que tendu sur une seule idée, mon esprit ne trouvait pas de
solution ; je ne savais pas que dans cette grande ville il y avait des
milliers de misérables comme moi qui, à cette même heure, ne
savaient où ils coucheraient et qui cependant trouveraient à coucher
et peut-être à dîner. Élevé aux champs, je ne trouvais que des
moyens à la portée d'un paysan, une grange, une écurie, une meule
de foin ; or, dans le quartier où je marchais, je ne voyais rien de
tout cela ; des maisons, des murs et puis des maisons !

J'avais tourné à droite en sortant de l'hospice ; à l'encoignure de
la rue, je lus : *Rue de Sèvres*, et me trouvai sur un large boulevard
planté de grands arbres. Où conduisait-il ? je n'en savais rien ; peu
m'importait! Puisque je n'avais pas de but, autant cette route qu'une
autre. J'allais lentement, car, épuisé de fatigue, je commençais à ne
plus pouvoir me traîner ; mes pieds, sans chaussures et plongés dans
la neige depuis le matin, étaient devenus insensibles comme s'ils eussent été morts. Sur la contre-allée du boulevard, des enfants avaient
fait une glissade ; je m'arrêtai machinalement pour les regarder.

Parmi ceux qui passaient devant moi, quelle ne fut pas ma surprise de trouver une figure connue : c'était un enfant nommé
Biboche, que j'avais vu à Falaise, où il appartenait à la troupe
Vignali. Sa baraque touchait celle de Lapolade et nous avions joué
ensemble.

Comme j'étais le seul spectateur, il me regarda et me reconnut. Il
vint à moi.

« Tiens, qu'est-ce que tu fais à Paris ? Est-ce que votre lion est
arrivé ? J'irai voir Diélette. »

Je lui dis que j'avais quitté Lapolade, que j'étais à Paris depuis le
matin seulement, et très embarrassé, car je ne savais où coucher ; je
ne parlai pas de Diélette, et je terminai en lui demandant s'il croyait
que dans sa troupe on voulût m'engager.

« Bien sûr qu'on voudra, si tu es bon zigue ; es-tu bon zigue ?

Je ne me rendais pas bien compte des qualités qu'il fallait avoir
pour être un bon zigue ; cependant, comme je voyais un lit, je répondis que je croyais avoir ces qualités.

« Alors, tape là, dit Biboche.

— Et le patron ?

— Est-il *loffe*, ce môme-là ; c'est moi qui engage ; tu es de notre
troupe ; je t'apprendrai à *grinchir*.

Je ne connaissais pas cette langue nouvelle ; sans doute, c'étaient
des mots parisiens ; je ne voulais pas paraître trop étonné, bien que

je fusse étrangement surpris de voir Biboche, qui n'avait pas onze ans et qui était gros comme un furet, chef de troupe.

« Tu as froid ? dit Biboche, voyant que je tremblais, eh bien, viens te réchauffer. »

Il me conduisit chez un marchand de vin, où il me fit boire un verre de vin chaud.

« Maintenant que te voilà réparé, en route pour souper. »

Au lieu de nous diriger vers le centre de Paris, qui était à notre droite, nous tournâmes à gauche, et pendant longtemps nous marchâmes dans des rues où il n'y avait que de rares passants et où les maisons avaient un aspect malpropre et pauvre.

Biboche vit ma surprise.

« As-tu cru que je t'offrais l'hospitalité aux Tuileries?» dit-il en riant.

Ce ne fut point, en effet, aux Tuileries qu'il me conduisit, mais dans une plaine ; la nuit était tout à fait tombée ; mais avec elle n'était pas venue une complète obscurité. Nous quittâmes la route et prîmes à travers champs dans un sentier frayé. Au bord d'une excavation, Biboche s'arrêta :

« C'est ici, dit-il, donne-moi la main et prends garde de tomber. »

Nous descendîmes dans une espèce de carrière ; puis, après quelques détours au milieu de quartiers de roche, nous entrâmes dans une galerie sous terre : Biboche tira de sa poche un rat de cave et l'alluma ; j'étais de plus en plus étonné.

« Encore une minute, dit-il, et nous arrivons. »

En effet, presque aussitôt, j'aperçus une lueur rouge qui éclairait la carrière ; c'était un brasier de charbon : auprès, était étendu un enfant de l'âge de Biboche.

« Encore personne ? demanda celui-ci.

— Non.

— C'est bon, voilà un ami, tâche de lui trouver des souliers, il en a besoin. »

L'enfant s'éloigna et revint presque aussitôt avec une provision de chaussures; c'était à croire que j'étais dans une boutique de cordonnier.

« Choisis, dit Biboche, et, si tu as l'habitude des chaussettes, ne te gêne pas, on va t'en donner; tu n'as qu'à demander. »

Je ne saurais dire quel bien-être j'éprouvai lorsque mes pieds endoloris et glacés se réchauffèrent dans de bonnes chaussettes de laine et dans des souliers tout neufs.

J'achevais de me chausser, quand deux autres enfants arrivèrent, puis un troisième, puis un quatrième, puis trois autres encore ; en tout, neuf. Biboche me présenta.

« C'est un ami que j'ai connu dans la banque, dit-il, c'est un bon zigue. Et vous autres, allons, qu'est-ce qu'on a fait ? »

Chacun alors vida ses poches autour du brasier; l'un apportait un jambon, un autre des bouteilles ; il y en eut un qui tira de sa poche une petite bouteille avec un biberon en argent.

Il y eut dans la troupe une exclamation générale, des rires, des moqueries.

« C'est bon, dit Biboche, il boira dedans. »

Tout le monde s'assit au bord du brasier, non sur des chaises, mais simplement par terre.

Biboche me fit les honneurs du souper et je fus servi le premier. Il y avait longtemps que je n'avais vu pareille abondance, et je dois même dire que ni à la maison, ni chez M. de Bihorel, je n'avais jamais pris part à un pareil festin ; après le jambon, on entama une dinde froide, et après la dinde un pâté de foie gras. J'avais une si belle faim, que je fis l'admiration de la troupe.

« A la bonne heure! dit Biboche résumant l'impression de tous, c'est plaisir d'inviter des amis qui *tortillent* comme ça. »

Mais la nourriture, la chaleur et surtout la fatigue ne tardèrent pas à m'alourdir.

« Tu as sommeil, dit Biboche, en voyant que mes yeux se fermaient, ne te gêne pas; je regrette de n'avoir ni *pieu* ni *galette* à t'offrir, mais tu dormiras bien tout de même, n'est-ce pas? »

A quoi un pieu et une galette pouvaient-ils m'être utiles pour me coucher? Je n'osais pas le demander; c'était encore là sans doute des mots distingués qui n'ont pas cours en province.

« Un verre de punch, dit Biboche, et bonne nuit. »

Je refusai le verre de punch, ce qui parut étonner considérablement la société, et demandai à Biboche de me dire où je pouvais me coucher.

« Je vais te conduire. »

En effet, il alluma une chandelle au brasier et, passant devant moi, il me mena dans une galerie latérale de la carrière.

Il y avait une épaisse couche de paille par terre et dessus deux ou trois couvertures de laine.

« Dors bien, dit-il, demain nous causerons; » et il me laissa en emportant la chandelle.

Je n'étais pas trop rassuré dans cette carrière, dont mes yeux ne pouvaient pas sonder la profondeur; en même temps j'étais très intrigué de savoir ce qu'étaient mes nouveaux camarades; ces poches pleines, le jambon, le biberon, tout cela me semblait louche. Mais mon accablement était tel, que la fatigue l'emporta sur l'inquiétude; à peine roulé dans ma couverture, le sommeil me prit. « Nous causerons demain », avait dit Biboche; le lendemain il serait temps de s'expliquer. J'avais un abri, j'avais bien soupé; la journée avait été assez rude pour ne pas la prolonger : je m'endormis sans être trou-

blé par les cris de la troupe que j'entendais boire et rire à quelques
pas de moi.

Le lendemain, ce fut Biboche qui m'éveilla, car, sans lui, j'aurais
probablement dormi vingt-quatre heures.

« Tiens, dit-il, voilà des *frusques*, habille-toi. »

Je me débarrassai de mes haillons et j'endossai les vêtements qu'il
avait jetés sur la paille; ils se composaient d'un pantalon et d'une
veste taillés dans une bonne laine épaisse et douce.

Une faible lueur blanche tombait de la voûte; c'était le jour qui
filtrait difficilement jusqu'à cette profondeur.

« Mon bonhomme, dit Biboche pendant que je procédais à ma toilette, j'ai pensé à toi et voici ce que j'ai trouvé. Tu n'es pas malin
dans le métier, n'est-ce pas?

— Pas trop.

— Je m'en doutais : ça se voit tout de suite; si tu voulais, sans
apprentissage, travailler comme nous, il t'arriverait malheur. Pour
empêcher cela, je vais te mettre avec un bon garçon et tu lui serviras
de *raton*. »

Malgré mon désir de ne pas me déshonorer en montrant que je
n'étais pas au courant de la langue parisienne, il m'était impossible
de laisser passer ce mot sans explication : puisque je devais être un
raton, je devais avant tout savoir ce que c'était.

« Es-tu habillé? dit Biboche en voyant que je le regardais.

— Oui.

— Eh bien, nous allons déjeuner et je te conduirai après chez mon
ami. »

Je le suivis ; le brasier était éteint et il ne restait aucune trace du
festin de la veille. Le jour, un peu plus vif, parce que nous étions
plus rapprochés de l'ouverture, laissait voir seulement deux piliers
qui soutenaient la voûte et, çà et là, des amas de pierre.

Dans un creux de la paroi, Biboche prit une bouteille, du pain et
un débris de jambon.

« Cassons une croûte, dit-il, nous déjeunerons chez ton nouveau
patron.

Je pris mon courage à deux mains.

— Ne te moque pas de moi, lui dis-je, tu sais, je ne suis pas de
Paris, explique-moi donc ce que c'est qu'un *raton*.

Cette demande le mit dans une telle gaité, qu'il faillit s'étouffer en
riant.

— Sont-ils *loffes* dans ton pays ! dit-il, eh bien, mon bonhomme, un
raton est un *môme*, autrement dit un enfant comme toi et moi, pas
trop lourd et alerte. Tu ne sais peut-être pas non plus comment
beaucoup de marchands ferment leurs boutiques pendant qu'ils sont
à manger dans leur cuisine?

Bien que ne comprenant nullement quel rapport pouvait exister entre ces deux idées, je répondis que je ne savais pas en effet comment les marchands fermaient leurs boutiques.

« Avec une petite barrière basse, poursuivit Biboche, me passant la bouteille de vin qu'il avait vidée à moitié ; cette barrière est retenue par un ressort qui correspond à une sonnette; si quelqu'un entre, il faut qu'il pousse la barrière, alors la sonnette sonne, et le marchand, qui est bien tranquille dans son arrière-boutique ou dans sa cuisine, vient voir qui est là. Devines-tu maintenant à quoi sert le *raton?*

— Pas du tout ; à moins qu'il ne soit chargé de remplacer la sonnette.

Biboche retomba dans un accès de rire qui cette fois l'étouffa bel et bien. Quand il eut fini de tousser, il m'allongea une bonne taloche.

— Si tu en dis encore de pareilles, fit-il, préviens-moi, tu me ferais mourir. Au lieu de remplacer la sonnette, le *raton* est chargé de l'empêcher de sonner; pour cela, on le passe par-dessus la barrière, il va sans bruit et en rampant au tiroir, enlève la caisse, la donne à celui qui est en dehors; celui-ci le reprend au bout des bras, le fait repasser par-dessus la barrière, et voilà : le marchand est rincé sans le savoir. Ça te va-t-il ?

J'étais abasourdi.

— Mais c'est voler, ça !

— Eh bien !

— Mais tu es donc un voleur, toi ?

— Eh bien, et toi ! tu es donc un imbécile ?

Je restai sans répondre ; je pensais à ce que j'avais vu la veille, et me disais que Biboche avait bien raison de m'appeler imbécile.

Cependant il fallait se décider :

— Écoute, lui dis-je, si tu as compté sur moi pour cela, tu t'es trompé.

Cette fois il n'éclata pas de rire, mais il entra dans une colère furieuse : je l'avais trompé ; s'il me laissait partir, je le dénoncerais.

— Eh bien, non! s'écria-t-il, tu ne me dénonceras pas et tu ne partiras pas d'ici.

— Je partirai. »

Avant que j'eusse pu en dire davantage, il s'élança sur moi ; mais s'il était plus souple et plus alerte, j'étais plus fort ; la lutte ne fut pas longue : après le premier moment de surprise où il m'avait renversé, je pris le dessus, et le maintenant sous moi :

« Veux-tu me laisser partir ?

— Me vendras-tu ?

— Non.

— Jure-le.

— Je le jure.

Je me relevai.

— Tu sais que tu n'es qu'un imbécile, dit-il avec rage, un vrai imbécile ; tu verras si tu vivras avec ton honnêteté ; si tu ne m'avais pas
rencontré hier, tu serais mort aujourd'hui, et, si tu es encore vivant,
c'est parce que tu as mangé du jambon volé, c'est parce que tu as bu
du vin volé; si tu n'a pas les pieds gelés, c'est parce que je t'ai donné
des souliers volés ; si tu ne meurs pas de froid en sortant d'ici, ce
sera parce que tu auras sur le dos des habits volés.

Ces vêtements si bons et si chauds, je n'y pensais plus, tant je me
trouvais bien dedans.

— Veux-tu me donner la chandelle ? lui dis-je.

— Pourquoi ?

— Pour aller reprendre mes vieux habits.

— Je ne te reproche pas ceux-là, je te les donne.

— Oui, mais je ne veux pas les garder. »

Il me suivit en haussant les épaules dans la galerie où j'avais
passé la nuit.

Je défis les vêtements qu'il m'avait donnés et repris mes guenilles
humides; ce ne fut pas, je vous l'assure, une agréable sensation;
quand je voulus mettre mes vieux souliers, je m'aperçus qu'il y en
avait un qui était entièrement décousu.

Biboche me regardait sans parler ; je voulus me détourner, car
j'étais honteux de ma misère.

« Pour être un imbécile, dit-il d'une voix douce, tu en es un ; mais
ce que tu fais là, vois-tu, ça me remue là (il se frappa sur la poitrine) ; c'est donc bien bon de se sentir honnête ?

— Pourquoi n'essaies-tu pas ?

— Il est trop tard.

— Si tu es arrêté, condamné, qu'est-ce que dira ta mère ?

— Ma mère ! Ah ! si j'en avais une ! Tiens, ne me parle pas de
ça !

Et comme je voulais l'interrompre :

« Vas-tu prêcher ? s'écria-t-il, laisse-moi tranquille ; seulement je
ne veux pas que tu t'en ailles comme ça ; puisque tu ne veux pas de
ces vêtements parce qu'ils sont volés, veux-tu accepter ceux que
j'avais quand je travaillais à Falaise ? Je les ai bien gagnés, ceux-là;
prend-les si tu as du cœur.

Je répondis que j'acceptais.

« Bien, continua-t-il avec une évidente satisfaction, sortons ensemble, je vais te les donner. »

Nous rentrâmes à Paris, et il me conduisit dans une maison garnie qui était située auprès de la barrière. Il me fit monter dans une

chambre, et tira d'une armoire une veste et un pantalon que je me
rappelai très bien lui avoir vus à Falaise ; il me donna aussi des
souliers qui, sans être neufs, étaient encore bons.

« Maintenant, adieu, dit il, quand je fus habillé ; si tu rencontres
les camarades, aie soin de ne pas les reconnaître. »

Il n'était pas encore dix heures ; j'avais toute la journée pour trouver comment coucher la nuit prochaine.

Le temps était au sec ; chaudement vêtu, bien chaussé, l'estomac
rempli, je n'étais pas trop tourmenté de cette difficulté, cependant
considérable, de trouver un logis dans Paris.

Je ne pouvais aller voir Diélette.

Je me mis à marcher tout droit devant moi ; peut-être le hasard
me viendrait-il en aide.

Mais après deux heures, je n'avais rien trouvé, rien imaginé, et
cependant j'avais traversé les quartiers les plus différents ; je me
dis alors qu'il était plus sage de venir moi-même en aide au hasard,
et je me dirigeai vers la Seine. Mon intention était d'aller à la Halle ;
peut-être la brave femme qui m'avait donné vingt sous pourrait-elle
me faire travailler ou du moins m'indiquer chez qui je pouvais demander du travail.

Tout d'abord elle ne me reconnut pas dans les habits de Biboche ;
puis, quand je lui eus rappelé qui j'étais, elle me demanda ce que
j'avais fait de ma sœur. Je lui contai ce qui s'était passé la veille, et
je vis qu'elle était touchée : alors je lui dis que je ne voulais pas
abandonner Diélette à Paris, que je voulais attendre qu'elle fût guérie ; mais que pour cela il fallait travailler ; que je ne savais à qui
m'adresser, et que j'avais pensé, j'avais espéré...

« Tu as pensé à t'adresser à la mère Berceau, interrompit-elle, et
tu as bien fait, mon garçon ; ça me flatte, vois-tu, que tu aies reconnu
sur ma figure que je n'étais pas une femme à laisser mourir un
enfant sur le pavé. On n'est pas riche, mais on se sent. »

Elle appela deux ou trois de ses voisines, et l'on tint conseil pour
savoir à quoi l'on pouvait m'employer ; ce qui était assez difficile,
car à la Halle ce n'est pas l'usage que les enfants travaillent. Enfin,
après de longues discussions, après qu'on m'eut fait subir dix inter-
rogatoires, lorsqu'il fut reconnu que je savais bien écrire, on décida
à l'unanimité que je serais employé aux écritures de la criée, si toutefois l'on pouvait m'y trouver une place.

Je n'assistai pas à ces démarches, qui, me dit-on, furent labo-
rieuses ; tout ce que je sais, c'est que le lendemain matin, à cinq
heures, on m'installa derrière un pupitre à la criée du poisson, et
je fus chargé de copier de petits bulletins ; rien n'était plus facile ;
j'écrivais vite et lisiblement ; quand Mme Berceau vint voir si l'on était
satisfait de mon travail, on lui répondit que cela irait très bien, et

que je pouvais compter sur trente sous par jour. Ce n'était pas une
fortune ; mais comme Mme Berceau me donnait à coucher dans son
magasin, c'était plus qu'il ne me fallait pour ma nourriture.

Diélette était entrée à l'hôpital le lundi ; j'attendis avec grande
impatience le jeudi et, quand j'eus fini mon travail à la criée, je me
dirigeai vers la
rue de Sèvres.
On m'avait
donné à la Halle
une cargaison
d'oranges et
mes poches
étaient pleines ;
l'inquiétude me
poussait ; j'ar-
rivai avant l'ou-
verture des
portes. Com-
ment était-elle ?
vivante ? morte ?

Lorsqu'on
m'eut indiqué
la salle Saint-
Charles, je me
mis à courir,
mais un infir-
mier m'arrêta
et me dit que,
si je faisais du
tapage, on me
renverrait im-
médiatement.
Je me mis à mar-
cher sur la poin-
te des pieds.

On tint conseil pour savoir à quoi l'on pouvait m'employer.

Diélette était vivante et déjà mieux ! Jamais je n'oublierai l'expression de ses yeux quand elle me vit :

« Je savais bien que tu viendrais, dit-elle, si tu n'étais pas mort de
froid. »

Elle me fit lui raconter comment j'avais vécu depuis notre séparation. Quand je lui eus raconté l'épisode de la carrière :

« Bien, me dit-elle, bien, mon frère.

Elle ne m'avait jamais appelé son frère.

« Embrasse-moi, me dit-elle, en me montrant sa joue.

Quand elle apprit ce qu'avait fait pour moi la mère Berceau :
« Ah ! la brave femme, » dit-elle, et ses yeux se remplirent de larmes. Puis ensuite ce fut à elle de me répondre.

Elle avait été bien malade, sans connaissance, avec la fièvre et le délire ; mais elle était bien soignée ; il y avait une sœur qui était très bonne pour elle.

« Mais c'est égal, me dit-elle tout bas, je voudrais bien m'en aller, parce que j'ai peur ; la nuit dernière, une petite fille est morte là, dans le lit à côté, et quand on l'a mise dans la *boîte-chocolat*, je me suis évanouie. »

Diélette se trompait dans son espérance de quitter bientôt l'hôpital ; elle avait été si rudement atteinte, que la convalescence fut très longue ; elle resta plus de deux mois à Jésus.

Au reste, ce fut pour nous un bonheur ; pendant ce temps, elle se fit aimer de ceux qui la soignaient, de la sœur, du médecin et des internes qu'elle séduisit par sa gentillesse ; tout le monde savait de notre histoire tout ce que nous avions cru pouvoir en raconter, et l'intérêt qu'elle inspirait rejaillissait sur moi ; quand je venais le dimanche et le jeudi, on me recevait comme si j'avais été un ami.

Enfin, son bulletin de sortie fut signé ; et en le lui remettant, le médecin et la sœur lui annoncèrent qu'ils avaient pris leurs mesures pour que nous ne fussions pas obligés de retourner à pied à Port-Dieu. On avait trouvé un meneur de nourrices qui voulait bien nous recevoir dans sa voiture et qui nous conduirait à Vire : à Vire, le meneur paierait notre place dans la voiture publique jusqu'au Port-Dieu, on avait fait une collecte dans la salle Saint-Charles, et l'on avait réuni vingt-cinq francs, ce qui était plus que suffisant. Moi-même, pendant ces deux mois, et en vue de notre voyage que je ne savais pas devoir être si facile, j'avais économisé six ou huit sous par jour, ce qui me faisait une somme totale de vingt-deux francs.

Quelle différence entre notre arrivée à Paris, deux mois auparavant, et notre départ ! La bonne Mme Berceau voulut nous conduire elle-même à la voiture, et elle nous chargea de provisions de toutes sortes.

Ce n'est pas un véhicule bien confortable qu'une voiture pour les nourrices : deux banquettes en planches dans le sens de la longueur, de la paille au milieu, voilà tout ; mais pour nous c'était admirable.

On était à la fin de janvier ; le temps n'était pas trop froid ; ce fut un voyage très agréable : nous n'étions point des délicats, et nous fîmes bon ménage avec les nourrices qui retournaient au pays, chargées de leurs poupons ; quand ils criaient trop fort, ou bien quand on procédait à leur toilette, nous descendions et nous faisions un petit bout de route à pied.

A Vire, le meneur nous emballa dans la diligence, qui nous descendit à une lieue de Port-Dieu; c'était un dimanche; il y avait juste sept mois que j'étais parti.

Nous fîmes quelques centaines de pas sans parler ni l'un ni l'autre, car tous deux nous étions embarrassés. Ce fut Diélette qui, la première, rompit ce silence gênant :

« Allons moins vite, dit-elle, je voudrais te parler.

La glace était rompue.

— Moi aussi j'ai à te parler; tiens, voilà une lettre que tu donneras à maman, en entrant.

— Pourquoi une lettre? dit-elle doucement, pourquoi ne viens-tu pas avec moi? Pourquoi ne me conduis-tu pas à ta mère? comment sais-tu si elle voudra de moi? Si elle me renvoie, qu'est-ce que je deviendrai?

— Ne dis pas ça, tu ne connais pas maman.

— Si, je la connais bien; mais tu ne sais pas si elle me pardonnera de ne pas t'avoir retenu. Est-ce qu'elle pourra jamais croire que si je t'avais bien prié, tu serais parti? Quoi! tu auras bien voulu m'amener jusqu'ici et tu n'auras pas voulu entrer chez elle pour l'embrasser! Ça n'est pas naturel, ça.

— C'est justement ce que je lui explique dans ma lettre; je lui dis que si je con-a un contrat, et tinue ma route mon oncle n'est sans la voir, pas un homme c'est parce que à abandonner je sens bien que, ses droits. si je la voyais, — Ta maman je ne partirais trouverait peut-pas, il faudrait être un moyen retourner chez de ne pas te mon oncle. Il y laisser repartir.

— Si maman résistait à mon oncle, c'est elle qui paierait pour moi; tandis que si je suis embarqué, il ne pourra rien contre elle, et, quand je reviendrai, il ne pourra rien non plus contre moi, parce qu'un marin inscrit appartient au gouvernement, et que le gouvernement est plus fort que mon oncle. J'ai bien pensé à tout cela, va!

— Moi, je ne sais pas, je ne connais pas toutes ces affaires du gouvernement, mais je sens bien que ce que tu fais là, c'est mal...

Je n'étais pas assez ferme dans ma conscience pour entendre sans colère ce mot que moi-même je m'étais dit tant de fois.

— C'est mal?

— Oui, c'est mal, et si ta maman t'accuse, si elle dit que tu ne l'aimes pas, je ne pourrai pas te défendre, puisque je penserai comme elle. »

Je marchai près de Diélette un moment sans répondre; j'étais ému, ébranlé, bien près de céder, cependant je me roidis.

— Ai-je été méchant pour toi ? dis-je.

— Non, jamais.

— Crois-tu que je puisse l'être pour d'autres ?

Elle me regarda.

« Réponds.

— Non.

— Crois-tu que je n'aime pas maman; crois-tu que je veuille la faire souffrir ?

Elle espérait m'avoir vaincu, elle vit que je me défendais, elle ne répondit pas; alors je poursuivis :

« Eh bien, si tu m'as un peu de reconnaissance, si tu crois que je ne suis pas méchant, ne me parle plus ainsi; tu me déciderais peut-être à rester et ce serait notre malheur à tous.

Elle n'ajouta pas une seule parole et nous marchâmes côte à côte en silence, tous deux émus et troublés.

J'avais pris un chemin à travers la lande, où j'étais presque certain de ne rencontrer personne; nous arrivâmes ainsi jusqu'au fossé qui servait de limite à notre cour. J'avais entendu sonner la sortie de la messe; ma mère devait être rentrée.

« C'est là, » dis-je à Diélette, en lui montrant, par-dessus les ajoncs, la maison où j'avais vécu si heureux, si aimé.

Elle sentit mon émotion au tremblement de ma voix.

— Romain ! me dit-elle.

Mais je feignis de ne pas comprendre ce qu'il y avait de supplication dans ce seul mot.

— Tu vas descendre, lui dis-je vivement; en entrant, tu tendras la lettre à maman et tu lui diras : « Voici une lettre de votre fils; » tu verras, quand elle l'aura lue, qu'elle ne te repoussera pas. Dans six mois, je reviendrai. Je vous écrirai du Havre. Adieu.

Je voulus m'enfuir, mais elle se jeta sur moi.

« Ne me retiens pas, laisse-moi, tu vois bien que tu me fais pleurer.

Elle desserra les mains.

— Ne veux-tu pas que je l'embrasse pour toi ? »

J'avais déjà fait quelques pas en arrière, je revins et, lui passant le bras autour du cou, je l'embrassai; je sentis ses larmes couler sur mes joues.

Si je ne me sauvais pas, je ne partirais assurément point. Je me dégageai et, sans me retourner, je me mis à courir.

Mais au bout du chemin je m'arrêtai et revins en rampant me blottir dans les ajoncs. Diélette, après avoir descendu la cour, entrait dans la maison.

Longtemps elle y resta; je ne voyais, je n'entendais rien, l'inquiétude m'étranglait; si maman n'était plus là, si, comme la mère de Diélette, elle était...

Au moment où cette sinistre pensée se présentait à mon esprit, Diélette parut sur le seuil; puis, presque aussitôt derrière, ma mère.

Elle était vivante, Diélette était près d'elle, la main dans sa main; toutes les deux avaient les yeux rouges. Je me jetai à bas du fossé. Trois heures après je montai sous la bâche de la diligence et, en deux jours, par Caen et Honfleur, j'arrivais au Havre. Il restait sept francs dans ma bourse.

XIII

J'avais cru que je n'aurais qu'à me présenter à bord d'un navire pour être immédiatement engagé.

A peine débarqué dans l'avant-port, je commençai ma promenade sur les quais pour faire mon choix; dans le bassin du Roi je ne vis que quatre ou cinq vapeurs, ce n'était pas mon affaire; dans le bassin de la Barre je trouvai de grands navires américains d'où l'on déchargeait des balles de coton qui s'entassaient en montagne sur le quai: ce n'était pas encore ce qu'il me fallait; je voulais un navire français.

En faisant le tour du bassin du Commerce, je fus émerveillé; il y avait là des navires de tous les pays du monde, des grands, des petits, une forêt de mâts enguirlandés de guidons, de flammes et de pavillons. Cela me parut plus beau que Paris.

Il y avait des navires qui exhalaient une odeur de cassonnade qui me faisait venir l'eau à la bouche; il y en avait d'autres qui sentaient le poivre et la cannelle. Partout on travaillait à charger et à décharger les cargaisons; des douaniers regardaient rouler des balles de café et écoutaient les chants des matelots d'un air mélancolique.

Parmi ces navires il y en eut un qui tout de suite me séduisit; il était peint en blanc avec un liston d'azur; c'était un petit trois-mâts; sur un tableau accroché aux haubans on lisait: « En charge pour Pernambuco et Bahia, l'*Étoile du matin*, capitaine Frigard, partira incessamment ». Comment ne pas faire un beau voyage sur un navire blanc et bleu? Pernambuco et Bahia, est-il dans la géographie deux noms plus séduisants?

Je montai à bord; l'équipage et des ouvriers du bord étaient occupés au chargement; on descendait dans la cale, grande ouverte, de lourdes caisses qui se balançaient au bout des chaines. On ne fit pas tout d'abord attention à moi; mais comme je ne bougeais pas de place, n'osant trop m'approcher d'un Monsieur qui inscrivait les caisses à mesure qu'elles passaient devant lui, et qui me semblait être le capitaine, je finis par attirer l'attention.

« Allez-vous en! me cria ce Monsieur.

— Monsieur, je voudrais vous parler. »

Et je lui fis ma demande, c'est-à-dire que je désirais être mousse à bord de l'*Étoile du matin*.

Il ne me répondit même pas, et d'un geste il se contenta de me montrer le pont par lequel j'étais entré.

« Mais, Monsieur... »

Il leva la main, je n'insistai pas et sortis fort humilié, à vrai dire un peu inquiet aussi.

Ne voudrait-on pas de moi?

Je n'étais pas dans une situation à me rebuter facilement. J'allai un peu plus loin; sans doute l'*Étoile du matin* était trop belle pour moi; je choisis cette fois un brick noir et sale en charge pour Tampico, et qui se nommait le *Congre*. On me répondit simplement qu'on n'avait besoin de personne. Dans un troisième, au lieu de m'adresser à un capitaine, je m'adressai à un matelot; ma demande formulée, il haussa les épaules, et tout ce que j'en pus tirer fut que j'étais un drôle de petit bonhomme. Enfin, sur une goëlette en partance pour les côtes d'Afrique, le capitaine qui n'avait pas du tout une figure rassurante, voulut bien m'accepter; mais quand il apprit que je n'avais pas de père pour signer mon engagement, pas d'inscription à la marine, pas de sac pour mon trousseau, surtout pas de trousseau, il m'engagea à sortir plus vite que je n'étais entré, si je ne voulais pas faire connaissance avec ses bottes.

L'affaire se présentait désagréablement, et je commençais à me trouver mal à l'aise : Me faudrait-il retourner au Port-Dieu ? Si j'avais pu ne penser qu'à ma mère et à Diélette, cette nécessité eût été toute joie ; mais mon oncle, et les engagements qui me liaient à lui... pouvais-je les oublier ? Je continuai donc mes recherches.

En tournant autour des bassins, j'étais revenu à l'avant-port ; la mer commençait à monter, et déjà quelques petites barques de pêche prenaient le large. Je m'en allai sur la jetée voir l'entrée et la sortie des navires ; il y avait longtemps que je n'avais assisté à ce spectacle, et ce mouvement de la marée, l'horizon magnifique qu'embrassaient mes regards, le va-et-vient des bateaux de Caen, de Rouen, et de Honfleur, l'appareillage des grands navires pour les voyages lointains avec les adieux, les mouchoirs voltigeants des passagers, les cris des marins, le grincement des poulies et des manœuvres, le mélange de toutes ces voiles blanches dans la rade depuis la côte jusqu'à la courbure extrême de la mer, me firent oublier ma préoccupation.

J'étais depuis plus de deux heures accoudé sur le parapet, lorsque je me sentis tirer par les cheveux. Surpris, je me retournai et me trouvai en face d'un des musiciens de la troupe de Lapolade : Hermann.

« Est-ce que Lapolade est au Havre ? »

Je fis cette question avec un air si effrayé que Hermann fut plus d'une minute à me répondre, tant il riait formidablement. Enfin il se remit un peu et me dit que, lui aussi, il avait quitté Lapolade pour se rendre auprès d'un de ses frères qui habitait la république de l'Équateur. Quant à Lapolade, je pouvais être sans crainte de son côté ; il avait fait un héritage considérable et il avait vendu sa ménagerie, ou plutôt les débris de la ménagerie ; car, quinze jours après notre fuite, Mouton, le pauvre Mouton, était mort de faim et de chagrin. Après le départ de Diélette, il était devenu tout à la fois terrible et sombre. Il avait obstinément refusé toute nourriture. Il semblait qu'il n'eût faim que de Lapolade, sur lequel il se jetait avec fureur dès qu'il le voyait. Mais comme Lapolade ne s'était pas décidé à sauver la vie de son lion aux dépens de la sienne, l'infortuné Mouton avait fini par succomber, victime de son attachement et de sa fidélité à Diélette.

Hermann me demanda si j'étais enfin marin ; je lui racontai les difficultés que l'on me faisait.

Il avait été assez longtemps dans la banque pour avoir l'esprit fertile en expédients.

« Si tu veux, dit-il, j'irai t'engager comme si tu étais mon frère. »

Et le trousseau ?

C'était là une impossibilité. Hermann n'était pas beaucoup plus riche que moi. Son voyage était payé d'avance par son frère jusqu'à

Guyaquil, et nous ne pouvions pas, avec nos ressources réunies, faire une pareille dépense.

Il fallut renoncer à cette idée; pour me consoler il m'emmena dîner avec lui, puis, après dîner, au théâtre, où l'un de ses compatriotes, musicien de l'orchestre, nous donna deux places. On jouait comme première pièce une comédie qui a pour titre *Guerre ouverte*, et dans laquelle on apporte un des personnages dans une caisse.

« Voilà ton affaire, me dit-il; à l'entr'acte, je t'expliquerai mon idée. »

Son idée était d'acheter une grande caisse : je me cacherai dedans; une heure avant le départ, il la porterait à bord bien fermée, bien cordée. Lorsque nous serions au large, il l'ouvrirait, et le capitaine, dans l'impossibilité de me débarquer, à moins de me jeter par-dessus le bord, serait bien forcé de me garder; une fois en route, ce serait à moi de trouver le moyen de me faire employer.

C'était insensé, mais cela avait une certaine tournure aventureuse qui me séduisit.

Le lendemain, nous visitâmes toutes les boutiques des brocanteurs de la ville, et nous trouvâmes, pour dix francs, une grande caisse cerclée en fer qui était juste à ma taille, comme si elle eût été faite sur mesure. Hermann l'emporta chez lui, où il m'avait donné l'hospitalité, et il y perça plusieurs trous pour me permettre de respirer; je me plaçai dedans, il la ferma et j'y restai deux heures parfaitement à mon aise; je pouvais remuer les bras et les jambes, et me mettre sur le côté ou sur le dos, quand je voulais changer de position.

Le navire sur lequel Hermann avait pris passage partait le lendemain à la pleine mer de deux heures du soir; j'occupai mon temps jusque-là à visiter ce navire, qui s'appelait l'*Orénoque*, et à écrire une longue lettre à ma mère pour lui dire que j'étais enfin embarqué et que je lui demandais pardon d'agir ainsi contre sa volonté, mais que j'espérais que c'était pour notre bonheur à tous; à cette lettre j'en joignis une pour Diélette; j'avais à lui conter tout ce que j'avais appris de Hermann; j'avais à lui recommander aussi d'être bien douce avec maman.

Deux heures avant la pleine mer, c'est-à-dire à midi, Hermann me fit entrer dans la caisse, et me donnant un morceau de pain :

« A demain, me dit-il en riant; si tu as trop faim, tu pourras manger. »

Je devais rester vingt heures dans cette boîte, car nous avions réfléchi que dans les environs du Havre nous étions exposés, si je me montrais trop tôt, à ce que le capitaine me débarquât sur une barque de pêche ou sur un bateau-pilote, tandis qu'au large, le danger d'une rencontre était beaucoup moins à craindre. Depuis plusieurs jours les vents du Sud soufflaient assez fort ; en vingt heures, nous devions être bien au delà de Cherbourg, en pleine Manche.

Nous avions attaché deux poignées de cuir à l'intérieur, j'y passai les bras pour ne pas être ballotté dans les secousses du transport. Hermann ferma les deux serrures à clef, fit plusieurs tours à la corde et

me chargea sur son dos. Il riait si fort que j'étais secoué comme sur un cheval.

En arrivant à bord de l'*Oré-noque* cette gaîté fut brusque-ment coupée.

« Qu'est-ce que vous ap-portez là ? cria le capitaine.

— Ma malle.

— Il est trop tard, les pan-neaux sont fer-més. »

C'était bien sur cette ferme-ture que nous avions compté, car les panneaux ouverts, on me descendait dans la cale, on entas-sait d'autres caisses par-des-sus la mienne, et

« Qu'est-ce que vous apportez là ? » cria le capitaine.

j'étais dans ma boîte jusqu'à Guayaquil ; tandis que, les panneaux fermés, on me déposait sur le pont ou dans la cabine de Hermann.

Mais les choses ne s'arrangèrent pas aussi facilement ; longtemps le capitaine refusa de recevoir la caisse, et je crus que j'allais être reporté à terre ; enfin on me descendit dans l'entre-pont, avec d'autres caisses arrivées au dernier moment.

« On l'arrimera en route, » dit un matelot.

En route, cela m'importait peu ; j'espérais bien ne pas être long-temps dans la caisse.

J'entendis bientôt les amarres tomber dans l'eau, en même temps l'on vira au cabestan, et sur ma tête résonna le pas cadencé des matelots qui halaient le navire hors le bassin.

Par les bruits de la manœuvre je pouvais la suivre dans ma caisse, comme si de mes yeux je l'eusse vue sur le pont.

En entendant un roulement de voitures, une confusion de voix, je compris que nous étions dans l'écluse. Le navire resta immobile durant quelques minutes, puis je sentis qu'il était doucement entraîné en avant ; — c'était le remorqueur qui venait de le prendre ; un léger balancement m'inclina d'avant en arrière, nous étions dans l'avant-port. Le balancement devint plus sensible, — nous étions entre les jetées ; les poulies grincèrent, on hissait les voiles : le navire s'inclina sur le côté, la remorque tomba dans l'eau, le gouvernail gémit, — nous prenions le large.

C'en était donc fait, ma vie de marin commençait ! Ce moment tant désiré que j'avais acheté au prix de tant de fatigues, et qui devait, je le croyais, me donner une si grande joie, me laissa triste et inquiet. Il est vrai que la situation n'était pas propice à la gaîté.

Peut-être sur le pont, mêlé aux matelots, occupé de la manœuvre, voyant devant moi la mer ouverte, et derrière la terre et le port, je me serais jeté avec bonheur dans l'inconnu ; enfermé entre les quatre planches d'une malle, je ne pus me défendre d'un sentiment d'effroi.

Je fus tiré de mes tristes réflexions par trois ou quatre petits coups frappés contre ma caisse ; mais comme on ne parlait pas, je n'osai répondre de peur que ce fût un matelot ; les coups ayant repris de manière à me bien faire comprendre que c'était Hermann, je cognai à mon tour avec mon couteau.

Cet avertissement calma mon inquiétude ; après tout, je n'étais pas abandonné, il ne s'agissait que de quelques heures à passer dans cette boîte ; en sortant je me trouverais en pleine mer et le monde serait à moi.

Le vent était frais ; le navire, qui présentait le travers à la lame, roulait beaucoup. Habitué tout enfant à aller à la pêche et à me faire balancer dans les barques à l'ancre, je n'avais jamais éprouvé le mal de mer ; je me croyais bien à l'abri de cette indisposition ; je fus très désagréablement surpris de me sentir bientôt le cœur embarrassé.

Je crus tout d'abord que ce malaise était causé par la difficulté que j'éprouvais à respirer ; car, malgré les trous que nous avions eu la précaution de percer dans les planches, l'air ne pénétrait que difficilement dans la boîte, et il en sortait plus difficilement encore, si bien qu'il y faisait une chaleur lourde ; mais mon malaise se précisa. Les étourdissements et le sentiment indéfinissable de tournoiement que j'éprouvais, lorsque le navire s'enfonçait dans un coup de tangage, ne me laissèrent plus aucun doute. Cela m'inquiéta assez vivement,

car j'avais vu des gens atteints de ce sot mal pousser de véritables
beuglements ; si j'allais en faire autant, et si un matelot passant près
de ma caisse pendant une de ces crises m'entendait !

J'avais souvent entendu dire que le meilleur remède contre cette
maladie était le sommeil ; comme c'était le seul qui fût à ma disposition, je m'enfonçai la tête entre les mains et, de toutes mes forces,
je tâchais de m'endormir. Assez longtemps ce fut inutilement ; le lit
n'était pas doux. Si encore j'avais eu la précaution de garnir ma prison
d'un peu de paille ! mon cœur suivait les mouvements du navire se
soulevant et s'affaissant avec lui ; mais enfin l'assoupissement me
gagna.

Combien de temps je dormis, je n'en sais rien, car, la lumière ne
pénétrant pas dans ma boîte, j'étais plongé dans une obscurité absolue
qui ne me permettait pas de savoir s'il était jour ou nuit ; seulement,
au silence qui régnait sur le bâtiment, je compris que nous devions
être dans la nuit ; je n'entendais sur le pont que le pas régulier des
hommes de quart, et par intervalles le grincement du gouvernail. Le
roulis avait augmenté : il y avait des craquements dans la mâture,
des sifflements et des ronflements dans les agrès ; des coups de mer,
en frappant lourdement le bordage, indiquaient que le vent soufflait
plus fort.

Soit que la fraîcheur de la nuit eût rendu l'air de la malle plus res-
pirable, soit que je me fusse habitué au roulis, je ne sentais plus le
mal de mer, et ne tardai pas à me rendormir, bercé par cette musique
grave qui me reportait en pensée dans ma petite chambre de la
maison paternelle durant les nuits de gros temps.

Cette fois, je fus réveillé par un épouvantable fracas : un craquement, un déchirement de tout le navire, suivi aussitôt d'un effon-
drement sur le pont comme si la mâture s'écroulait tout entière ; les
cordages cassaient avec un bruit semblable à une détonation, les
mâts éclataient.

« Stop ! cria une voix en anglais.

— Tout le monde sur le pont, » cria une voix en français.

Au milieu d'une confusion de cris et de bruits s'éleva un mugissement rauque que je reconnus tout de suite ; c'était l'échappement de
la vapeur. Nous avions dû être abordés par un vapeur anglais qui
s'était jeté sur nous, et notre navire s'était couché sur le côté, car
j'avais roulé contre une des parois de la malle.

Avant que je fusse revenu de mon saisissement, le mugissement
de la vapeur cessa, il y eut un nouveau craquement, et une formidable
clameur s'éleva de notre bord ; presque aussitôt notre navire se
releva ; le vapeur anglais avait-il coulé bas, ou bien s'était-il éloigné ?

Je me mis à pousser des cris désespérés pour appeler un homme
d'équipage qui vint me délivrer, et j'écoutai : sur le pont, un murmure

de voix et des pas précipités allant et venant de tous côtés ; contre la
muraille du bâtiment, les vagues brisant avec force ; au-dessus de
tout, le mugissement du vent qui soufflait en tempête.

Allions-nous couler ? Hermann allait-il donc me laisser dans cette
boîte ? Je ne saurais dire quel horrible sentiment d'angoisse me serra
le cœur. Mon sang s'arrêta, mes mains se mouillèrent de sueur
comme si elles eussent trempé dans l'eau. Instinctivement je voulus
me lever, ma tête frappa le couvercle de la malle. Je m'agenouillai
afin de pousser de toutes mes forces ; les deux serrures étaient
solides, le couvercle était jointoyé et assemblé avec des traverses de
chêne ; rien ne bougea. Je retombai mort de peur, d'épouvante.

Après quelques instants, je me mis à crier de nouveau et à appeler
Hermann, mais un grand bruit s'éleva sur le pont qui m'empêcha
d'entendre moi-même ma voix ; avec des haches, on coupait les mâts.

Et Hermann qui ne venait pas me délivrer ; que faisait-il donc ? »

En même temps que des hommes débarrassaient la mâture,
d'autres travaillaient aux pompes, j'entendais le tic-tac régulier du
balancier.

Nous coulions ; je me ruai désespérément contre le couvercle ; il
ne fut pas ébranlé et je retombai, anéanti de mon impuissance, fou
de rage et d'effroi.

« Hermann ! Hermann ! »

Toujours les mêmes bruits au-dessus de ma tête, c'est-à-dire sur le
pont, mais rien du côté où j'étais enfermé. Ma voix se perdait dans
cette caisse. Et si quelques cris éclataient au dehors, ils étaient
étouffés, emportés par le souffle puissant de la tempête.

Hermann était-il tombé à la mer ? avait-il été emporté par une
vague ? était-il écrasé par un mât ? ou bien, tout à la pensée de son
propre salut, ne songerait-il pas au mien ? Alors j'allais donc mourir
noyé dans cette boîte !

Et pas de secours à attendre !

Attendre la mort avec courage, la voir en face n'est pas chose
impossible de la part même d'un enfant ; lorsqu'on est libre, au moins
on peut se défendre, et la lutte vous soutient ; mais enfermé comme
je l'étais entre quatre planches, pouvant à peine me soulever et respirer ! cela me paraissait à la fois misérable et monstrueux !

Je me jetai avec furie contre les parois de ma prison ; elles tinrent
bon et ne ployèrent seulement pas. Je voulus crier de nouveau, ma
gorge desséchée ne laissait sortir aucun son. Je ne sais pas comment
un homme eût supporté une pareille situation ; je n'étais qu'un enfant,
je m'évanouis.

Quand je revins à moi, après combien de temps, je l'ignore, j'eus
une étrange sensation ; il me sembla que j'étais mort et au fond de
l'eau, ballotté par le remous. Mais les bruits du pont me rappelèrent

à la réalité. On pompait toujours, et j'entendais par instant le glou-glou sinistre de l'eau dans les clapets. Le vent hurlait dans le navire, et les vagues frappaient contre lui des coups sourds qui l'ébranlaient; il roulait si effroyablement que je heurtais tantôt le côté droit, tantôt le côté gauche de ma caisse. Je recommençai mes cris, m'arrêtant de temps en temps pour écouter : rien, si ce n'est le tumulte assour-dissant de la tempête,

J'étouffais, je défis mes vêtements. Quand j'ôtai mon gilet, une de mes mains rencontra mon couteau, que j'avais oublié; c'était un solide couteau de paysan à manche de corne, à lame forte et coupante.

Puisque personne ne venait à mon secours, c'était à moi de m'aider moi-même.

J'ouvris mon couteau et j'attaquai une des serrures de la malle, non pour la faire sauter, j'aurais cassé mon couteau, mais en entail-lant le bois tout autour. Ce bois était du hêtre desséché par vingt ou trente années de service, il était dur comme fer et mon couteau l'entamait difficilement.

Je mettais tant d'ardeur à ce travail que je ne tardai pas à être inondé de sueur ; le couteau me glissait entre les doigts, et à chaque instant j'étais obligé d'essuyer mes mains.

Je n'avançais guère, car le roulis et le tangage me faisaient à chaque instant lâcher prise; au moment où j'appuyais le plus fort sur mon couteau, j'étais jeté contre la paroi opposée.

Enfin la serrure fut ébranlée et je comptai sur une secousse pour la détacher tout à fait. J'attaquai la seconde; mon couteau s'était tellement échauffé qu'en rafraichissant la pointe dans ma bouche je me brûlai la langue.

On ne pompait plus, mais le mouvement sur le pont n'avait pas cessé ; les pas étaient plus précipités; on travaillait évidemment avec activité. A quoi? Je ne pouvais le deviner.

Il y avait des roulements sourds comme si l'on traînait quelque chose de très lourd, une grande caisse, une embarcation. Pourquoi? Qu'est-ce que cela voulait dire?

Je n'avais ni le temps de le chercher, ni le temps d'écouter; je me remis au travail.

Mon couteau ne coupait presque plus, et j'entamais encore moins facilement le bois autour de cette seconde serrure qu'autour de la première. J'y employais pourtant toute ma force, toute mon énergie, mais par instants mon bras s'engourdissait, j'avais les reins brisés par la gênante position dans laquelle je me tenais, et j'étais forcé de m'arrêter un peu.

Alors j'entendais le souffle de l'ouragan, le choc des vagues, les gémissements du navire qui craquait.

Certainement mon travail dura plus d'une demi-heure. Combien longue pour moi, vous ne pouvez le sentir. Enfin la seconde serrure, comme la première, fut ébranlée.

Je me mis à genoux et, m'arc-boutant sur les mains, je poussai avec mon dos de toutes mes forces contre le couvercle pour le faire sauter : les deux serrures se détachèrent, le couvercle ne s'ouvrit point.

Il était solidement, à chaque bout, attaché par une corde ; je l'avais oublié.

Il fallait maintenant couper cette corde. Je crus tout d'abord que c'était très facile ; je me trompais, car le couvercle, tout en se soulevant un peu, ne sortait pas de la feuillure, et je devais enlever cette feuillure avant d'arriver à la corde. C'était un nouveau travail à entreprendre.

Je ne me décourageai pas et m'y mis aussitôt : heureusement je coupais maintenant dans le fil du bois. Enfin j'arrivai aux cordes, je les coupai, j'étais libre.

Je poussai vivement le couvercle, il se souleva un peu et retomba ; je le poussai plus fort, il ne s'ouvrit pas davantage ; qu'est-ce qui pouvait donc le retenir encore ?

J'eus une angoisse si cruelle que je me laissai retomber au fond de la malle, anéanti.

Mais j'en avais trop fait pour ne pas lutter jusqu'au bout. Le couvercle s'ouvrait assez pour me permettre de passer la main, et, arrivé à cette hauteur, il s'arrêtait sans que rien pût l'ébranler. Je passai ma main par cette ouverture et tâtai tout autour, car il faisait nuit et je ne voyais rien qu'une faible lueur blanche presque insensible.

A force de tâter, de chercher, je compris à quel obstacle j'avais affaire : c'était une grande, une énorme caisse ! Posée sur une autre, elle couvrait ma malle à moitié et, sans s'appuyer absolument dessus, elle ne laissait cependant pas le couvercle fonctionner. Je tâchai de la pousser ; elle était trop lourde, elle ne bougea pas ; d'ailleurs, dans la position où j'étais, je n'avais aucune force ; mon bras ne pouvait, pour ainsi dire, pas s'étendre ; entreprendre de la soulever ou seulement la déranger était folie.

Je ne m'étais donc donné tant de peine que pour en arriver là ; que faire maintenant ? Je tremblais d'impatience et d'angoisse, et il me semblait que mon sang bouillonnait dans ma tête comme dans une chaudière.

C'était peut-être la malle qui avait étouffé ma voix ; maintenant que je pouvais l'entr'ouvrir, on m'entendrait.

Je poussai des cris désespérés. Puis j'écoutai. Sur le pont, il se fit un grand tapage, et il me sembla que quelque chose tombait à l'eau. Puisque je les entendais, ils devaient m'entendre aussi. Je criai encore. En écoutant de nouveau, je n'entendis plus de roulements, plus de bruits de pas, plus rien que le mugissement du vent ; mais, chose étrange, il me sembla que des cris partaient de la mer contre le bordage où ma caisse était appuyée.

Décidément on ne m'entendrait pas. Je résolus de démonter les charnières du couvercle ; par ce moyen, si je réussissais, je n'aurais pas besoin de l'ouvrir, je n'aurais qu'à le faire glisser pour être libre.

Je me mis au travail avec plus de hâte encore ; ce silence m'effrayait horriblement ; l'équipage avait-il été enlevé par la mer ? C'était possible, car la violence du roulis et du tangage, le hurlement du vent me disaient que nous étions en pleine tempête.

Les charnières étaient moins solides que les serrures ; je n'eus pas besoin d'entailler le bois ; j'aurais dû commencer par là et non par les serrures, elles n'étaient que clouées ; avec la pointe de mon couteau, je parvins à en détacher une, et cela fait, en secouant vigoureusement le couvercle, je fis tomber les clous de l'autre.

Je poussai le couvercle, il glissa librement. Je sautai hors de cette horrible prison. Avec quelle joie je me retrouvai libre enfin de mes mouvements ! Mourir dans ce coffre, c'eût été mourir dix fois !

Ce succès relatif m'avait rendu presque l'espoir. Je n'étais pourtant pas au bout de mes épreuves. Guidé par un filet de lumière, je me dirigeai à tâtons vers l'escalier ; le capot était rabattu, heureusement il n'était pas fermé, je le poussai et me trouvai sur le pont.

Il faisait à peine jour, mais dans ma caisse mes yeux s'étaient habitués à l'obscurité ; d'un regard j'embrassai tout le pont, je ne vis personne ; au gouvernail personne non plus. Le navire avait été abandonné par l'équipage.

Je sautai sur la dunette, et regardant au loin, j'aperçus dans le pâle rayon du matin un point noir sur la mer ; c'était la grande chaloupe.

Je criai tant que je pus ; mais la barque était bien trop loin, la bourrasque était bien trop violente pour que ma faible voix pût être entendue.

J'étais seul sur ce navire abandonné au milieu de la mer, désemparé, coulant bas ; et cependant telle avait été mon angoisse dans cette misérable malle, que je me sentis moins épouvanté.

En regardant autour de moi, je vis que l'*Orénoque* avait été abordé par le travers au milieu de la coque, c'était miracle qu'il n'eût point été coupé en deux ; mais le vapeur anglais l'avait frappé obliquement ; dans ce choc il avait brisé les haubans du grand mât et du mât d'artimon, et ces deux mâts, n'étant pas soutenus précisément du côté d'où venait le vent qui chargeait les voiles, s'étaient brisés comme des allumettes ; il ne restait plus de la mâture que la moitié du mât de misaine et le beaupré intact ; de la voilure il ne restait que le foc et le grand humier déchiré en lambeaux.

Le jour se levait : du côté de l'Orient, les contours des nuages

s'éclairaient de lueurs fauves, fugitives, changeantes comme l'éclair
et qui se perdaient bien vite dans le ciel noir. La mer était blanche
d'écume à perte de vue et, sous cette lumière blafarde, elle avait un
aspect sinistre ; le vent soufflant en tempête aplatissait les vagues.

Si l'équipage avait abandonné le navire, c'est que celui-ci était en
danger ; il n'y avait pas besoin de longues réflexions pour comprendre
cela.

Livré au caprice du vent et des vagues, sans gouvernail et sans
voilure, il roulait effroyablement, et les paquets de mer s'abattaient
sur la coque à croire qu'ils allaient l'enfoncer. Pour me tenir debout
sur le pont, j'avais dû m'accrocher à une manœuvre et j'étais déjà
aussi mouillé que si je fusse tombé dans l'eau.

Je voulus voir au juste quelles étaient les avaries de l'abordage ;
en me cramponnant par-dessus le bastingage, je vis que tout le
flanc du navire était déchiré. Cette déchirure s'étendait-elle au-des-
sous de la ligne de flottaison ? il me fut impossible de m'en rendre
compte ; combien d'eau dans la cale ? je ne pus le savoir non plus,
car je ne pouvais faire fonctionner les pompes trop lourdes pour moi.

Combien de temps l'*Orénoque*, dans cet état, pourrait-il encore
résister au vent et à la mer ? toute la question était là.

Qu'il dût couler bas, cela ne faisait pas de doute pour moi ; mais
peut-être n'allait-il pas couler tout de suite ; un navire pouvait
l'apercevoir et me sauver. Je ne perdis pas tout espoir ; et, en pensant que c'était par la lutte que j'avais pu sortir de mon horrible
boîte, je pris la résolution de lutter encore et de ne pas m'abandonner.

J'avais assez la connaissance des choses de la marine pour savoir
que, si le navire restait ainsi sans direction, il ne tarderait pas à se
disloquer ou bien à sombrer dans un coup de mer. Je devais donc
me mettre au gouvernail et, sans me préoccuper de direction,
essayer de profiter du foc pour appuyer le navire contre la lame.

Mais je n'avais jamais gouverné que de petites barques ; à peine
avais-je pris la roue de ce grand navire qu'un coup de mer lui im-
prima un irrésistible mouvement de rotation qui me fit lâcher prise
et m'envoya tomber à quatre ou cinq pas.

Heureusement tout avait été paré à bord pour résister à cette tempête : la barre était garnie de ses palans, ce qui permettait de gouverner sans danger ; comme je n'avais aucune direction à suivre,
puisque je ne savais où j'étais, j'attachai cette barre de manière à
avoir tout simplement vent arrière.

Ma grande espérance était la rencontre d'un navire ; je tâchai donc
de m'installer de mon mieux sur la dunette, pour voir au large et
embrasser du regard tous les points de l'horizon.

Il me sembla que le vent diminuait de violence ; le jour s'était fait
et le ciel était moins chargé de nuages ; il y avait de petits trous où

IL AVAIT DIMINUÉ DE GROSSEUR ENCORE, ET IL CONTINUAIT SA ROUTE!

se montraient des lueurs d'un bleu pâle ; et, bien que la mer fût toujours aussi tourmentée, l'espérance me revint. Si près des côtes, il était impossible qu'un navire ne parût pas.

Pendant trois heures au moins, je restai les yeux fixés sur l'horizon sans rien voir. Le vent faiblissait sensiblement ; la mer se calmait, c'est-à-dire que les vagues, ne se heurtant plus dans une confusion désordonnée, prenaient une ampleur qui fatiguait beaucoup moins le navire, en lui donnant le temps de s'élever et de s'abaisser.

Tout à coup il me sembla apercevoir un point blanc sur le fond noir d'un gros nuage traînant dans la mer. Le point grossit, c'était un navire ; il grossit encore ; il naviguait vent arrière, c'est-à-dire dans le même sens que l'*Orénoque*.

Je m'élançai à la barre pour gouverner de manière à le couper ; mais tandis qu'il avait toutes ses grandes voiles dehors, je n'en avais qu'une petite qui n'offrait presque pas de prise au vent.

Pendant une demi-heure, je le vis grandir encore au point de pouvoir compter ses voiles, puis il me sembla qu'il diminuait.

Je courus à la cloche, je la sonnai avec furie, puis sautant sur le bastingage, je regardai. Il avait diminué de grosseur encore, et il continuait sa route ! Décidément il ne m'avait ni vu ni entendu...

Ce fut une cruelle déception : pendant une heure, je le suivis des yeux ; il diminua, diminua, ne fut plus qu'un point, ne fut plus rien ; et je me retrouvai seul dans l'immensité.

Ce n'était pas assez qu'il passât des navires, il fallait qu'ils vissent eux-mêmes l'*Orénoque* ; ce n'était pas assez d'attendre leur secours, il fallait le faciliter, le préparer, l'amener jusqu'à moi.

Je pris dans le coffre aux signaux le plus grand pavillon que je pus y trouver ; puis, comme les drisses étaient cassées, je grimpai l'attacher au haut du mât de hune. Ce fut une rude ascension par le roulis qu'il faisait, mais j'avais été heureusement habitué à ce métier et je redescendis sans encombre, plein d'espoir dans ce large drapeau qui flottait au vent : il dirait à ceux qui le verraient qu'il y avait un navire en détresse.

Ma crainte la plus vive, maintenant que la mer se calmait, était dans la voie d'eau ; mais rien ne m'indiquait qu'elle augmentât ; le navire ne paraissait pas s'enfoncer. Cependant pour ne rien négliger, si l'*Orénoque* venait à couler sous moi, je ramassai les planches et les coffres que je pus trouver, et attachant le tout solidement, j'en fis une sorte de radeau.

Les heures s'avançaient vers midi, et depuis la veille je n'avais pas mangé ; la faim commença à parler. La cambuse du cuisinier avait été emportée à la mer lorsque le navire avait été démâté ; je me décidai à descendre pour chercher ma nourriture.

Mais ce ne fut pas sans de longues hésitations que je pris cette

résolution : si le navire sombrait pendant que j'étais dans l'entre-
pont ? La faim l'emporta sur la peur.

Je descendis ; je n'avais point fait deux pas que j'entendis un gro-
gnement. Je reculai épouvanté. D'un saut brusque et violent l'animal qui l'avait poussé m'écarta. C'était le chien du capitaine qui
avait été oublié. Il sortait de son coffre lui aussi et à sa façon. Il
arriva plus vite que moi sur le pont. Une fois là, il se retourna et me
regarda assez longtemps avec défiance ; mais sans doute son exa-
men le rassura, car bientôt il s'approcha de moi et me tendit son
museau. Nous fûmes tout de suite bons amis, il me suivit ; comme
moi il avait faim.

Je trouvai tout ce que je pouvais désirer : du pain, de la viande
froide, du vin. Je m'emparai de ce qui me tomba sous la main et
remontai promptement.

J'étais à deux pas de la mort, je mangeai cependant avec appétit ;
le chien, assis devant moi, courait après les morceaux que je lui
jetais. Nous étions déjà liés, je ne me sentais plus seul ; le repas
fini, il se coucha à mes pieds et resta près de moi. Il me regardait
avec de si bons yeux que je l'embrassai.

En passant dans la cabine du capitaine ; j'avais vu des pistolets
sur une table ; j'allai les chercher : si j'apercevais un navire, ils me
serviraient peut-être à provoquer son attention.

La journée s'écoula ainsi sans qu'une seule voile parût ; la mer
n'était plus que faiblement houleuse et le vent était à peine sensible :
l'*Orénoque* se comportait toujours bien et la voie d'eau devait être
aveuglée. Ce fut sans trop d'effroi que je vis s'avancer la nuit. Il me
semblait que, Turc et moi, nous ne devions pas être bien éloignés
des côtes ; peut-être dans l'obscurité j'allais apercevoir un phare ;
alors je n'aurais qu'à gouverner dessus pour être sauvé.

Le soir tomba tout à fait ; mon espérance ne se réalisa pas. Successivement les étoiles s'allumèrent dans les profondeurs du ciel ;
je n'aperçus pas de phare.

En même temps que les pistolets, j'avais pris dans la cabine un
monceau de vêtements ; je m'en fis un chaud matelas, et m'établis
dessus, décidé à ne pas fermer les yeux de toute la nuit, et à interroger toujours l'horizon.

Longtemps, je restai ainsi les yeux perdus dans l'obscurité, qu'ils
cherchaient inutilement à percer. Turc, couché près de moi, s'endormit ; le vent s'apaisa, et le navire n'éprouva plus qu'un balancement
régulier qui n'avait rien d'inquiétant. Vers dix ou onze heures, la
lune se leva et me montra tout à l'entour une mer calme qui clapo-
tait doucement en faisant miroiter la lumière. Insensiblement le
calme me gagna, le ronflement du chien m'engourdit, et, malgré mes
efforts pour me tenir éveillé, je m'endormis.

Mais ce calme sur la mer n'était pas la fin du mauvais temps ; vers le matin, je fus éveillé par la fraîcheur du vent ; des nuages couraient bas et la mer commençait à se troubler.

Le vent fraîchit vite ; j'allai interroger la boussole : elle indiquait qu'il était au Nord-Ouest. Je mis la barre vent arrière, car sans savoir où j'étais, il me semblait que c'était une bonne direction pour trouver les côtes de Normandie ou de Bretagne.

En moins d'une heure, la mer redevint aussi tourmentée que la veille, et elle recommença à embarquer à bord de l'*Orénoque*, qui s'enlevait mal à la lame ou plutôt ne s'enlevait pas du tout, si bien que des paquets d'eau balayaient le pont d'un bout à l'autre.

Sous l'effort du vent, le mât de misaine, déjà ébranlé, craquait avec des bruits sinistres; les haubans et les cordages avaient molli, et je craignais, à chaque rafale nouvelle, de le voir s'abattre.. Alors c'en était fait, l'*Orénoque* sombrait.

Je ne quittais pas ce mât des yeux, quand il me sembla apercevoir à l'avant une ligne sombre qui se continuait au loin. Malgré le danger, je m'élançai dans les haubans. C'était la terre !!

Je courus au gouvernail et mis la barre droit sur cette ligne : mes jambes tremblaient, et, par un singulier effet de joie, j'avais les yeux pleins de larmes. Sauvé ! étais-je sauvé ?

La ligne se dessina bien vite assez nettement. L'*Orénoque* irait-il jusque-là ? le mât tiendrait-il bon ?

Je passai là une heure de cruelle angoisse, car la violence du vent allait toujours croissant, et le mât tremblait avec des craquements qui m'étreignaient le cœur. Turc, assis devant moi, ne me quittait pas des yeux. Il semblait qu'il cherchait à lire dans mes regards.

La côte vers laquelle le navire courait était basse : à une certaine distance du rivage, elle s'élevait en pente douce pour former des collines ; je ne voyais ni villages, ni ports.

Mon espoir, vous le pensez bien, n'était point d'entrer l'*Orénoque* dans un port, lors même qu'il s'en fût trouvé un devant moi ; c'était une tâche au-dessus de mes forces, et même, je le crois bien, qui eût été au-dessus de celles de vrais marins, avec un navire dans cet état : je ne demandais qu'à échouer à la côte et à me sauver à la nage.

Mais serait-il possible d'arriver jusqu'à la côte ? n'était-elle pas defendue par des rochers sous-marins qui ne laisseraient point passer le navire ?

Dans ce doute terrible, je détachai les différentes pièces du radeau que j'avais formé la veille, et je les plaçai autour de moi, pour en trouver au moins une à ma portée si le navire sombrait; je me déshabillai, ne gardant que mon pantalon, et j'attendis.

La côte était maintenant distinctement visible dans tous ses dé-

tails, et j'apercevais très bien les vagues se briser en un long cordon
d'écume sur le rivage : la marée était basse.

Encore un quart d'heure, encore dix minutes, encore cinq, et mon
sort allait s'accomplir. O maman ! ô Diélette !

Au moment où je me laissais attendrir par cette pensée, le navire

fut irrésistible-
ment soulevé,
j'entendis un
craquement, la
barre fut arra-
chée du gouver-
nail, la cloche
tinta quelques
coups, le mât
vacilla, tomba
en avant, et je
fus jeté à plat
ventre sur le
pont : l'*Orénoque*
avait touché.

Je me relevai ;
une seconde se-
cousse me fit
tomber de nou-
veau. Le navire
craquait de l'a-
vant à l'arrière ;
avec un choc
épouvantable il
s'arrêta brus-
quement et se
coucha sur le
côté.

Je voulus me
relever et me
cramponner, je

Ce fut mon ami Turc qui, en me léchant la figure, me fit revenir à moi.

n'en eus pas le temps, une vague s'abattit sur le pauvre navire
devenu un obstacle et je me sentis entraîné dans un tourbillon d'eau.

Quand je pus sortir de ce tourbillon, j'étais déjà à quinze ou vingt
mètres du navire ; à quelques pas de moi nageait le chien qui me
regardait désespérément. Je l'encourageai de la voix.

Nous n'étions pas à plus de deux cents mètres de la plage. En
temps ordinaire, cette distance n'eût rien été pour moi, mais avec les
montagnes d'eau qui se ruaient sur la grève, c'était une terrible affaire.

Sans perdre courage, je nageai doucement en tâchant surtout de m'élever au-dessus de la lame; mais, au milieu de ces tourbillons d'écume, c'était presque impossible, et c'était à peine si je pouvais respirer entre deux vagues.

Je ne voyais personne sur la plage, et bien évidemment je n'avais pas de secours à espérer. Heureusement le vent et la mer poussaient à la côte. Dans le creux d'une vague, je sentis la terre du pied; c'était le moment décisif. La vague qui suivit me lança contre la grève comme elle eût fait d'un paquet de varech. Je tâchai d'enfoncer mes doigts dans le sable, mais le ressac me prit et m'entraîna avec lui. Une seconde vague me rejeta sur le sable, le ressac me reprit encore sans qu'il me fût possible de me cramponner.

Je compris que si je voulais continuer cette lutte, je serais bien vite noyé. Je regagnai le large : je ne pouvais me sauver que par un moyen dont mon père m'avait autrefois parlé. Dans un moment de repos entre deux vagues, j'atteignis mon couteau et l'ouvris. Alors je nageai vers la terre et, quand la vague m'eût jeté sur la plage, je plantai mon couteau dans le sable; le ressac me tira à lui, mais j'avais un point d'appui, je pus résister. La vague retirée, je me relevai et courus en avant; celle qui vint ne me couvrit que jusqu'aux jambes; je fis encore quelques pas et tombai sur le sable.

J'étais sauvé, mais si à bout de forces que je perdis connaissance.

Ce fut mon ami Turc qui, en me léchant la figure, me fit revenir à moi. Ses yeux brillaient, il avait l'air de me dire : « Sois donc content, nous sommes tirés d'affaire. » Je m'assis et, sur la grève, j'aperçus un douanier et des paysans qui accouraient.

XIV

C'était à l'est du cap Lévi, à quatre ou cinq lieues de Cherbourg, que l'*Orénoque* avait été jeté à la côte.

Les paysans qui étaient venus à mon secours m'emmenèrent à Fermanville, le village le plus proche, et l'on me coucha chez le curé.

J'avais été si rudement secoué par les émotions et la fatigue, que je dormis plus de vingt heures sans m'éveiller; je crois même que Turc et moi nous aurions dormi cent ans, comme dans la *Belle au bois dormant*, si le commissaire de la marine et les agents des assurances n'étaient venus nous déranger.

Il me fallut comparaître devant eux et raconter tout ce qui s'était passé depuis le départ du Havre jusqu'au moment où l'*Orénoque* avait fait côte; il me fallut dire aussi comment je me trouvais dans la caisse; ce ne fut pas sans crainte que je me décidai. Il fallait bien avouer la vérité, si invraisemblable qu'elle fût et quoi qu'il en pût advenir.

Il en advint que je fus envoyé au Havre, auprès de l'armateur de l'*Orénoque*. On m'embarqua donc trois jours après à Cherbourg sur le *Colibri*, et j'arrivai au Havre le soir même.

Mon histoire y était déjà connue, les journaux l'avaient publiée et j'étais presque un héros, ou tout au moins un sujet de curiosité. Quand je parus au haut de l'échelle du *Colibri*, il y avait foule sur le quai, et l'on nous montrait du doigt, Turc et moi, en disant:

« Les voilà! les voilà! »

J'appris au Havre que l'équipage de l'*Orénoque* n'avait pas péri; il avait été recueilli en pleine mer par un navire anglais, et le bateau de Southampton l'avait rapatrié. Quant au pauvre Hermann, il avait été jeté à la mer lors de l'abordage, et soit qu'il ne sût pas nager, soit qu'il eût été tué ou blessé par les pièces de la mâture qui l'avaient entraîné, il n'avait pas reparu. Ainsi s'expliquait comment il n'était pas venu me délivrer.

Mon récit était, parait-il, un témoignage très grave contre le capitaine : les assureurs disaient que s'il n'avait pas abandonné son navire, il pouvait le sauver : puisqu'un enfant avait bien su le conduire à la côte, un équipage l'eût assurément entré dans un port. On discutait là-dessus ; on ne parlait que de cela au Havre, de tous les côtés on m'interrogeait.

On jouait alors au théâtre le *Naufrage de la Méduse*, et le directeur eut l'idée de me faire figurer dans cette pièce, en donnant la première représentation à mon bénéfice. On refusa du monde à la porte. On m'avait confié le rôle muet, bien entendu, d'un mousse ; quand j'entrai en scène avec Turc, les acteurs furent obligés de s'arrêter tant on applaudit. Toutes les lorgnettes étaient pointées sur moi ; je commençai sottement à croire que j'étais vraiment un personnage. Turc aurait pu en penser tout autant.

Les frais du directeur prélevés, et il dut les prélever largement, cette représentation me rapporta deux cents francs ; on joua encore huit fois la pièce, et chaque fois il me donna cinq francs ; cela me fit une somme totale de deux cent quarante francs, c'est-à-dire une fortune.

Je résolus de l'employer en grande partie à m'acheter un trousseau, car ma passion pour la mer et la terreur de mon oncle avaient résisté à tout. Abandonné sur l'*Orénoque*, ballotté par la tempête, jeté à la côte, c'est-à-dire presque sûrement à la mort, j'avais fait, je l'avoue, de tristes réflexions, et le sort de ceux qui vivent tranquilles sous leur toit m'avait paru plus enviable que celui des marins ; mais, retombé sur mes pieds, il en avait été de ces craintes comme de l'eau qui mouillait mes vêtements : elles s'étaient évanouies sous le premier rayon de soleil ; et, en arrivant au Havre, je n'avais pensé qu'à trouver un navire sur lequel on voulût bien me prendre comme mousse. L'armateur de l'*Orénoque* m'avait fait engager sur un autre de ses bâtiments, l'*Amazone*, et cet argent m'arrivait tout à fait à point pour acheter les objets nécessaires à mon embarquement.

Lors de ma rencontre avec le pauvre Hermann, il m'avait, vous vous en souvenez, n'est-ce pas ? emmené loger chez lui. Ce chez-lui était un petit cabinet noir au fond d'une cour du quai des Casernes. J'y retournai. La propriétaire voulut bien me le louer ; seulement elle me prévint qu'elle ne pourrait pas me nourrir, parce qu'elle était malade ; mais cela m'inquiétait peu, la question de nourriture étant pour moi tout à fait secondaire et n'existant même pas, dès que j'étais sûr d'avoir un morceau de pain.

C'était une excellente femme que cette propriétaire ; bien qu'elle

pût se trainer à peine, je trouvai en elle toutes sortes de prévenances
et de bontés qui me rappelaient la maison maternelle.

Elle était veuve, jeune encore, et elle avait un fils de deux ans plus
âgé que moi qui naviguait; il était parti depuis huit mois pour un
voyage aux Indes, et on attendait le retour de son navire, la *Neustrie*,
d'un moment à l'autre.

Il n'y avait pas seulement entre elle et ma mère ces analogies loin-
taines de position; mais, comme ma mère aussi, elle détestait la
marine. Son mari était mort loin d'elle de la fièvre jaune, à
Saint-Domingue, et c'était pour elle un désespoir de tous les instants que son fils eût voulu s'embarquer. Sa seule consolation était
d'espérer que ce premier voyage, qui avait été très pénible à l'aller,
l'aurait dégoûté du métier et qu'il reviendrait disposé à rester à terre.

Avec quelle impatience elle l'attendait! Chaque fois que je revenais de la jetée, où je passais presque toutes mes journées, elle
voulait savoir quel était le temps, où était le vent, s'il était entré
beaucoup de navires. Le voyage aux Indes est très long, incertain,
capricieux, et la *Neustrie* pouvait arriver aujourd'hui, demain, dans
quinze jours, dans un mois, tout aussi bien un jour que l'autre.

Il y avait un peu plus d'une semaine que je demeurais chez elle,
lorsque sa maladie s'aggrava d'une façon inquiétante. J'entendis dire
aux voisines qui venaient la voir ou la soigner, qu'elle était en danger et que le médecin ne répondait plus d'elle. Effectivement elle
était de plus en plus faible, très pâle, presque sans voix, et quand
j'entrais dans sa chambre pour lui dire quel temps il faisait à la mer,
j'éprouvais, à la regarder dans son lit, comme un sentiment de peur.

Après les bourrasques que nous avions eues et qui avaient perdu
l'*Orénoque*, le temps s'était mis au beau. La mer était continuellement paisible, comme aux plus beaux jours de l'été, et même il régnait un calme plat qui n'est pas ordinaire à cette saison de l'année.

Ce calme la désespérait, et chaque fois qu'en rentrant je répétais
ce que je lui avais annoncé la veille : « Pas de vent, petite brise de
l'Est, » elle secouait doucement la tête en disant :

« Le bon Dieu m'est dur : je mourrai sans l'embrasser. »

Alors les voisines ou les amies qui étaient dans sa chambre la
grondaient de penser ainsi à la mort, et tâchaient de la rassurer en
lui faisant tous ces mensonges qu'on invente pour les malades qui sont
en danger. Mais ils ne la persuadaient pas, et toujours elle répétait :

« Bien sûr que je ne le reverrai pas. »

Ses yeux s'emplissaient de larmes, et cela donnait envie de pleurer comme elle. Je ne me rendais pas bien compte de son état, mais
par ce que j'entendais dire je comprenais qu'il était tout à fait
désespéré, et je n'osais jamais rentrer sans demander auparavant
comment elle se trouvait.

Un matin, c'était un mardi, j'avais été voir l'entrée des navires, et je revenais pour déjeuner; en arrivant devant la voisine que j'avais coutume d'interroger, elle me fit signe d'entrer.

« Le médecin est venu, dit-elle.

— Eh bien?

— Il dit qu'elle ne passera pas la journée. »

Je n'osais monter l'escalier; à la fin, je me décidai et retirai mes souliers pour ne pas faire de bruit. Mais quand je passai devant sa porte, elle reconnut mon pas.

« Romain! » dit-elle d'une voix faible.

J'entrai; une de ses sœurs, qui ne la quittait plus, était près d'elle; celle-ci me fit signe de m'asseoir, mais la malade m'appela près de son lit. Elle me regarda sans parler, mais je la compris.

« Toujours le même temps.

— Pas de vent?

— Non.

— Quels navires?

— Des barques de pêche, les navires de la Seine et le vapeur de Lisbonne. »

J'avais à peine achevé ces mots, que la porte fut poussée vivement, et le mari de sa sœur, qui était ouvrier sur le port, entra. Il paraissait ému.

« Le vapeur de Lisbonne est arrivé, dit-il.

— Oui, Romain vient de nous l'apprendre. »

Elle dit cela négligemment; mais en même temps ses yeux rencontrèrent ceux de son beau-frère; elle vit qu'il y avait en lui quelque chose qui n'était pas ordinaire.

« Mon Dieu! fit-elle.

— Eh bien, oui, il y a du nouveau; il a rencontré la *Neustrie* dans le raz de l'île de Sein; tout va bien à bord. »

Elle était étendue sur son lit, si pâle et si faible qu'on pouvait presque la dire morte; elle se souleva sur le bras.

« Mon Dieu! mon Dieu! » dit-elle; et ses yeux éteints se ranimèrent; le sang lui rougit le visage.

Elle voulut qu'on lui expliquât combien il fallait de temps à la *Neustrie* pour venir de l'île de Sein au Havre. C'était assez difficile : deux jours, si le vent était favorable; six jours, huit jours, s'il était mauvais. Le vapeur de Lisbonne avait mis une trentaine d'heures, la *Neustrie* pouvait donc arriver le lendemain.

Elle envoya chercher le médecin.

« Il faut que je vive jusque-là, disait-elle; le bon Dieu ne voudra pas me faire mourir avant de l'avoir embrassé. »

La force lui était revenue, la raison, l'énergie; le médecin, quand il la vit, ne voulait pas croire à ce miracle.

11

C'était une maison de pauvres gens; la pièce dans laquelle elle
était couchée servait à la fois de cuisine et de chambre; après quinze
jours de maladie, il n'était pas extraordinaire qu'elle fût en dé-
sordre, encombrée de mille objets, de vases, de tasses à tisane, de
fioles qui traînaient dans la poussière. A proprement parler, la malade n'avait personne pour la soigner, seulement des amies, des
voisines, sa sœur, qui venaient passer quelques heures, et qui retournaient bien vite chez elles, rappelées par leur travail ou leurs enfants.

Elle nous pria de nettoyer un peu cette pièce et d'y mettre de
l'ordre; elle voulut aussi qu'on ouvrît la fenêtre, et comme sa sœur
s'y refusait, de peur que l'air ne lui fît du mal, elle insista;

« Ça ne fait rien pour moi, mais je ne veux pas que ça sente la
maladie quand il arrivera. »

Quand arriverait-il ? Le temps ne changeait pas, il était toujours
au calme plat, sans la plus faible brise qui pût pousser la *Neustrie*.

Dans les ports de commerce, il est d'habitude qu'on signale les
navires qui sont en vue; pour le Havre, c'est à la pointe de la Hève
que se font ces signaux, qui sont répétés au Havre et aussitôt affi-
chés. Elle me demanda si je voudrais lui rendre le service d'aller
lire ces affiches; on pense bien que je ne songeai pas à m'en excu-
ser, et, d'heure en heure, j'allai du quai des Casernes à la rue d'Orléans, où se trouvait alors le bureau de la Chambre des assureurs
qui recevait ces signaux.

Mais, par ce calme plat, il n'y avait aucun navire en vue, tous
étaient retenus à l'entrée de la Manche.

Cependant elle ne se découragea pas, et, le soir arrivé, elle nous
fit rouler son lit auprès de la fenêtre. Sur le toit de la maison en face
était une grande girouette, elle nous dit qu'elle voulait la voir à
chaque instant, parce qu'elle sentait bien que le vent allait changer.
Dans tout autre moment, cela nous eût fait rire; car sur le fond du
ciel bleu, éclairé par la pleine lune, on voyait la girouette se détacher en noir, immobile comme si elle eût été soudée au pivot.

Sa sœur, qui était restée pour la veiller, m'envoya coucher. Dans
la nuit, je fus réveillé par un bruit que je n'avais pas encore entendu
depuis que j'habitais mon cabinet : une sorte de grincement. Je me
levai; c'était la girouette qui tournoyait en criant sur la tige de fer;
le vent s'était élevé.

Je descendis dans la rue et j'allai jusqu'à la jetée. La mer commençait à clapoter; le vent soufflait frais du Nord : un douanier avec
qui je causai me dit qu'il allait fraîchir encore et probablement
passer à l'Ouest.

Je rentrai à la maison pour porter cette bonne nouvelle, car le
vent à l'Ouest, c'était la *Neustrie* au Havre dans la journée ou à la
marée du soir.

« Vois-tu, dit-elle, que j'avais raison ; je savais bien que le vent changerait ; ah ! le bon Dieu est bon. »

Sa sœur me dit qu'elle n'avait pas dormi de la nuit, et qu'elle était restée sans bouger, les yeux fixés sur la girouette, ne disant qu'un seul mot, toujours le même :

« A quelle heure la pleine mer ? »

Elle voulut boire un peu de vin ; le médecin avait dit qu'on pouvait lui donner ce qu'elle voudrait ; elle en prit à peine une gorgée car elle était bien faible, respirant difficilement et haut.

« Cela me soutiendra jusque-là, » dit-elle.

Puis ses yeux se tournèrent vers la girouette, et elle ne dit plus rien. Seulement de temps en temps elle murmurait :

« Pauvre Jean, pauvre Jean ! »

Jean, c'était son fils.

Quand le ciel commença à blanchir, elle m'appela près de son lit :

« Tu vas aller chez le boucher, dit-elle, tu lui demanderas trois livres pour le pot-au-feu, du meilleur, tu achèteras aussi un chou.

— Le chou te fera mal, dit la sœur.

— C'est pour Jean ; il aime ça, et il y a si longtemps qu'il n'en a mangé. Tiens, voilà de l'argent. » Et elle tira difficilement une pièce de cent sous de dessous son oreiller.

Le médecin vint le matin ; il nous dit qu'il n'avait jamais vu pareille énergie contre la mort, qu'elle ne vivait que par la volonté et l'espérance, mais que, puisqu'elle avait pu aller jusque-là, il était probable qu'elle irait maintenant jusqu'au soir, et qu'elle ne mourrait qu'à la marée basse.

Lorsque l'heure de l'ouverture du bureau fut arrivée, je courus rue d'Orléans ; les navires commençaient à se montrer, mais la *Neustrie* ne se trouvait pas parmi ceux qu'on afficha. De huit heures du matin à trois heures de l'après-midi, je fis vingt voyages à la rue d'Orléans ; à trois heures enfin, je lus sur l'affiche : la *Neustrie*, venant de Calcutta.

Il était temps de rapporter cette bonne nouvelle, car la malade allait toujours baissant, et la déception de ne pas voir arriver son fils à la marée du matin lui avait porté un coup funeste. En apprenant que la *Neustrie* était signalée, elle se ranima.

« A quelle heure la pleine mer ? demanda-t-elle.

— A six heures.

— Je crois bien que je vivrai jusque-là ; un peu de vin. »

Je m'en allai sur la jetée ; on voyait en rade plus de vingt grands navires qui tiraient des bordées en attendant la pleine mer. A quatre heures, ceux qui ne calaient pas beaucoup commencèrent à entrer ; mais la *Neustrie* était d'un fort tonnage, elle ne donna dans la passe que vers cinq heures.

Je courus à la maison ; je n'eus pas besoin de parler.

« Elle est entrée ? dit-elle.

— Elle entre.

— Arrange-moi, » dit-elle à sa sœur, et elle se fit soutenir avec des oreillers ; ses yeux seuls étaient encore vivants ; ses lèvres étaient décolorées.

Un quart d'heure après, la rampe de l'escalier trembla comme si on l'arrachait : c'était son fils ; elle eut la force de se soulever pour le prendre dans les bras.

Elle mourut le soir à onze heures, à la marée basse, comme l'avait dit le médecin.

Cette mort, cet amour de mère pour son fils, cette lutte contre l'agonie, ce désespoir, firent sur mon esprit et sur mon cœur ce que n'avaient fait ni les supplications de Diélette ni le naufrage de l'*Orénoque*.

Ma mère aussi pouvait mourir tandis que je serais bien loin d'elle : pour la première fois je le vis, je le sentis.

Je ne dormis pas de la nuit : cette pensée m'étreignait, m'étranglait. L'*Amazone* partait dans quinze jours, le bateau de Honfleur partait le matin à cinq heures. L'esprit d'aventure et la peur de mon oncle me poussaient à l'embarquement ; la pensée de ma mère me retenait au Port-Dieu. Après tout, mon oncle ne me mangerait pas. Je m'étais bien défendu contre la faim, contre le froid, contre la tempête ; avec du courage, je pourrais bien aussi me défendre contre mon oncle. Si ma mère ne voulait pas que je fusse marin, elle en avait le droit : avais-je moi, le droit de me sauver sans son consentement ? Ne serait-elle pas fâchée contre moi quand je reviendrais ? Et si je ne revenais pas, qui prendrait soin d'elle quand elle ne pourrait plus travailler ?

A quatre heures, je me levai et fis mon paquet ; à quatre heures et demie, j'embarquais sur le bateau de Honfleur ; à cinq heures, je quittais le Havre, et trente-six heures après, à six heures du soir, au soleil couchant, j'apercevais les premières maisons du Port-Dieu.

J'avais pris par la lande, c'est-à-dire par le même chemin que j'avais suivi avec Diélette ; mais la saison avait avancé depuis ce jour-là, ce n'était plus le même chemin. L'herbe avait verdi, les ajoncs étaient en fleur, et dans la mousse des fossés, on voyait les violettes qui commençaient à fleurir ; de la terre et des plantes s'exhalait, après une chaude journée, une senteur qui dilatait les poumons et exaltait le cœur.

Jamais je ne m'étais senti si heureux, si joyeux. Comme ma mère allait m'embrasser !

Arrivé à notre haie, je sautai sur le talus ; à vingt pas devant moi, Diélette ramassait des mouchoirs étendus sur un cordeau.

« Diélette ! »

Elle se tournait du côté d'où partait ma voix ; mais elle ne me vit pas, car j'étais caché par la haie.

Je m'aperçus alors qu'elle était en noir, en grand deuil.

En deuil, pourquoi ? de qui ? Un seul cri m'échappa :

« Maman ! »

Mais avant que Diélette eût pu me répondre, ma mère parut sur le seuil de la maison et je fus rassuré.

Derrière elle apparut en même temps un grand vieillard à barbe blanche, M. de Bihorel. Lui près de ma mère ! Je ne sais ce qui se passa en moi. Je crus voir deux fantômes.

Ce ne fut heureusement qu'un éclair.

« Eh bien, Diélette, qu'est-ce qu'il y a donc ? » demanda M. de Bihorel.

Il parlait, il était vivant. Je

Elle eut la force de se soulever pour le prendre dans ses bras.

ne me trompais pas. Je brisai la haie et passai au travers des ajoncs. Quelle joie !

La première explosion un peu calmée, il me fallut raconter mes aventures depuis que je m'étais séparé de Diélette ; mais j'avais une telle hâte de savoir comment, par quel miracle, M. de Bihorel mort pouvait être là vivant devant nous, parfaitement vivant, que je fis mon récit en quelques mots.

L'histoire de M. de Bihorel était des plus simples.

En revenant de l'île des Grunes, sa chaloupe avait chaviré dans une rafale ; il avait pu se mettre à cheval sur la quille, et avait été recueilli dans cette position par un trois-mâts qui allait du Havre à San-Francisco. Le capitaine de ce navire, qui avait eu l'humanité de faire mettre un canot à la mer pour le sauver, n'avait pas voulu relâcher dans un port pour le débarquer, et M. de Bihorel s'était trouvé bon gré mal gré en route pour la Californie : un voyage de cinq à six mois, si l'on ne rencontrait pas de navire pour le rapatrier. Cette heureuse chance ne s'était pas réalisée. Au cap Horn, il avait déposé une lettre pour nous dans cette boîte que les navigateurs ont établie à l'île de Feu ; mais cette lettre n'était jamais parvenue en France. Arrivé à San-Francisco, il avait traversé l'Amérique en remontant par les prairies, et il n'était rentré en France que depuis deux mois.

Je ne fus pas marin.

Mon oncle l'Indien était mort ; c'était de lui qu'on portait le deuil ; il avait laissé une grosse fortune qui faisait riche chacun de ses héritiers.

M. de Bihorel voulut bien me reprendre auprès de lui et achever mon éducation. Quant à Diélette, elle entra dans une pension. Si elle a profité des leçons qu'elle y a reçues, si elle est devenue une digne femme, une bonne mère, vous en serez juge quand elle rentrera tout à l'heure avec ses enfants, avec nos deux bébés, un garçon et une fille, qui aiment M. de Bihorel comme s'il était leur grand-père. Tous les jours, ils vont à la Pierre-Gante, lui faire leur visite.

Je ne naviguai pas moi-même, mais je n'en gardai pas moins une passion pour tout ce qui touche à la mer ; sur les trente navires que le Port-Dieu arme tous les ans pour la pêche de Terre-Neuve, six m'appartiennent.

Ma mère n'a pas quitté le Port-Dieu, et elle habite toujours notre maison ; j'ai fait reconstruire le toit déjà deux fois pour que rien ne soit changé. Le tableau que vous voyez là représente précisément notre maison ; il est de Lucien Hardel, qui est devenu notre ami ; tous les ans, il vient passer deux mois avec nous et, malgré ses efforts, il ne peut pas trouver dans la contrée un gendarme pour l'arrêter.

M. de Bihorel, toujours vivant, a aujourd'hui quatre-vingt-douze ans. L'âge n'a affaibli ni sa santé ni son intelligence ; sa grande taille s'est courbée, mais son cœur est resté jeune et bon. Les arbres qu'il a plantés ont poussé, et l'île, dans la partie à l'abri du vent, est touffue comme un bois ; du côté de l'Ouest, il y a toujours des moutons noirs, la même famille de vaches et des lapins.

Les goëlands viennent toujours tournoyer autour des rochers, et quand ils font leur tapage, Samedi, toujours aussi sain, aussi vigoureux qu'au temps où il voulait me faire boire la goutte, ne manque jamais de me demander :

« Romain, *tscoui, couac, couac,* qu'est-ce que ça veut dire ! »

Et il rit en se tenant les côtes ; puis, si M. de Bihorel, qui a depuis quelques mois l'oreille un peu dure, nous regarde intrigué, il ôte son bonnet de laine et prenant son sérieux :

« Il ne faut pas rire, dit-il ; le pauvre maître, si tu es un homme, n'oublie pas que c'est à lui que tu le dois ».

Et c'est vrai.

Sans doute la fortune de mon oncle l'Indien m'est arrivée bien à propos ; mais il n'en est pas moins certain que, sans M. de Bihorel, sans ses leçons, sans ses exemples, sans les soins qu'il a pris de mon éducation, sans sa direction, je ne serais guère autre chose aujourd'hui qu'un paysan enrichi, car ce n'est pas la fortune qui fait un homme.

Si cette vérité avait besoin d'être appuyée,

Diélette est devenue une bonne mère.

la vie de mon oncle Simon serait là pour lui apporter son témoignage.

L'héritage de son frère, s'ajoutant à la fortune qu'il avait déjà, lui avait donné la fièvre de l'argent. Se trouvant trop riche pour exploiter les pauvres paysans qui ne rendaient pas assez entre ses mains, il s'était lancé dans les grandes spéculations. Mais là il avait trouvé plus fin et plus retors que lui, et, en peu d'années, ses associés l'avaient ruiné, et si complètement ruiné que, lorsque tout ce qu'il possédait avait été vendu, son étude, sa maison de Dol, son domaine qui lui avait coûté tant de peines et tant de sueurs, il lui avait manqué une dizaine de mille francs pour achever de payer ses dettes.

Précisément à ce moment je venais d'atteindre mes dix-huit ans et l'on m'avait émancipé, ce qui m'avait donné la libre disposition de la fortune de mon oncle l'Indien. D'après les conseils de ma mère et de M. Bihorel, j'avais voulu venir en aide à l'oncle Simon. Mais il avait fort mal accueilli ma proposition, et il avait fallu désintéresser ses créanciers malgré lui et en cachette : il était accouru chez nous et il nous avait fait une scène terrible : « Nous étions des niais, des bourreaux d'argent. »

Il vit maintenant d'une pension que nous lui servons. Encore pour cela faut-il que nous nous y prenions d'une façon détournée.

Tout d'abord il avait été convenu qu'il toucherait une certaine somme tous les ans. Mais bientôt on nous apprit qu'au lieu d'employer cette somme à ses besoins, il la faisait servir pour la plus grosse part à prêter à la petite semaine et à continuer en petit son commerce de bric-à-brac. Maintenant nous payons sa pension chez de braves gens, qui le logent et le nourrissent. Mais, malgré cette précaution, il trouve encore moyen de se priver du nécessaire pour avoir le bonheur d'amasser quelques sous : il vend ses vêtements neufs quand nous les lui donnons.

Quand nous lui faisons des reproches, il nous répond que nos prodigalités nous ruineront un jour, et que nous serons alors heureux de trouver l'argent qu'il a la sage précaution de mettre de côté.

www.ingramcontent.com/pod-product-compliance
Lightning Source LLC
Chambersburg PA
CBHW051128260626
47170CB00005B/1720